novum 🔺 pocket

Rob Gonera

Benlk

novum pocket

© 2023 novum publishing

ISBN 978-3-903382-90-9
Geredigeerd door: Ine van Gerwe
Omslagfoto:
MitaStockImages | Dreamstime.com
Ontwerp omslag, lay-out & typografie:
novum publishing

www.novumpublishing.nl

De dood gaat ons niet aan.
Zolang we er zijn, is de dood er niet,
en wanneer de dood er is,
zijn wij er niet meer.

Epicurus

1

Waar ben ik? vroeg hij zich af toen hij met een schok wakker werd. Zijn ogen waren naar het plafond gericht. Het was een wit plafond met gele vlekken. Hij zag hoe een spin van links naar rechts liep alsof die ergens voor op de vlucht was. Daarna keek hij verbaasd om zich heen. Het was halfdonker in de kamer. Er viel slechts een beetje licht door een klein raampje tegenover zijn bed waar een vergeelde oude krant voor hing. Op een klein tafeltje dat naast een scheve kast stond, brandde een kaars. Het silhouet van de vlam van de kaars danste spookachtig tegen de vergeelde muur. Het was voor hem een groot raadsel hoe hij hier terechtgekomen was. Hij herkende de kamer niet. Aan de rechterkant van zijn bed was een witte deur. De deur moest nodig geverfd worden. Tegen de deur hing een poster. Op de poster stond het gezicht van een oude man met grijs haar. Diepe rimpels in zijn gezicht waren getuigen van een leven vol pijn en verdriet. Hij wist niet wie die man was. Het stonk in de kamer. Hij werd misselijk van de lucht die hem meteen was opgevallen toen hij wakker werd. Hij kon de geur niet goed thuisbrengen. Was het de geur van verdorven voedsel of was het de geur van eenzaamheid? Er ging een rilling door zijn lichaam. Het was koud in de kamer. Niet de kou die hij kende van strenge winters. Nee, het was een ander soort kou. De kou die achterbleef als de warmte het lichaam verlaten had. Hij was gedesoriënteerd. Hij wist niet hoe laat het was. Hij wist ook niet welke dag het was. Het zweet brak hem aan alle kanten uit. Hij voelde hoe zijn hart op hol sloeg. Hij begon sneller te ademen.

Het leek alsof hij geen lucht kreeg. De ruimte waarin hij zich bevond, probeerde hem te wurgen. De paniek sloeg toe. Met een ruk ging hij overeind zitten.

Hij zag dat de vloer bezaaid was met troep en afval. Nu begreep hij waar de stank vandaan kwam. Hij hoorde geritsel en zag hoe een muis zich een weg baande tussen de rommel die op de grond lag. Hij zag dat er nog iets bewoog tussen het papier op de grond. Het waren kakkerlakken. Hij begon te kokhalzen. Naast de deur hing een wastafel tegen de wand met een spiegel erboven. Voorzichtig stond hij op. Met een vies gezicht keek hij naar de grond. Voorzichtig zette hij zijn voeten op de vloer. Hij was bang dat er muizen of kakkerlakken onder zijn voeten weg zouden schieten. Langzaam liep hij naar de wasbak. Hij schrok van zijn spiegelbeeld.

'Wie ben ik?' vroeg hij hardop terwijl hij zijn gezicht bekeek. Met grote verbaasde ogen keek hij zichzelf aan. Hij wreef over zijn armen en over zijn borst en zijn buik. Hij zag er onverzorgd uit. Hij had een zwarte baard. Zijn halflange haar was vet en stond alle kanten op. Zijn gezicht zag er verweerd uit. Hij was helemaal naakt en begon te rillen van de kou. Links naast de wasbak stond een oude stoel. Over de leuning hingen kleren. Omdat hij het koud had, trok hij ze snel aan. De kleren stonken net zoals alles stonk in deze ruimte. Ze waren veel te groot en veel te wijd. Hij sloeg de mouwen van de trui en de pijpen van de broek een aantal keren om. Hij bond een stuk touw dat op de grond lag om zijn broek om te voorkomen dat die afzakte. Hij zag ook een paar oude, afgetrapte donkerbruine schoenen naast de stoel aan. Hij deed ze snel aan. Hij haalde opgelucht adem toen hij de schoenen, die ook veel te groot waren, aan zijn voeten voelde. Nu hoefde hij niet meer bang te zijn dat hij gebeten werd door een of ander ongedierte dat zich tussen het afval schuilhield.

Zijn oog viel op een kalender die boven de stoel hing. Het was een scheurkalender waarop alleen de datum en het jaartal stond. Vergeeld papier met zwarte, sombere letters. Hij las de tekst hardop voor: 'Tien april negentienachtentachtig.'

Hij draaide zich verschrikt om doordat hij weer geritsel op de grond hoorde. Hij zag hoe het papier naast het bed bewoog. Hij ging zonder na te denken op de stoel staan. Een van de poten van de stoel was hier echter niet op berekend en brak doormidden. Met een gil viel hij languit op de grond met zijn gezicht in het afval. Het leek alsof de stank zijn beide neusgaten doorboorde. Kokhalzend stond hij op. Met beide handen veegde hij zijn gezicht schoon. Hij spuwde een aantal keren op de grond. Daarna liep hij snel naar de wasbak om zijn gezicht te wassen. Hij draaide de kraan open. De kraan maakte veel lawaai. Het duurde even voordat er met horten en stoten bruingekleurd water uit kwam. Vol afgrijzen draaide hij de kraan weer dicht. Hij keek in de spiegel en zag dat er tranen over zijn wangen rolden.

Plotseling hoorde hij een rinkelend geluid dat de stilte uit de kamer verdreef. Met verbaasde ogen keek hij rond. Waar kwam dat geluid vandaan? Toen zag hij een zwarte telefoon tegen de muur hangen. Even bleef hij staan. Wat moest hij doen? Het geluid leek steeds harder en indringender te klinken, alsof het hem dwong om de telefoon op te nemen. Het geluid deed pijn in zijn oren. Met zijn handen tegen de oren liep hij naar de telefoon. Hij moest moeite doen om niet te struikelen over de stinkende troep die overal op de grond lag. Toen hij voor de telefoon stond, twijfelde hij of hij op moest nemen.

Hij haalde een paar keer diep adem en nam de hoorn van de haak. Toen hij de stem aan de nadere kant van de lijn hoorde, leek het alsof er een loodzware last van zijn schouders viel. Hij luisterde aandachtig. Af en toe knikte hij terwijl hij niets zei. Waarschijnlijk verwachtte de stem aan de andere kant van de lijn niet dat hij antwoord gaf. Hij had achteraf geen idee hoe lang het gesprek geduurd had. Zijn aandacht werd helemaal in beslag genomen door degene met wie hij belde. De stank rook hij niet meer. De muis die voor zijn voeten wegschoot, zag hij niet. Hij werd helemaal het gesprek ingezogen en bevond zich in een andere dimensie.

Pas aan het eind van het gesprek zie hij op zelfverzekerde toon: 'Ik heb u begrepen, vader.'

Daarna hing hij op en viel hij op zijn knieën. Hij begon zachtjes te huilen. Een hele tijd zat hij in dezelfde houding; alsof hij versteend was. Plotseling spong hij als herboren op. Hij danste door de kamer, het papier alle kanten op trappend. De kamer zag er plotseling veel vriendelijker uit. Het leek alsof de papieren op de grond een wit tapijt vormden. Het raampje met de vergeelde kranten ervoor zag eruit als een prachtig schilderij. Zelfs de scheve kleerkast bezat nu iets koninklijks. Maar dat alles scheen hem niets te interesseren. Zijn aandacht was op iets anders gericht. De deur. Was er iets veranderd aan de deur? Nee. De poster was niet mooier geworden. De deur zag er ook niet anders uit dan voorheen. Toch was er iets dat zijn aandacht trok. Daar aan de linkerkant van de deur, op ongeveer één meter hoogte, zag hij een verroeste sleutel hangen. Hij liep ernaartoe, of beter gezegd hij vloog ernaartoe. Hij stopte de sleutel in het slot en draaide hem om. Daarna zwaaide hij de deur open. Hij zag niets. Er brandde geen licht aan de andere kant van de deur. Maar dat interesseerde hem niets. Hij kon eindelijk naar buiten. Hij was vrij. Hij rende naar buiten en verdween in de duisternis. Misschien rende hij wel naar zijn vader. De kaars die zijn kamer tot nu toe verlicht had, doofde langzaam uit.

2

Elke stad bezat wel een aantal illegale gokcafés. Deze stad vormde daar geen uitzondering op. Integendeel, het aantal gokgelegenheden was hier groter dan in de meeste steden in de omgeving. Café Justitia was een van de kroegen waar gegokt kon worden. Van de buitenkant zag het eruit als een gewoon gezellig café waar de gerechtigheid hoogtij vierde. Er werd tot in de late uurtjes gedronken, gezongen en gedanst. Nergens waren tekenen van illegale praktijken zichtbaar. Maar een getraind oog kon zien dat er verdacht veel mensen naar het toilet gingen en dat ze pas na een of twee uur terugkwamen. Op het toilet bevond zich een geheime deur. Door de gokkers werd deze deur de hemelpoort genoemd. Alleen met een speciale pas kon je de hemelpoort passeren. Daarna kwam je een bijzondere ruimte terecht. Deze ruimte had een geheimzinnige uitstraling. Die werd nog eens versterkt door het rookgordijn dat hier hing. Hier werd niet gezongen of gedanst. Hier werd slechts gefluisterd. Er stonden vier roulettetafels waar kleine groepjes mensen omheen zaten. Er werden dikke sigaren gerookt. De stapels bankbiljetten vlogen over de tafels. Sommige mensen straalden van blijdschap. Anderen keken droevig en zagen hun stapeltje geld steeds kleiner worden.

Er was één gezicht dat zich van alle andere gezichten onderscheidde. Dat gezicht was getekend door een ellendig leven vol tegenslagen. Het was van een man van rond de dertig jaar. Hij zat voorovergebogen bij een van de vier roulettetafels. Van het pakje geld dat naast hem lag, was bijna niets meer over. Hij zou van het resterende bedrag nog zeker een maand geleefd kunnen hebben. Toch besloot hij door te spelen. Alles of niets.

'Twaalf! Zwart!' siste een magere man met zwart achterovergekamd haar aan de andere kant van de tafel.

Het gezicht van de door ellende getekende man vertrok. Met een weemoedige blik keek hij zijn laatste geld achterna. Hij was blut. Hij voelde in zijn binnenzak. Daar zaten nog een aantal muntjes waarmee hij de bus kon betalen. Terneergeslagen stond hij op. Normaal lopen lukte niet meer. Hij strompelde naar de deur. De hemel was voor hem een hel geworden.

'Kop op, Simon,' zei een man met een statig postuur die bij de deur stond. 'Misschien heb je morgen meer geluk.'

Simon keek de man niet aan. Hij mompelde een aantal onverstaanbare woorden en liep via het toilet naar het cafégedeelte. De oorverdovende muziek deed pijn in zijn oren. Hij had het gevoel dat al die vrolijke mensen hem uitlachten en de draak met hem staken. Hij begon over zijn hele lichaam te transpireren. De paniek sloeg toe. Snel baande hij zich door de mensenmassa een weg naar buiten. Buiten was het koud en regenachtig. Dat kon hem niets interesseren. Wat was een beetje regen vergeleken met al die ellende die hij zojuist had meegemaakt? Hij liep een hele poos doelloos door de koude regen. Uiteindelijk liep hij een donker steegje in en ging op de natte grond zitten tegen een houten ton.

'Waarom ik?' jammerde hij. 'Waarom ik?' Zijn tranen vielen als regendruppels op de grond. Hij was blut. Hij dacht terug aan de dag dat hij was begonnen met gokken. Dat was gekomen door zijn vriend Tony. Twee weken geleden was hij bij hem langsgekomen. Hij droeg een smoking en had een dikke sigaar in zijn mond. Voor de deur stond een splinternieuwe auto. Simon had hem verwonderd aangekeken.

'Waar heb jij ingebroken?' vroeg hij terwijl hij Tony van top tot teen inspecteerde. Hij kon zichzelf spiegelen in Tony's glimmende, zwarte lakschoenen. Hij wist dat Tony geen cent te makken had. Dus hoe kwam hij aan het geld om al die spullen te kopen?

'Ik heb nergens ingebroken,' antwoordde Tony met een brede grijns op zijn gezicht.

'Waar heb je dan die te dure auto van gekocht? En zie eens hoe je gekleed bent. Heb je de lotto gewonnen?'

'Ik heb gespaard, Simon. Ik heb gespaard.'

'Klets niet. Van sparen kun je al die spullen niet kopen. Kom op en vertel me de waarheid.' Simon keek Tony chagrijnig aan.

'Ik heb gespaard, Simon.'

Simon onderbrak hem. Hij kon de leugens niet meer aanhoren. 'Stop met die kletspraat. Ik geloof niet in sprookjes.'

'Laat me uitpraten, Simon,' zuchtte Tony. Hij wachtte de reactie van Simon niet af en ging door. 'Zoals ik al drie keer gezegd heb: ik heb gespaard. Vijfduizend gulden om precies te zijn.'

'Maar daar kun je toch geen ...'

'Laat me nu even uitpraten, man.' Hij keek Simon op een dwingende manier aan. 'Ik had dus vijfduizend gulden gespaard. Van een vriend van me kreeg ik een adres van een goktent hier in de stad. Hij vertelde me dat je daar met een beetje geluk een fortuin kon verdienen.'

De ogen van Simon vielen bijna uit zijn kassen. 'Heb jij ...?'

'Juist, jongen. Ik ben ernaartoe gegaan en ik heb gewonnen.'

'Hoeveel?' vroeg Simon gretig. Hij was nieuwsgierig geworden.

'Een paar ton,' antwoordde hij op een triomfantelijke manier.

'Wat zeg je? Hoeveel?' Simon stikte bijna in zijn woorden.

'Verslik je niet, jongen. Heel veel guldentjes en dat alles binnen anderhalf uur. Vanaf het begin won ik alles. Ik ben nu een rijk man. Ik kan alles doen wat ik wil. Ik hoef niet meer mijn hand op te houden. Ik hoef niet meer achter de lopende band te staan.' Zijn ogen straalden toen hij dit zei.

'Wat zegt je vrouw daarvan?'

'Ach, die is helemaal door het dolle heen. Eerst gaf ze me een dikke zoen. Daarna was ze plotseling verdwenen. Aan het eind van de middag kwam ze terug. Ze werd gereden door een taxi. De chauffeur moest helpen om al de dozen te dragen waarin de spullen zaten die ze gekocht had. De duurste kleding. Ik had nog nooit zoiets gezien. En de buren maar kijken toen ze haar uit de taxi zagen stappen.'

Simon deed moeite om met Tony mee te lachen en te delen in zijn enthousiasme. Hij was echter met zijn gedachten ergens anders. Hij dacht aan de dingen die hij zou doen als hij een dergelijk bedrag zou winnen. Hij zou direct op vakantie gaan naar een tropisch eiland, want regen en kou haatte hij. Daarna zou hij op het platteland, ver van de stad vandaan, een mooi huis kopen waar hij kon genieten van de rust.

'Of niet, Simon?' hoorde hij Tony plotseling zeggen.

'Wat zei je?' vroeg hij op een manier alsof hij wakker schrok.

'Ik zei, er is toch niets mooiers dan geld?'

'Eh nee, eh ja. Ik bedoel, je hebt gelijk.' Simon was er met zijn gedachten nog niet helemaal bij.

'Zeker heb ik gelijk. Geld is het mooiste wat er is. Het brengt ...'

Simon hoorde al niet meer wat hij zei. De wildste gedachten spookten door zijn hoofd. Hoewel Tony bleef praten, bereikten zijn woorden hem niet meer. Pas toen hij stopte met praten vroeg hij: 'Waar is die goktent? Kan iedereen daar naar binnen komen?' Zijn besluit stond vast. Hij moest zo snel mogelijk naar die goktent om geld te verdienen.

'Je bedoelt café Justitia?,' antwoordde Tony enthousiast.

'Justitia?' vroeg Simon. Die kroeg kende hij niet.

'Iedereen kan daar gewoon naartoe gaan. Maar het café kent een geheime ruimte en daar kom je alleen maar binnen als je een speciale pas hebt. '

'Ik moet ook zo'n pas hebben. Ik wil ook winnen. Winnen, Tony. Hoor je me? Waarom zou ik niet winnen? Iedereen kan toch zeker winnen?'

Tony keek Simon met grote ogen aan. Hij had dit begerige betoog niet verwacht.

'Ik heb wat geld gespaard. Daarmee kan ik ook proberen een fortuin te maken. Je moet me helpen, Tony. Hoe kom ik aan zo'n pas?'

'Je komt niet zomaar aan zo'n pasje,' antwoordde Tony op een treurige toon.

'Hoe ben jij er dan aan gekomen? Als het jou gelukt is, dan moet het mij ook lukken om zo'n pas te krijgen.'

'Ik heb die pas van een vriend van me gekregen. Hij heet Kees.'

'Kees? Wie is dan nou weer? Ken ik hem?'

Tony schudde zijn hoofd. 'Nee. Ik denk het niet. Hij werkt als barkeeper in de Justitia. Hij heeft me een pasje bezorgd toen ik 's avonds laat bij hem als laatste aan de bar zat en hem vertelde over de financiële zorgen die ik had. Het klikte meteen tussen ons. Hij voelde als een vriend. Een dag later had hij een pasje voor mij geregeld.'

Het was even stil. Daarna vroeg Simon schoorvoetend. 'Kun je me ook zo'n pasje bezorgen? Ik zal je eeuwig dankbaar zijn.'

Tony knikte. 'Ik zal het proberen. Ik heb wel je arm nodig.'

Simon keek hem vreemd aan. 'Mijn arm? Hoe bedoel je?'

Tony lachte op een geheimzinnige manier. 'Als je met me meekomt, dan zal ik je aan Kees voorstellen. Als jouw gezicht hem bevalt, dan zal hij je doorsturen naar zijn baas Ronald. Als je een goede indruk op hem maakt, zal hij je weer doorsturen naar zijn secretaris John. Hij zal je gegevens noteren en daarna een afspraak maken bij dokter Struis.'

'Een dokter?,' vroeg Simon op een angstige toon. Hij zag al een grote injectienaald voor zich. 'Waarom in hemelsnaam een dokter? Toch niet voor mijn arm?'

'Jawel,' antwoordde Tony lachend toen hij de wanhoop in de ogen van Simon zag.

'Hij gaat mijn arm toch niet amputeren?' Toen hij dit zei maakte hij het bovenste knoopje van zijn hemd los.

'Maak je maar geen zorgen. Hij zal je arm er niet af halen. Hij zal iets op je arm zetten.' Hij klopte Simon een aantal keren kalmerend op zijn schouder. 'Hij zal een speciaal teken op je arm tatoeëren. Die tatoeage fungeert als pasje.' Terwijl hij dit zei, stroopte hij zijn mouw op en liet hem het teken zien. Het was een afbeelding ter grootte van een horloge. Op de afbeelding stond Vrouwe Justitia met de naam van Tony eronder. Er stonden verder geen gegevens op.

'Doet zo'n tatoeage pijn?' vroeg Simon terwijl hij met een afkeurende blik naar de arm van Tony keek.

'Nee hoor. In het begin voel je het eventjes, maar daarna niet meer. Ze hebben een goede vent in dienst die veel ervaring heeft met het zetten van tatoeages.'

Wat staat me dan nog in de weg om een fortuin te winnen, dacht Simon. 'Kun je me dan aan Kees voorstellen?' vroeg hij hoopvol.

Tony keek op zijn horloge. Hij gaf Simon een knipoog. 'Prima. Laten we gaan.'

Zo was het allemaal begonnen. Hij werd aan Kees voorgesteld. Daarna werd hij doorgestuurd naar Ronald die hem introduceerde aan John. Via hem ging hij naar dokter Struis. Het zetten van de tatoeage deed hem overigens meer pijn dan Tony voorspeld had. Toen hij uiteindelijk het tattoo-pasje op zijn onderarm had, ging hij naar de bank. Daar nam hij al zijn spaargeld op. De dame die hem hielp keek hem op een meewarige manier aan. Zou ze weten wat hij van plan was? Probeerde ze hem te waarschuwen dat hij geen sprong in het diepe moest maken? Maar Simon had daar geen oog voor. In gedachten zag hij zich al winnen. De bankbiljetten vlogen in het rond terwijl hij met een dikke sigaar in de mond en een glas champagne in zijn hand een dansje maakte.

Hij liet er geen gras over groeien. De volgende avond besloot hij met zijn hele kapitaal naar de Justitia te gaan. Binnen anderhalf uur verspeelde hij zijn hele bezit én zijn levensvreugde.

Wat moest hij nu? Familie had hij niet. Hij zou zeker uit zijn huis gezet worden nu hij de huur niet kon betalen. Hij voelde zich doodongelukkig. Het liefst zou hij ter plekke sterven.

Intussen was het nog harder gaan regenen. Hij sloeg zijn jas over zijn hoofd en kroop dichter tegen de ton aan om zo meer bescherming te vinden tegen de regen en de ijzige kou. Zijn gesloten ogen waren naar de grond gericht. Opeens voelde hij een warme vloeistof op zijn arm. Hij opende zijn ogen half en zag nog juist een straathond wegrennen. Hij barstte in tranen uit en dacht, lager kan een mens niet zinken. Hij trok zijn natte jas verder over zich heen en legde zijn hoofd in zijn schoot. Hij had knallende hoofdpijn. Hij was misselijk. Hij voelde het zuur uit zijn maag naar zijn slokdarm opstijgen. Hij had de hele dag nog niets gegeten. Alle koffie die hij gedronken had, speelde nu op. Hij was de wanhoop nabij. Hij was niet meer in staat om helder na te denken. Het enige wat hij kon doen, was hier blijven zitten totdat iemand zou komen en hem de weg naar het geluk zou wijzen. Hij wist dat de kans dat dit zou gebeuren nog kleiner was dan de kans om een fortuin te winnen in dat vreselijke café. Zijn lichaam rilde van de kou. Hij begon te klappertanden. Hij was nog nooit zo dicht bij de dood geweest.

3

Het regende. Er was niemand op straat te zien. Zelfs de zwerfhonden en katten die hier normaal rondliepen, waren van het toneel verdwenen en hadden een beschutte plek opgezocht. Het was elf uur in de avond. Slechts het spaarzame schijnsel van de straatlantaarns bracht een beetje licht in het uitgestorven stadje. Opeens was er een schaduw op het wegdek zichtbaar. Deze werd moeizaam vooruitgeduwd door een man die voorovergebogen liep. Wie was er nog zo laat in dit hondenweer op pad? Hij bleef onder een lantaarn staan. In zijn hand hield hij een boekje vast. Hij gebruikte het licht om er iets in op te zoeken. Het leek alsof hij de weg kwijt was. Hij zag er raar uit. Hij had veel te wijde kleren aan. Ze waren drijfnat en hingen als een slappe zak om zijn lijf. Hij had geen bagage bij zich. Hij zag eruit als een zwerver. Nadat hij iets opgezocht had in zijn boekje keek hij om zich heen. Hij deed een paar stappen naar rechts en verdween even in de duisternis om daarna weer onder de lantaarn te verschijnen. Weer keek hij in het boekje. Hij was de weg kwijt. Nu was zijn gezicht ook zichtbaar. Een enorme baard bedekte het grootste deel van zijn gezicht. Vanaf zijn hoofd dropen de regendruppels op zijn baard. Van zijn baard op zijn jas en via zijn broek op de natte grond. Het was een wonderlijk schouwspel hoe de regen met hem speelde. Nadat hij een poosje aandachtig in zijn boekje had gekeken, verdween hij weer de duisternis in. Hij sloeg aan het eind van de straat een klein nauw steegje in. Slangenstraat stond op een roestig bordje aan het begin van het steegje. Door de natte kinderkopjes was het glad. Overal lag vuilnis op de grond. De doorgang werd versperd door omgevallen vuilnisbakken. Het stonk hier vreselijk. Omdat het straatje erg nauw was, bleef de stank hier hangen. De geur van de dood. De uitzichtloze sfeer die vanavond over de hele stad hing, was hier te ruiken. Hij liep onverstoord verder de steeg in. Af en toe stootte hij tegen een omgevallen vuilnisbak die hij door de schaarse verlichting niet zag. Hij keek om zich heen alsof hij van dit steegje genoot. Hij leek op een toerist die met volle teugen de omgeving in zich opnam. Het steegje werd steeds donkerder en nauwer. Hij bleef onverstoorbaar doorlopen. Hij liet zich niet tegenhouden door de geheimzinnige sfeer die hier hing. Ook het lawaai van omvallende vuilnisbakken veroorzaakt door wegspringende katten stoorde hem niet. Opeens zag hij in de verte een klein rood lichtje branden. Hij leek hierdoor geschrokken te zijn, want hij bleef plotseling staan.

Hij deinsde een aantal stappen achteruit toen hij een vrouwenstem hoorde zeggen: 'Kom hier, lekker ding.'

Hij bleef staan en keek om zich heen.

'Hierheen. Hier ben ik.'

De stem kwam uit de richting van het rode lampje. Toen hij dichterbij kwam, zag hij dat er een jonge vrouw onder het rode lampje stond. Het licht was niet fel genoeg om details van haar gezicht te zien. Ze maakte een gebaar dat hij dichterbij moest komen. Aarzelend liep hij naar haar toe. Hij voelde dat zijn hart tekeerging. Toen hij er bijna was, verdween ze in het huis waar het lampje tegen hing. Hij kneep zijn ogen samen en speurde de omgeving af. Waarom was ze plotseling verdwenen? Wat moest hij doen? Moest hij ook het huis in gaan? Allerlei vragen spookten door zijn hoofd.

Toen hoorde hij weer haar stem. 'Kom binnen.' Ze klonk teder en uitnodigend. Hij werd aangetrokken door het melodieuze geluid van haar stem. Schoorvoetend ging hij naar binnen. Daar brandden heel veel rode lampjes waardoor het interieur op een vuurzee leek. In het midden van de kamer stond een grote rode fluwelen fauteuil. Daarin zat een ontzettend knappe vrouw. Goddelijke schoonheid waren de eerste twee woorden die hem te binnen schoten. Haar lange blonde haren hingen langs haar naakte lichaam. Ze droeg glinsterende zilveren en gouden armbanden. Haar grote blauwe ogen bekeken hem van top tot teen. Het was alsof hij in een eindeloze oceaan keek. Er verscheen een geheimzinnige glimlach op haar gezicht.

'Kom dichterbij. Dan kan ik je beter zien,' zei ze met een fluisterende, sensuele stem.

Heel langzaam kwam hij dichterbij. Zijn ademhaling versnelde. Hij begon te transpireren van opwinding. Toen hij vlak bij haar stond keek hij haar diep in de ogen. Het leek alsof hij door haar gehypnotiseerd werd. Ze veranderde steeds van houding zodat hij haar hele lichaam kon bewonderen.

'Kom nog dichterbij en pak me.' Ze maakte met haar tong haar kersrode lippen nat.

Hij keek haar nog steeds diep in de ogen. Zijn handen werden vochtig. Zijn hart ging als een losgeslagen paard tekeer. Hij deed een stap naar voren. De ogen van de vrouw begonnen te fonkelen.

Opeens bleef hij staan. Niet uit onzekerheid, maar uit zelfverzekerdheid. Er verscheen een triomfantelijke glimlach op zijn gezicht. Hij voelde dat hij rustig werd. Plotseling wist hij zeker wat hij moest doen. Op een kalme toon zei hij: 'Nee, ik kom niet verder.'

De glimlach verdween van het gezicht van de vrouw. Haar ogen spuwden vuur. Ze kreeg hoekige gelaatstrekken. 'Wat?' schreeuwde ze. 'Je zegt nee? Geen enkele man uit de hele wereld zou mij afwijzen. Kom verder en pak me.' De laatste woorden schreeuwde ze op een dwingende manier.

'Nee,' zei hij vastbesloten. 'Als al die mannen die jou dagelijks pakken niet blind zouden zijn, dan zouden ze je in een hoek trappen. Door jouw oogverblindende schoonheid weten ze niet wat ze doen en zien ze niet wie je echt bent.'

De vrouw werd woedend. Haar gezicht werd vuurrood. 'Ellendeling,' riep ze terwijl ze haar vuisten balde.

Hij bleef onverstoord staan. 'Wie is hier de ellendeling?' vroeg hij op een gebiedende toon. 'Steek je handen naar me uit en laat zien wie hier de ellendeling is. '

De vrouw maakte sissende geluiden. Met haar ogen probeerde ze hem te doorboren. Met haar rechterhand hield ze een groot mes vast. 'Stuk ongeluk dat je bent. Ik zal je vermoorden,' schreeuwde ze.

Hij draaide zich snel om en rende naar de deur. Voordat hij naar buiten ging, draaide hij zich om. 'Van wie moet jij me vermoorden?'

De vrouw gooide met kracht het mes naar zijn hoofd, maar de deur was zijn redding. De oude houten deur ving het blinkende mes op. Daarna begon hij te rennen. Hij moest zo snel mogelijk hier vandaan komen. Achter zich hoorde hij de vrouw allerlei scheldwoorden naar hem schreeuwen. Plotseling veranderde haar geschreeuw in een angstige doodskreet. Het geluid ging hem door merg en been. Hij bleef even staan. Daarna schudde hij met zijn hoofd. 'Ik wist het. Ik wist het,' mompelde hij toen hij verder rende. Hij bleef doorrennen totdat een stenen muur de weg blokkeerde. Hij kon niet verder. Achter de muur zag hij licht branden. Omdat hij niet verder kon, draaide hij zich om. Hij was verlamd van schrik. De vuilnisbakken waren veranderd in slangen die op hem afkwamen. Hij keek wanhopig alle kanten op. Het zweet brak hem uit. De slangen kwamen steeds dichterbij. Het leek alsof het er steeds meer werden. Hij verzamelde al zijn moed, nam een aanloop en sprong tegen de muur op. Met zijn handen wist hij juist de bovenrand van de muur vast te grijpen. Even leek het alsof zijn handen weggleden, maar met vereende krachten wist hij zich vast te houden. Daarna trok hij zich met veel pijn en moeite op en wist hij over de muur te klimmen. Met een plof viel hij aan de andere kant van de muur op de grond. Hij voelde de adrenaline door zijn lichaam stromen. Aan deze kant van de muur liepen allerlei mensen rustig door de straat. Ze keken hem verwonderd aan. Een taxi stopte. De chauffeur vroeg hem of alles in orde was. Hij knikte zonder een antwoord te geven. Snel liep hij verder. Hij liep naar een oude man die tegen een lantaarnpaal stond. Hijgend vroeg hij waar een telefooncel was. De man wees hem de weg. Hij bedankte de man en verdween daarna in de menigte.

4

'Oliver! Oliver, kom je eten? Het eten is klaar.'

'Kom zitten, Loes. Hij komt toch niet.'

'Maar Karel. Onze jongen moet toch eten. Oliver!'

Ze ging zitten. Voor de zoveelste keer zaten Loes en Karel alleen aan tafel. Ze waren rijke mensen. Karel bezat de grootste autofabriek uit de regio. Het ging hen voor de wind. Ze hadden nog twee dochters die niet meer thuis woonden en gelukkig getrouwd waren. Dat had Karel Zuyderberg goed geregeld. Een dochter was vorige maand getrouwd met de zoon van zijn grootste concurrent. Hierdoor had hij zijn concurrent op meesterlijke wijze uitgeschakeld. Zijn andere dochter was drie jaar geleden getrouwd met de zoon van de beste advocaat van het land. Voor een proces meer of minder hoefde hij nu niet meer bang te zijn. Hij had alles perfect geregeld. Helaas kon hij op zijn zoon geen enkele invloed uitoefenen. Dat was hem een doorn in het oog. Ze haatten elkaar. Toch wilde hij hem niet verliezen. Hij wist dat zijn vrouw van verdriet kapot zou gaan als Oliver met ruzie het huis zou verlaten. Verder moest zijn familie voor de buitenwereld er perfect uitzien. Hij kon het zich niet veroorloven dat Oliver zijn zorgvuldig opgebouwde kaartenhuis in elkaar liet storten. Hij had zelfs uit voorzorg verschillende detectives ingehuurd om zijn zoon in de gaten te houden. Hij moest hoe dan ook voorkomen dat hij foute dingen ging doen.

Oliver haatte zijn vader. Hij was vijfentwintig jaar. Op zijn achttiende was zijn haat begonnen. Hij had gemerkt hoe zijn vader met mensen omging. Hij was een gewetenloze egoïst die mensen tegen elkaar uitspeelde om er zelf beter van te worden. Overal liet hij slachtoffers achter terwijl hij zijn zakken vulde.

De laatste zeven jaar was Oliver niet van mening veranderd. Integendeel, hij was hem nog meer gaan haten. Hou ouder hij werd hoe duidelijker het voor hem werd dat zijn vader door en door slecht was. Oliver was als reactie hierop het tegenovergestelde van zijn vader geworden. Hij probeerde mensen te helpen. Daar waar zijn vader wonden veroorzaakten, probeerde hij die juist te helen. Oliver was een jongeman die voor zijn idealen vocht. Hij was lid van diverse groeperingen die voor de belangen van arme mensen opkwamen. Toch waren er veel mensen die hem wantrouwden. Ze dachten dat het weer een truc van zijn vader was om op deze manier nog meer slachtoffers te maken. Hij had zijn naam niet mee. Hij had al diverse keren overwogen om een andere achternaam aan te nemen, maar zover was het nog niet gekomen. Dat sommige mensen hem niet geloofden vrat aan hem. Hij werd er zwaarmoedig van. Oliver was een jongen die bijna nooit lachte. Het liefst zat hij ergens stil in een hoekje voor zich uit te staren. Daar bedacht hij de dingen die hij op de bijeenkomsten die hij bezocht zou zeggen. De uitspraken die hij deed, werden door de detectives die zijn vader had ingehuurd nauwgezet genoteerd. Zijn vader was van alles op de hoogte.

Oliver kwam de huiskamer binnen.

Zijn vader keek op en zei: 'Zo, ben je daar eindelijk?'

Oliver knikte ongeïnteresseerd en pakte een stuk vlees van tafel.

'Kom zitten, jongen. Ik geef je wat te eten,' zei zijn moeder op een vriendelijke toon. Zij vond het vreselijk dat de relatie tussen haar man en zoon verstoord was. Ze probeerde er het beste van te maken.

'Nee, nee,' antwoordde hij. 'Ik heb geen tijd. Ik ben zo weer weg. Ik heb een afspraak.'

'Maar je moet toch eten. Gisteren heb je ook al niets gegeten.'

Zijn vader legde een hand op haar schouder. Hij knikte en zei op een kalme toon: 'Laat maar. Je kunt hem niet dwingen.'

Loes ging terneergeslagen zitten. Ze maakte zich zorgen om Oliver. De laatste tijd was hij anders dan normaal. Ze merkte maar al te goed dat hij zijn vader steeds meer negeerde. Wat ging er toch allemaal in zijn hoofd om? Zou hij foute vrienden hebben? Ze had slapeloze nachten door het gepieker over haar zoon. Hij droeg de laatste tijd ook andere kleding. Terwijl hij prachtige pakken had, droeg hij vale spijkerbroeken en veel te wijd zittende gebreide truien. Zelfs de buren hadden er al opmerkingen over gemaakt. Ze begreep er niets van. Ze hadden hem alles gegeven wat hij wilde. Waar was het mis gegaan? Ze vroeg zich dag en nacht af of ze fouten gemaakt hadden. Ze kon er geen bedenken. Ze hadden hem zelfs in contact gebracht met Denise. Ze was de beeldschone dochter van de Scheerlings. Ze waren de eigenaars van de grootste hotelketen van het land. Dat was op een fiasco uitgelopen.

Samen waren ze uitgegaan. Ze was 's avonds laat huilend thuisgekomen. Ze was een aantal dagen helemaal overstuur geweest. Toen ze in de dancing waren, waar ze pogingen deed om hem te verleiden, had hij gezegd: 'Schaam jij je niet dood wanneer je 's ochtends in de spiegel kijkt? Wanneer je dat ontevreden gezicht ziet waarin de dollartekens gegriefd staan?'

Ze was in tranen uitgebarsten. Op de terugweg naar huis had ze een aantal keren gebraakt. Zoiets had nog nooit iemand tegen haar gezegd. Ze was gewend om complimenten over haar uiterlijk te krijgen. Het contact met de Scheerlings was na dit voorval abrupt beëindigd.

'Wat moet er van die jongen terecht komen?' Zijn moeder ging met een zucht zitten.

Oliver was inmiddels weer naar buiten gegaan. Zonder iets te zeggen, was hij de kamer uitgelopen. Buiten woei de koude wind fijne regendruppeltjes in zijn gezicht. Het friste hem op. Het leek alsof hij uit een diepe slaap ontwaakte. Terwijl hij over straat liep, werd hij overvallen door een brandend, trillend gevoel in zijn maagstreek. Had hij te gulzig en te veel vlees gegeten? Nee, het was niet het vlees. Hij kende de symptomen maar al te goed. Het was hetzelfde gevoel dat hij had voordat hij een speech moest houden. Een gevoel dat diep in hem genesteld zat en steeds maar weer terugkwam. Een gevoel van onzekerheid en angst. Angst dat de woorden in zijn keel zouden blijven steken. Angst dat hij flauw zou vallen. Gelukkig wist hij altijd als het erop aankwam zijn angsten de baas te zijn. Als hij eenmaal begon te spreken dan kwam er een stortvloed van woorden uit zijn mond. Hij was dan niet meer te stuiten. Hij was gewend geraakt aan dat gevoel. Hij beschouwde het als een soort warming-up voor het optreden. Soms verheugde hij zich op deze interne ontregeling. Het was meestal een voorbode van een geslaagde voordracht. Het gaf hem inspiratie. Hoe erger de buikkrampen waren hoe meer succes hij zou hebben.

Het was inmiddels harder gaan regenen, maar hij ging niet harder lopen. Integendeel. Hij genoot van de regen. Nadat hij een hele tijd door de stad over een van de hoofdstraten had gelopen, sloeg hij een klein straatje in. De huizen stonden hier zo dicht bij elkaar dat je gemakkelijk van het ene dak op het andere dak kon springen. De wijk waar hij nu liep, stond bekend als een van de armste wijken van de stad. Er woonden grote families in veel te kleine kamers. Alle sociale regels werden door de huisjesmelkers met voeten getreden. Soms woonden er wel tien gezinnen in een huis dat in feite bestemd was voor maar één gezin. De bewoners zaten hier de hele dag binnen niets te doen. Enerzijds omdat ze werkeloos waren en anderzijds omdat ze veel te weinig te eten hadden waardoor ze de energie misten om iets te kunnen doen.

Vandaag moest hij in deze wijk een lezing houden. Hij wist dat het hier moeilijk zou zijn. Zijn toespraak van vorige maand was op een vechtpartij uitgelopen, omdat hij te hard van stapel was gelopen. De plaatselijke bevolking had zich gekwetst gevoeld en was tegen hem in opstand gekomen. Hij had zelfs een aantal raken klappen opgevangen. Hij was met een blauw oog thuisgekomen. Tegen zijn ouders had hij gezegd dat hij gevallen was. Maar hij liet zich niet uit het veld slaan. Het incident van vorige maand kon niet voorkomen dat hij zich vandaag zou inhouden. Integendeel. Hij zou ze vandaag weer een spiegel voorhouden en ze vertellen wat hij van ze dacht. Door deze gedachten was hij sneller gaan lopen. Hij raakte opgewonden. De adrenaline in zijn lichaam stuwde hem vooruit. Hij was klaar voor de uitdaging. Onbewust balde hij zijn vuisten voordat hij het plaatselijke café naar binnen ging.

Nadat Oliver naar binnen gegaan was, verscheen er een kleine gedrongen man bij de voordeur. Hij droeg een lange zwarte jas en een zwarte hoed die zijn gezicht bedekte. Deze man had Oliver al een hele tijd ongemerkt gevolgd. Oliver was te veel in zijn gedachtewereld verzeild geraakt en had er geen erg in gehad dat hij achtervolgd werd. In zijn ene hand droeg de gedrongen man een zwarte paraplu, in de andere hand een aktentas waarin zijn notitieboekje zat. Deze man, Kruisbeek genaamd, was één van de detectives die door de vader van Oliver was ingehuurd. Ze hadden de opdracht gekregen om iedere stap van Oliver te volgen. Zijn vader had er zeven aangesteld. Voor elke dag een ander. Zo werd de kans dat Oliver zou ontdekken dat hij gevolgd werd kleiner.

Kruisbeek was vorige maand ook bij de rel in ditzelfde café geweest. Hij had er zelf voor gezorgd dat de rel was uitgebroken. Hij wist dat de mensen hier een ontzettend kort lontje hadden en dat je ze snel op stang kon jagen. Hij had een paar geschikte mensen ingehuurd die op zijn teken begonnen te reageren op de toespraak van Oliver. Ze gooiden olie op het vuur waardoor de licht ontvlambare situatie binnen de kortste keren in lichterlaaie stond. Hij had gehoopt dat Oliver na dit pak slaag wel een toontje lager zou gaan zingen. Helaas was zijn voorspelling niet uitgekomen. Oliver leek door dit incident nog gedrevener te zijn geworden. Kruisbeek bleef even voor de deur van het café staan en stak een sigaret op. Hij keek nog even schichtig rond of iemand hem gezien had en ging daarna naar binnen.

Hij kwam in een bedompte ruimte terecht. Hij moest wennen aan de rook die hier hing. Zijn ogen begonnen te tranen. Hij kende de weg hier goed. Hij liep meteen naar het achtergedeelte van het café. Dat was ingericht als een soort vergaderzaaltje. Er hing hier een geheimzinnige sfeer veroorzaakt door het vage licht en de grauwe sluier die de sigarettenrook veroorzaakte. Hij wrong zich tussen een aantal mensen door om in het achtergedeelte te komen. Hier stonden een dertigtal mensen in een kring. Vanuit het midden van de kring hoorde hij een stem. Kruisbeek wrong zich verder naar voren om iets te kunnen zien, maar vooral om alles te kunnen horen. Hij moest uiteindelijk op zijn tenen gaan staan om een beter zicht op het midden van de kring te krijgen. Daar zag hij een jonge man op een barkruk zitten. Zijn hoofd was vuurrood van inspanning. Terwijl hij sprak, maakte hij met zijn handen grootse gebaren. Hij sprak af en toe zacht en dan weer luid. Soms stond hij zelfs op. Dat deed hij als hij iets heel belangrijks te vertellen had. Hij ging dan staan en sprak de woorden heel langzaam en overduidelijk uit. Hij herhaalde zijn woorden drie tot vier keer terwijl hij de kring rondliep zodat hij iedereen recht in de ogen kon kijken. Soms kwamen zijn woorden zo fel uit zijn mond dat het klonk als grof artilleriegeschut.

Kruisbeek zag hoe Oliver nu zijn kant op keek. Hij had een vurige blik in zijn ogen.

'Eén ding moeten jullie onthouden! Eén ding!'

Hij stak zijn rechterwijsvinger de lucht in.

'Ook al zijn jullie arm. Ook al zijn jullie hongerig. Ook al voelen jullie je ellendig. Dat is nog geen reden om de hele dag op jullie gat te zitten.'

Iedereen was nu stil. Er hing een dreigende sfeer in het café.

'Omdat er geen werk is, betekent dat nog niet dat jullie niet kunnen werken. Waarom moeten jullie beziggehouden worden door anderen? Zit er in jullie dan geen kracht? Brandt er in jullie geen vuur om zelf iets te ondernemen? Om iets te doen?'

31

De mensen om hem heen keken elkaar hoofdschuddend aan.

'Doe iets, mensen! Doe iets!'

Bij de laatste woorden pakte hij een man vast die in de buurt van Kruisbeek stond en schudde hem door elkaar alsof hij hem wakker wilde maken. Kruisbeek dook instinctief een beetje in elkaar.

'Doe iets, ook al hebben jullie honger en te weinig brandstof in jullie motor. Mensen, denk eraan. Er zit altijd nog een klein restje brandstof verborgen in jullie lichaam. Gebruik dat nuttig. Laat het niet verdampen. Gebruik dat om de tank weer bij te vullen en op kracht te komen. Gebruik het niet om af te wachten totdat er iemand komt met brandstof. Ik zal jullie uit jullie droom helpen. Die iemand zal nooit komen. Wacht daarom niet langer af. Zit niet in jullie huisjes zielig te wezen. Jullie moeten iets doen. Voor mijn part gaan jullie de straat op en gaan jullie halen wat jullie toekomt. Maar kom in beweging. Beweging geeft jullie energie en kracht en maakt jullie weer gelukkig en gezond. Laat de wereld horen hoe het met jullie gaat. Laat de wereld jullie jammerklanken horen. Doe iets! Laat de wereld jullie vuist zien!'

Hij stak zijn rechtervuist demonstratief in de lucht. Zijn keel was schor geworden. Hij ging even zitten. Zijn hoofd was nu nog roder dan voorheen. Hij keek de cirkel rond. Hij had gehoopt dat iedereen als reactie op zijn toespraak zijn rechtervuist in de lucht zou steken, maar het tegendeel was waar. In de cirkel stonden ze met elkaar te praten. Sommigen keken hem prijzend aan en knikten toestemmend, anderen voelden zich beledigd en keken hem afkeurend aan.

Kruisbeek had de menigte verlaten en was naar het voorste gedeelte van het café gelopen. Hij ging aan een statafel staan en maakte aantekeningen in zijn kleine notitieboekje. Tijdens de toespraak van Oliver had hij zich meerdere keren afgevraagd waar hij de durf en de brutaliteit vandaan gehaald had om de menigte op deze manier toe te spreken. Op zo'n felle toon als vandaag had hij nog nooit gesproken. Het was alsof hij een revolutie probeerde te ontketenen. Hij moest snel tegen Zuyderberg zeggen waarmee zijn zoon bezig was. Hij speelde met vuur. Hij vond het jammer dat hij dit keer geen toestemming had gekregen om de boel uit de hand te laten lopen. De ouders van Oliver waren erg geschrokken toen ze het gehavende gezicht van hun zoon gezien hadden na zijn laatste toespraak. Met name zijn moeder scheen erg ontdaan geweest te zijn. Daarom had zijn vader hem uitdrukkelijk verzocht om dit keer alleen te observeren en te rapporteren. Kruisbeek las zijn aantekeningen nog eens door en dacht: dit keer had hij opnieuw een pak slaag verdiend.

Oliver was ondertussen weer aan het spreken. Het gesprek had nu een ander karakter gekregen, omdat hij de vragen van de mensen die om hem heen stonden, beantwoordde. Kruisbeek besloot dat hij genoeg gehoord had. Hij kreeg het benauwd van de bedompte rokerige lucht die in het café hing. Hij had frisse lucht nodig. Hij stopte zijn notitieboekje in zijn tas en stapte op. Hij was ervan overtuigd dat hij genoeg materiaal had om aan Zuyderberg te geven. Voordat hij het café verliet, hoorde hij dat Oliver weer heftig tekeerging. De woorden 'doe iets' dreunden door zijn hoofd toen hij de straat uitliep.

Die snotaap, dacht hij. Weet hij wel wat hij teweegbrengt als hij die mensen wakker maakt?

Een koude rilling schoot door zijn lichaam. Hij versnelde zijn pas. Hij zou vanavond nog zijn bevindingen terugkoppelen aan Zuyderberg. Hij moest zo snel mogelijk weten waarmee zijn zoon bezig was.

5

Ergens sloeg een klok twee keer. Het regende niet meer. De sterren die zich tot nu verstopt hadden achter het dikke wolkendek waren nu weer zichtbaar geworden. Vanaf de grond steeg een heerlijke geur op die door een bries over de stad werd verspreid. Af en toe reed er een auto door de straten. Maar er klonken ook stemmen in de nacht. Het waren de stemmen van zwervers. De stad was rijk aan zwervers die langs de straat, in het park, of onder een van de vele bruggen die de stad kende bleven slapen. Ze zaten vaak in groepen bij elkaar en vertelden elkaar sterke verhalen. Daarbij dronken ze goedkope wijn of andere alcoholische dranken waarvan niet altijd duidelijk was waaruit de drank bestond. De zwervers kon je in twee groepen indelen. Een groep bestond uit mensen die zwerver waren geworden omdat ze niet beter wisten. De geboren zwervers. Tot de andere groep behoorden de mensen die door allerlei tegenslagen in hun leven hadden besloten vaarwel te zeggen tegen de situatie waarin ze zich bevonden en kozen voor het zwerversbestaan. Tot deze laatste groep gingen steeds meer mensen behoren. Overdag zag je ze in hun versleten kleding over de straten lopen. Daar probeerden ze geld bij elkaar te bedelen. Meestal haalden ze juist voldoende geld op om een fles goedkope wijn of iets wat daarop leek te kunnen kopen. Het voedsel haalden ze uit de vuilnisbakken die langs de wegen stonden. Het was ongelooflijk hoeveel eten er weggegooid werd. De meeste mensen keken afkeurend de andere kant op wanneer ze een zwerver iets uit een vuilnisbak zagen graaien. Ze konden het zich niet voorstellen dat iemand daar niet vies van was. De zwervers hadden een andere perceptie. De woorden *vies zijn van* kwamen niet in hun vocabulaire voor. Alles wat eetbaar was, werd gegeten. Alles wat drinkbaar was, werd gedronken. Alles wat leefbaar was, werd geleefd.

Vijf zwervers zaten bij elkaar onder een oude brug. Het stonk er naar urine en braaksel. Ze zaten met elkaar te praten over van alles, maar in feite over niets. Het schijnsel van het kampvuur liet hun schaduwen over de pilaren van de brug dansen. Een dans die hun uitzichtloze leven symboliseerde. De tango van de nacht. Door de steeds verspringende schaduwen kreeg het geheel een spookachtig uiterlijk. Ze rookten sigaretten gemaakt van de peuken die ze overdag verzameld hadden. Bij het kampvuur hadden ze hun doordrenkte schoenen en sokken neergelegd om op te drogen. Een van de zwervers speelde gitaar terwijl hij daarbij zong. Zingen was misschien te veel gezegd. Hij maakte een geluid dat door merg en been ging en de diepste snaar in ieders lichaam raakte. Alleen het refrein was goed te verstaan. Dat zong hij vijf tot zes keer. De woorden werden door de wind opgepakt en meegevoerd. Meegevoerd naar de andere kant van de rivier: 'Ik wou dat ik een jakhals was. Dan zou ik de hele nacht janken.' De overige zwervers zwegen en luisterden naar zijn woorden. Iedereen beleefde zijn eigen levensverhaal en voelde hoe hij steeds verder in het moeras wegzakte. Plotseling stopte de muziek. Alsof iedereen uit een droom ontwaakte, keken ze elkaar verbaasd aan. Ze hoorden een vreemd geluid dat vanaf de rivier vandaan kwam. Het leek alsof iemand over de kiezelstenen die langs de oever lagen liep. Al snel begon de zwerver weer te spelen en te zingen. Even dachten ze dat er iemand van de politie aan kwam lopen, maar tot hun grote opluchting zagen ze dat het ook zwerver was die daar door de nacht rondslenterde. Hij had te grote kleren aan en droeg oude versleten schoenen. De lange baard bedekte zijn verweerde gezicht. De zwervers vroegen zich af wie hij was. Ze hadden hem hier nog nooit eerder gezien.

'Hé kerel, kom erbij zitten,' riep een van de zwervers met een schorre, vermoeide stem. 'Hier bij het vuur. Leg je natte schoenen en sokken maar bij het vuur. Dan kunnen ze opdrogen.'

De vreemdeling kwam aarzelend dichterbij. Een van de zwervers merkte zijn aarzeling. Hij stond op en gaf hem een hand. 'Jannes is de naam.'

De vreemdeling knikte verlegen. Voordat hij het wist, zat hij bij het kampvuur tussen de ander zwervers. De man met de gitaar had zich als John voorgesteld en begon weer te spelen. De woorden kwamen steeds moeizamer uit zijn mond. Waarschijnlijk omdat de wijn op was. Ook de anderen hadden zich voorgesteld als Mark, Stefan en Andreas die ook wel de stille werd genoemd.

Toen ze vroegen hoe hij heette was het even stil. Hij wist het niet. In een flits zag hij zich weer voor de spiegel in het kamertje staan. De vragen die hij zich toen gesteld had dreunden door zijn hoofd. Wie ben ik? Ben ik? Voordat hij er erg in had, antwoordde hij: 'Mijn naam is BenIk. Met hoofdletter B en hoofdletter I.'

Ze keken elkaar vragend aan. BenIk? Wat een vreemde naam. Niemand zei iets. Ze haalden hun schouders op en besloten om geen verdere vragen te stellen.

BenIk had zijn jas, sokken en schoenen bij het vuur gelegd. Van Jannes die de leider van het groepje was, kreeg hij een stuk brood. Gulzig at hij de brokken hard geworden brood op. Helaas was de wijn op.

'De wijn heeft John opgezopen om zijn keel te smeren,' zei Jannes. Hij gaf BenIk een oude metalen mok waar een koffieachtige substantie in zat.

BenIk zat naast Andreas. Die zag er helemaal niet uit als een zwerver. Dat maakte BenIk nieuwsgierig. Ze zaten een hele tijd naast elkaar zonder iets te zeggen. De treurige zang van John was inmiddels gestopt. Hij bedacht een manier om een gesprek met Andreas aan te gaan. Hij had behoefte om met iemand te praten.

Hij had de hele avond rondgezworven door de stad. Hij was op zoek geweest naar deze groep zwervers. Waarom wist hij niet. Het was alsof zijn lichaam hem hierheen had gedragen zonder dat hij zich dat bewust geweest was. Zo was het, sinds hij in dat vreemde kamertje wakker was geworden, al de hele dag gegaan. Eerst had zijn lichaam hem naar een gemene prostituee gebracht. En hij had ook een vreemde man ontmoet.

Gedreven door honger was hij op de geur van vers-gebakken broodjes afgegaan. Hij ontmoette een man die in een donker steegje op een bank zat. Naast hem lagen een aantal lekkere broodjes. Hij vroeg of hij er ook een mocht hebben. De man gaf geen antwoord. Hij herhaalde een aantal keren zijn vraag en probeerde met gebaren duidelijk te maken dat hij honger had. Maar de man zweeg. Het leek alsof hij helemaal niet merkte dat er iemand voor hem stond. De man keek dwars door hem heen. Uiteindelijk besloot hij om door te lopen. Toen hij een eindje verderop was, voelde hij hoe iemand hem op zijn rug tikte. Hij schrok en draaide zich om. Achter hem stond de oude man die hem glimlachend een broodje aanreikte. Zijn ogen keken weer dwars door hem heen. Zijn tanden waren afgebrokkeld en tussen de overgebleven tanden kleefden voedselresten. Vanuit zijn rechtermondhoek liep een straaltje slijm over zijn gezicht. De man stonk ontzettend. Maar hij was zo hongerig dat hij het broodje dankbaar aanpakte. Hij bedankte de man, maar die reageerde niet en draaide zich om en liep weg. Hij keek hem nog even na. Daarna haalde BenIk zijn schouders op en liep verder. Hij nam een hap uit het broodje. Plotseling werd de geest in zijn lichaam weer wakker. Hij merkte dat er een vreemde smaak aan het broodje zat. Hij keek naar het broodje in zijn hand. Het zweet brak hem uit. Snel spuwde hij het brood dat in zijn mond zat uit. Vol ontzetting zag hij dat duizenden wormen en maden uit het broodje kropen. Hij begon te kokhalzen en moest moeite doen om niet te braken. Het liet het broodje op de grond vallen en liep de oude man achterna. Maar hij was nergens meer te bekennen. Op en rond de bank waar de man gezeten had lag nu een berg vuilnis. Hij twijfelde of hij wel goed gelopen was. Uiteindelijk wist hij zeker dat dit de bank was waar de man gezeten had. Hij begreep er niets van en besloot verder te lopen. Zijn lichaam had hem toen uiteindelijk naar dit groepje zwervers geleid.

Het stuk brood dat hem door Jannes werd aangeboden had hij een aantal keren goed bekeken voordat hij er een hap van genomen had. Het leek alsof dit groepje zwervers de eerste mensen waren die hij vertrouwen kon. Hij bekeek ze aandachtig één voor één. Het verbaasde hem dat deze mensen die niets bezaten toch een zekere trots uitstraalden. Ze schaamden zich niet dat ze zwervers waren.

Een van de zwervers miste echter de trots die de anderen wel bezaten. Zijn ogen waren dik en rood. Hij bemoeide zich niet met het groepje en zat met gebogen hoofd voor het kampvuur. Hij zong ook niet met de rest mee. Hij staarde in de vlammen van het vuur. Het was Andreas. Hij werd door de groep de Stille genoemd. BenIk voelde zich op de een of andere manier tot hem aangetrokken. Hij was benieuwd naar zijn verhaal.

Terwijl hij naar de woorden zocht die hij tegen hem wilde zeggen, voelde hij plotseling dat zijn hart sneller ging kloppen. Hij voelde een prikkelend gevoel in zijn maagstreek. Hij voelde hoe zijn mond en zijn lippen bewogen. Hij hoorde hoe hij de Stille een vraag stelde: 'Waarom heb je haar vermoord?'

Andreas keek geschrokken op. Hij keek hem met grote angstige ogen aan.

'Ik zie dat je verdrietig bent en dat die moord aan je knaagt. Jij ben geen zwerver zoals de anderen. Vertel me, waarom heb je haar vermoord?'

Andreas keek hem met open mond aan. 'Wie ben jij?' vroeg hij met een trillende stem. Hij schoof angstig achteruit. 'Jij bent toch niet van de politie?' Hij stond op en maakte aanstalten om te vluchten.

BenIk stak een hand naar hem uit en zei: 'Blijf zitten. Ik ben niet van de politie. Echt niet.'

Andreas keek hem nog steeds argwanend aan.

'Nee, echt niet. Ga zitten.' BenIk keek om zich heen. De rest scheen niets van dit voorval gemerkt te hebben. Ze luisterden naar John die inmiddels weer zijn melancholische klanken uit zijn mond liet ontsnappen.

Andreas ging aarzelend op zijn plaats zitten.

BenIk keek hem indringend aan. 'Je kunt me vertrouwen.' Hij legde zijn rechterhand op zijn schouder.

'Maar wie ben je dan?' Andreas inspecteerde BenIk van top tot teen. 'Wat weet jij van de dood van mijn vrouw?'

'Niets,' antwoordde hij terwijl er een rustgevende glimlach op zijn gezicht verscheen. 'Ik weet alleen dat jij een vrouw vermoord hebt. Dat het je eigen vrouw was, wist ik niet. Hoe, waarom en wanneer je het gedaan hebt weet ik ook niet.'

Andreas keek hem verbouwereerd aan. 'Wie heeft je dan verteld dat ik een vrouw vermoord heb?'

BenIk dronk een slok water en antwoordde met een rustige stem: 'Mijn geest heeft het me verteld.'

Andreas wist niet wat hij van hem moest denken. Had hij met een gek te maken? 'Jouw wat?' vroeg hij verbaasd.

'Mijn geest. Misschien begrijp je het niet, maar mijn geest die ziet en die weet.'

Nu wist hij zeker dat BenIk stapelgek was.

BenIk ging onverstoorbaar verder. 'Niemand heeft me iets verteld over jou behalve jijzelf.'

'Maar ik heb je nog nooit gezien,' onderbrak hij hem.

'Toen ik jou zag wist ik meteen dat er iets me je aan de hand was. Jouw lichaam heeft je verraden. Mijn geest die zag jou, en mijn geest die wist dat jij een vrouw vermoord hebt.' Hij stopte even met praten en nam een slok water.

Andreas keek hem met de minuut verbaasder aan. 'Ik snap er niets van wat je allemaal zit te verkondigen. Het interesseert me ook niet hoe je aan de informatie gekomen bent. Wat me wel interesseert is of je me nu gaat aangeven bij de politie of niet? Probeerde je me te chanteren? Verwacht je dat ik je geld geef?'

'Nee, ik ga je niet verraden. Mijn geest weet dat je al genoeg boete gedaan hebt voor de daad die je hebt gepleegd.'

Andreas keek naar de dansende vlammen van het kampvuur. Ze leken op demonen die hem uitlachten. Hij bleef een tijdje voor zich uit staren terwijl de BenIk van zijn brood at.

'Ik dacht even dat je van de politie was. Dat ze je gestuurd hadden om me te arresteren.'

BenIk reageerde niet, maar ging rustig door met eten. Door dit zwijgen begon Andreas zijn verhaal te vertellen. Terwijl hij sprak bleef hij in het vuur staren alsof hij in de vlammen zijn verleden gereflecteerd zag.

'Dat wat je daarnet zei over die boete, dat klopt. Ik heb mijn functie als directeur neergelegd. Ik heb al mijn bezittingen verkocht en heb al mijn geld aan goede doelen geschonken. Daarna ben ik zwerver geworden. Het is nu bijna drie jaar geleden dat ik mijn luxeleventje vaarwel heb gezegd. '

Hij wreef met zijn vingers door zijn ogen. BenIk reageerde nog steeds niet.

'In feite heb ik niet mijn vrouw vermoord, maar haar laten creperen. Als ik haar gewoon had neergeschoten dan was alles anders gelopen. Maar wat ik gedaan heb dat kan ik mezelf gewoon niet vergeven. Dat is het verachtelijkste en gemeenste wat een mens kan doen. En waarom heb ik het gedaan? Alleen maar om dat ze een andere vriend had. Een vent die tien jaar jonger was. Had ik haar maar laten begaan. Het was vanzelf overgegaan. Maar ik was blind van woede. Ik kon het niet begrijpen dat ik die directeur was van het grootste kledingbedrijf van het land, bedrogen werd door zijn eigen vrouw. Ik had toch alles voor haar gedaan?'

42

Hij stopte even met praten. De vlammen waren kleiner geworden. Hij pakte een stuk hout en gooide dat op het vuur. Langzaam werden de vlammen groter waardoor zijn duistere herinneringen weer tevoorschijn kwamen.

'De laatste tijd hadden we constant ruzie. Op alles wat ze zei, had ik wat aan te merken. Ze luisterde niet naar wat ik zei. Als ik haar voor alles en nog wat uitschold, dan ging ze gewoon door met de dingen waarmee ze bezig was. Het interesseerde haar totaal niet wat ik tegen haar zei. Voor haar was ik gewoon lucht. Meestal vertrok ze 's avonds laat om de volgende dag pas weer terug te komen. In het begin ging ze één keer per week weg. Maar later ging ze bijna elke avond uit. Ik wilde van haar scheiden, maar ze vroeg zo veel geld dat ik besloot om daar voorlopig van af te zien. Dat ze een vriend had, was overduidelijk. Op een gegeven moment ging haar vriend voor een aantal weken op zakenreis. Ze bleef weer thuis en het leek weer zoals vroeger te worden. De spanningen verdwenen en we spraken ook weer met elkaar zonder ruzie te maken. In die periode viel ook onze trouwdag. Zoals gewoonlijk gingen we naar Oostenrijk op skivakantie. We waren beiden zeer geroutineerde skiërs. Daarom ging we vaak off-piste. Het grote voordeel was dat het daar niet zo druk was. We hadden het gevoel dat de eindeloze witte vlakte alleen van ons was.'

Hij stopte even met praten en nam een slok koffie. Het was harder gaan regenen. De overige zwervers waren tegen een pilaar van de brug gaan zitten om zodoende meer beschutting te hebben tegen de regen en de koude wind. Andreas gooide nog wat hout op het vuur. De vlammen vochten tegen de regendruppels die het vuur probeerden uit te doven. BenIk zat in elkaar gedoken naar de grond te staren.

'De dag dat het gebeurde, hadden we weer ruzie met elkaar gemaakt. Ze had een bief van haar vriend gekregen en deze met opzet op tafel laten liggen. Ze gooide zout in mijn wonden en het werd me overduidelijk dat ik slechts een figurant in haar leven geworden was. Tegen de middag gingen we weer zoals gewoonlijk skiën. We kozen voor een afgelegen route. Ik hoopte dat ze de brief weer even zou vergeten.'

'Zonder iets te zeggen begonnen we aan onze tocht naar boven. Gedurende de hele rit in de skilift stond er een triomfantelijke glimlach op haar gezicht. We stapten uit, keken elkaar aan en bonden onze skiën onder. Daarna begonnen we aan de afdaling. Ze skiede voor me uit. Ze was altijd de betere skiër geweest. Die dag leek het alsof ze over de sneeuw zweefde. Zonder moeite nam ze de moeilijkste hindernissen. Het leek alsof ze door die brief bovennatuurlijke krachten had gekregen. Ze nam een steeds grotere voorsprong op me. Toe zag ik dat ze in de verte over de kop sloeg. Ik haastte me ernaartoe. Ze lag languit in de sneeuw. Ze keek me met grote hulpeloze ogen aan. Ik zag dat haar rechterbeen gebroken was. Ik vroeg hoe het met haar ging en of ze pijn had. Ze antwoordde niet. Toen ik haar aanraakte, duwde ze mijn hand van haar af. Ik wist niet wat ik moest doen. Ze bleef me op een vreemde manier aanstaren. Opeens flitste er een duivels plan door mijn hoofd. We waren al de hele week op deze piste aan het skiën. We waren nog nooit iemand tegengekomen. Als ik nu eens gewoon zou weggaan, dan zou ze doodvriezen. Dan was ik van haar af en iedereen zou denken dat ze een tragisch ongeval gehad zou hebben. Ik keek naar de lucht. Vanavond zou het gaan sneeuwen. Alles sporen zouden uitgewist worden.

Ik kon natuurlijk zeggen dat ze een andere route genomen had en dat ik gekozen had voor een makkelijkere route aan de westkant van de berg omdat ik me niet zo goed voelde. Ik schrok van mijn gedachten. Ik keek nog eens naar haar. Toen onze blikken elkaar kruisten, sloeg de angst bij haar toe. Het was alsof ze mijn gedachten kon lezen. Ze wist dat haar laatste uur geslagen was. Ze begon te trillen. Het zweet brak haar uit.'

'Nee, je kunt me dit niet aandoen,' zei ze op een jammerende toon terwijl ze me met wijd opengesperde ogen aankeek.

'Maar ik was machteloos. Het duivelse gevoel had zich van mij meester gemaakt. Ik ontweek haar blik. Ik was doof voor haar smeekbeden. Ik draaide me om en skiede weg. Ik hoorde hoe ze wanhopig mijn naam riep. Haar schreeuw om hulp echode tussen de bergen door om vervolgens door de sneeuw opgeslokt te worden. Met een duivelse vaart denderde ik de berg af. Toen ik beneden aankwam, begon het te sneeuwen. Ik was buiten adem. Direct begon ik met het creëren van een alibi. Ik vroeg aan een aantal voorbijgangers of ze mijn vrouw gezien hadden. Ik vertelde ze dat ze een andere route had genomen. Terwijl ik al die leugens verkondigde, deed ik moeite om kalm en geloofwaardig over te komen. Daarna ging ik naar mijn appartement. Het sneeuwde inmiddels heel hard. Na ruim een uur belde ik naar de skilift om te vragen of ze inmiddels mijn vrouw al gezien hadden. Ik speelde de overbezorgde echtgenoot. Ik wist dat ze een zoekactie tot morgen moesten uitstellen in verband met de hevige sneeuwval.

'De volgende dag vertrokken een aantal goed getrainde reddingswerkers om mijn vrouw te zoeken. Drie uur later kwam de leider van het groepje mij het slechte nieuws vertellen. Mijn acteertalent hielp me om een totaal verbouwereerde, diepbedroefde echtgenoot te spelen. Er volgde een beperkt onderzoek. De feiten spraken voor zich. Er was sprake van een tragisch ongeval. Niemand die mij van mijn laffe daad verdacht. Een aantal dagen later vertrok ik naar huis. Ze werd in besloten kring begraven. Terwijl ik overladen werd met steunbetuigingen begon mijn geweten aan me te knagen. Ik verwaarloosde mijn werk en wees de vrienden die me probeerden te helpen de deur. Van haar vriend hoorde ik overigens niets meer. Het leek alsof hij na haar dood van de aardbodem was verdwenen. Waarschijnlijk had hij alweer een andere vriendin gevonden.

'Ik lag de hele dag uitgeteld op bed. Ik had nergens meer zin in. Mijn geweten vrat me op. Een gevangenisstraf was in mijn ogen een te milde straf voor mijn vreselijke, gewetenloze daad. Daarom besloot ik mezelf de zwaarste straf op te leggen die ik kon bedenken. Ik zei vaarwel tegen alles waar ik mijn hele leven hard voor gewerkt had. Ik gaf mijn hele kapitaal weg aan goede doelen en verkocht mijn bedrijf. Daarna verhuisde ik zonder afscheid te nemen van mijn vrienden naar deze stad ver van mijn oude leven vandaan. In deze stad startte ik mijn nieuwe carrière als zwerver. 'Sinds ruim drie jaar leef ik hier van de wind. De pijn en de eenzaamheid die ik voel beschouw ik als boetedoening voor de moord op mijn vrouw.'

Hij keek BenIk met grote, holle ogen aan. 'Ja, je hoort het goed. Ik heb haar vermoord. Ik had haar kunnen redden, maar ik heb dat niet gedaan. Mijn verdere leven zal in het teken staan van boetedoening.'

Hij zuchtte diep. Het kampvuur was inmiddels uitgegaan. Het regende nog steeds. In de verte hoorde je een klok vier uur slaan. Hij keek naar de BenIk, die inmiddels in slaap gevallen was.

Hij heeft niet eens geluisterd, dacht hij. Hij keek rond en zag dat de overige zwervers ook sliepen. Hij gooide nog wat hout op het vuur en trok zijn hoed over zijn ogen. Hij had een koud en leeg gevoel vanbinnen. Uiteindelijk viel hij ook in slaap.

Vroeg in de ochtend werden ze wakker door al het verkeer dat over de brug denderde. Ze stonden een voor een op en maakten allerlei gekke bewegingen om het warm te krijgen.

'Ik verrek van de honger,' zei Jannes die de slaap uit zijn ogen wreef. 'Ik ga kijken of ik wat eten kan scoren. Waar treffen we ons weer?'

'In het stadspark?' antwoordde de kleinste van het groepje. Hij had een schorre stem en stak een sigaret op.

Iedereen stemde in. 'Ben jij er ook, BenIk?' vroeg Jannes.

BenIk haalde zijn schouders op. 'Misschien. Ik weet het nog niet,' antwoordde hij slaperig. Hij had pijn in zijn nek en in zijn rug. Hij had verkeerd gelegen. Door de kou waren al zijn spieren verkrampt.

'Weet je waar het is?'

'Ja, ik weet het,' zei hij op een toon alsof het hem niets interesseerde.

Jannes vertrok als eerste. Daarna stapten ook de andere zwervers op. Iedereen liep een andere kant op. Alleen Andreas en BenIk bleven zitten. Andreas voelde zich vandaag ontzettend goed. Zo opgewekt had hij zich in geen drie jaar meer gevoeld. Het was alsof een zware last van zijn schouders was gevallen. Hij voelde zich be- vrijd. Zijn ogen zagen vandaag een andere wereld. Een wereld waar het niet langer meer regende, maar waar de zon scheen. Hij keek naar BenIk en besefte dat die zijn redding was geweest. Hij had ervoor gezorgd dat hij zijn hele verhaal, dat als een nachtmerrie zijn leven beheerste, had kunnen vertellen. Hierdoor had de nachtmerrie kunnen ontsnappen. Hij liep een paar keer rond BenIk die een poging deed om zijn schoenen aan te doen. Dat ging zo te zien moeizaam, omdat zijn sokken en schoenen nog nat waren. Hij wilde hem bedanken, maar hij wist niet hoe hij moest beginnen. Toen BenIk uiteindelijk zijn schoenen had aangetrokken, stond hij op.

'Je zult wel denken dat ik gek ben,' zei Andreas bijna fluisterend.

'Hoezo?' vroeg BenIk verbaasd.

'Omdat ik je de hele avond heb opgezadeld met mijn geklets.'

'Waarom noem je jouw verhaal geklets? Het is toch juist goed dat jij je hart gelucht hebt,' antwoordde hij op een rustige toon.

'Dus ik heb je niet gestoord?' vroeg Andreas aarzelend.

BenIk schudde van nee. Andreas zuchtte van opluchting.

'Je moet het nu ook vergeten en een punt achter je verleden zetten. De straf die je verdiend hebt, die heb je al gehad.'

Andreas keek hem vragend aan, maar BenIk ging onverstoord door.

'Door afstand te nemen van al je bezittingen en van alles wat je lief had, heb je meer dan genoeg boete gedaan.'

'Heb je toch alles gehoord wat ik verteld heb? Je was toch aan het slapen? Hoe kun je dan alles gevolgd hebben?' vroeg Andreas met open mond van verbazing.

BenIk keek hem recht in de ogen. 'Ik heb alles gehoord. Mijn lichaam sliep, maar mijn geest niet.' Er verscheen een zalvende glimlach op zijn gezicht.

'Wie ben jij?' vroeg Andreas. Hij kreeg een vreemd gevoel door de manier waarop BenIk hem aankeek. Hij herhaalde de vraag een aantal keren en bekeek hem van top tot teen. Hij stond op en liep om hem heen. BenIk bleef stoïcijns voor zich uit kijken. Andreas was radeloos omdat hij geen antwoord kreeg. Uiteindelijk ging hij op de grond zitten en legde hij zijn hoofd tegen een pijler van de brug. Hij sloeg wanhopig met zijn vuist tegen het stuk beton terwijl hij onverstaanbare woorden prevelde.

BenIk stond op en liep naar hem toe. Hij tikte hem op zijn schouder. Andreas draaide zich langzaam naar hem toe.

'Ik zal je vertellen wie ik ben,' zei hij op een rustige, kalmerende toon.

Andreas keek hem vragend aan. Hij werd zelf ongeduldig toen het antwoord op zich bleef wachten.

'Jij wilt weten wie ik ben. Ik zal het je vertellen. Voor sommigen zal ik altijd een vreemdeling blijven. Voor anderen zal ik een vriend zijn. Sommigen zullen me een slechterik noemen, anderen ontdekken het goede in mij. Door sommigen zal ik opgejaagd worden. Anderen zullen me volgen. Iedereen zal me anders beoordelen, maar daar trek ik me niets van aan. Ik ben die ik ben.'

Terwijl hij sprak, schudde Andreas zijn hoofd. Hij begreep er niets van. Het waren geen antwoorden, maar raadsels. Nu wist hij nog steeds niet wie hij was.

'Jij wilt weten wie ik ben. Ik ben die ik ben. Kies zelf wie ik voor jou ben. Vertrouw me of wantrouw me. Volg me of verlaat me. '

Na deze woorden draaide BenIk zich om en liep weg. Hij gaf Andreas geen kans om een antwoord te geven. Met ferme stappen liepen hij in de richting waar hij gisteren vandaan gekomen was.

Andreas stond nu alleen onder de brug. Hij zag hoe BenIk zich steeds verder van hem verwijderde. Hij wist niet wat hij moest doen. Moest hij die gekke vogel volgen of moest hij juist de andere kant oplopen in de hoop hem nooit meer tegen te komen? Hij moest nu kiezen. Dadelijk zou het te laat zijn. Hij stond op en besloot in de richting van BenIk te lopen.

Hij was aan het hijgen en het zweet stond op zijn voorhoofd toen hij hem uiteindelijk had ingehaald. BenIk negeerde hem en liep met ferme stappen verder, dit tot irritatie van Andreas. Hij had verwacht dat hij positief op zijn komst gereageerd zou hebben. Door de negatieve houding van BenIk besloot hij niets tegen hem te zeggen.

Zo liepen ze zonder iets tegen elkaar te zeggen een hele tijd door de stad. BenIk bleef plotseling staan. Hij keek om zich heen alsof hij iets zocht. Andreas bleef afwachtend op een afstand staan. Uiteindelijk leek hij gevonden te hebben wat hij zocht. Hij liep naar een telefooncel die een eindje verderop stond. Hij liep zonder aandacht aan Andreas te besteden naar de telefooncel en opende de deur van de cel en gooide hem daarna met een ruk achter zich dicht. Hij nam de hoorn van de haak en draaide een nummer. Daarna luisterde hij. Het leek erop alsof hij geen woord zei. Af en toe knikte hij met zijn hoofd, maar hij bewoog zijn lippen niet.

Terwijl Andreas keek hoe BenIk in de telefooncel stond, vroeg hij zich af wat hij hier eigenlijk nog deed. Hij was hem de hele weg gevolgd, terwijl BenIk hem volkomen negeerde. Hij was als lucht voor hem. Als het hem toch niets interesseerde dat hij bij hem was dan kon hij net zo goed weggaan en hem hier alleen achter laten. Terwijl al deze gedachten door zijn hoofd spookten was BenIk naar hem gekomen. Hij zei niets. Toen hij verder wilde lopen, kon Andreas zich niet meer beheersen. Hij pakte hem stevig bij zijn arm vast en trok hem naar zich toe.

'Waarom zeg je niets tegen me? '

BenIk keek hem door dit onverwachtse optreden geschrokken aan.

'Waarom doe je alsof ik lucht voor je ben? Voel jij je te goed voor mij?' Hij hield BenIk stevig vast terwijl hij hem kwaad aankeek.

BenIk deed een stap achteruit, waardoor hij hem losliet. Het hoofd van Andreas was rood van woede. BenIk was over de schrik heen en keek hem met een glimlach op zijn gezicht aan.

'Weet jij waarom ik niets tegen je zeg?'

Andreas haalde zijn schouders op. Hij was verward door de glimlach op het gezicht van BenIk.

'Omdat jij aan me twijfelt. Je bent me gevolgd uit nieuwgierigheid, niet uit vriendschap. Daarom zeg ik niets tegen je.'

Andreas had het gevoel dat hij op heterdaad betrapt was. Hij voelde zijn hart in zijn keel bonzen. Hij probeerde zich eruit te kletsen, maar dat lukte niet. Hij wist dat BenIk gelijk had. Hij had hem gevolgd omdat hij toch niets beters te doen had. Hij wilde weleens weten met wat voor een rare snuiter hij te doen had. Het liefst zou hij door de grond zakken van schaamte.

BenIk maakte aanstalten om weg te gaan. Hij draaide zich naar Andreas om en zei: 'Ik moet nu verder gaan.

Volg me niet, maar denk over me na. Morgen zal ik in het stadspark zijn. Waar precies dat weet ik niet, maar dat zal je wel zien. Ben er als je in me gelooft, maar ben er niet als je aan me twijfelt.' Met deze laatste woorden draaide hij zich om en vertrok.

Andreas bleef alleen achter. Hij bleef enkele minuten als versteend staan. Steeds weer dreunden die rare worden door zijn hoofd. 'Ben er als je me gelooft, ben er niet als je aan me twijfelt.' Hij vroeg zich af wat hij moest doen. Hij moest over hem nadenken, had BenIk gezegd. Hij wreef met zijn handen door zijn vochtig geworden ogen en besloot een rustige plek te gaan opzoeken om te kunnen nadenken. Hij hoopte daarna een beslissing te kunnen nemen over wat hij moest doen. Langzaam verdween hij in de drukte.

6

'Hahaha, wat zie je er gek uit.' Drie jongentjes van een jaar of acht liepen luid lachend achter BenIk aan. 'Wat een grote kleren.' Een jongetje stikte bijna van het lachen. 'Kijk eens in de spiegel, dan schrik jij je dood.' Ze volgden hem en deden hem na. 'Wat een kop heeft die vent. Het lijkt wel een struikrover.'

BenIk liep onverstoorbaar verder. Maar schijn bedriegt. Zijn ogen zagen er droevig uit. Hij begon over zijn hele lichaam te trillen. Zijn handen begonnen te beven. Het liefst zou hij luid schreeuwend weglopen, maar hij wist dat hij die jongens daar een groot plezier mee zou doen. Ze zouden hem verder achtervolgen en hem nog belachelijker maken.

Daarom besloot hij een kleine zijstraat in te lopen. De drie kinderen hadden nu waarschijnlijk genoeg plezier gehad, want ze volgden hem niet meer. Hij haalde opgelucht adem toen hij geen geschreeuw meer achter zich hoorde. Hij keek over zijn schouder, om er zeker van te zijn dat de kinderen verdwenen waren. Dat was inderdaad het geval. Alleen een oude vrouw en man liepen achter hem. Hij draaide zich weer om en vervolgde zijn weg. Terwijl hij verder liep, probeerde hij te achterhalen wat de betekenis van die drie schreeuwende kinderen was. Hij was ervan overtuigd dat ze een indirecte boodschap aan hem door probeerden te geven. Hij liep verder zonder te weten waar naartoe, zozeer was hij in gedachten. De scheldwoorden dreunden na in zijn hoofd. Wat hebben die woorden te betekenen? De vragen maalden door zijn hoofd.

Plotseling bleef hij staan. Zijn gezicht klaarde op. 'Waar maak ik me druk om,' zei hij lachend tegen zichzelf. Hij haalde opgelucht adem. Hij had de oplossing gevonden. 'Ik ben die ik ben. Hoe die jongens mij noemen is hun zaak. Al noemen ze me een klootzak, een zwerver, een gek. Het maakt niet uit. Anderen zullen me weer anders noemen. Ik moet gewoon mezelf blijven en oppassen dat ik me niets aantrek van al die onzin die anderen uitkramen.'

Hij was tevreden over de oplossing die hij gevonden had.

'Ze willen me veranderen. Ze willen me verleiden. Maar ik ben wie ik ben. Ik blijf wie ik ben.'

Bij de laatste woorden balde hij zijn vuisten. Hij was strijdvaardig. Nu begreep hij ook de boodschap die hij in de telefooncel gekregen had. 'Kijk in de spiegel' had de stem tegen hem gezegd. De drie kinderen hadden hem een spiegel voorgehouden. Door die kinderen had hij uiteindelijk gezien wie hij was. Hij moest zich dus van niemand iets aantrekken, maar blijven zoals hij was. Diep van binnen voelde hij dat hij gelijk had en de waarheid gevonden had.

Hij liep verder met één doel voor ogen. Zijn ogen waren gericht op de naambordjes die op de hoek van de straten hingen. Hij moest een bepaalde straat vinden. Daar zou hij vandaag iemand ontmoeten. Dat had de stem in de telefooncel tegen hem gezegd. Hij had ook de waarschuwing gekregen dat hij moest oppassen voor de tijd. Toen hij zich deze woorden herinnerde, vertraagde hij zijn pas. Hij vroeg zich af wat deze boodschap te betekenen had. Moest hij oppassen dat hij niet te laat kwam? Dat leek hem onwaarschijnlijk want hij had met niemand een concrete afspraak gemaakt. Terwijl hij naar de naambordjes keek, bleef hij zich afvragen wat die laatste woorden betekenden. Hij liep peinzend verder. Even dacht hij dat hij de drie kinderen weer hoorde. Verstoord draaide hij zich om. De kinderen waren er niet. Hij zag weer het oude echtpaar dat hij zonet gezien had. Hij schudde zijn hoofd en liep verder.

Waarom moet ik voor de tijd oppassen? Wat wordt met de tijd bedoeld? Deze gedachten bleven door zijn hoofd spoken terwijl hij verder liep. Plotseling leek het alsof hij door de bliksem was getroffen. Hij bleef stokstijf staan. Het leek alsof zijn verwarrende gedachten zich ordenden. De woorden die zijn mond verlieten, brachten hem dichter bij de oplossing. 'Door de tijd worden mensen oud.' Er ging een koude rilling door zijn lichaam. Hij zag de naakte waarheid. 'Eerst liepen er kinderen achter me aan. De tijd heeft ze veranderd in een oude man en een oude vrouw.'

Hij realiseerde zich plotseling dat het vreemd was dat het oudere echtpaar hem al de hele tijd achtervolgde. Langzaam draaide hij zich om. Hij zag hoe beiden steeds dichterbij kwamen. Toen hij de details van hun gezichten zag, schrok hij zich dood. Zo'n angstaanjagende gezichten had hij nog nooit gezien. Het waren niet de gezichten van oude mensen die getekend waren door de tijd. Het waren gezichten die in de ogen van de dood gekeken hadden en daarna hierdoor bezeten waren geraakt. Ze waren verslaafd aan de dood. Ze zochten de dood bij iedereen op. De spottende grijs op hun gezichten en de blik in hun ogen vaagden alle hoop op leven weg. Ze kwamen steeds dichterbij. De vrouw stootte de man aan. Hij begon nog harder te grijnzen. Onverstaanbare geluiden verlieten zijn mond. Ze wilden hem dood hebben. Dat was hem nu duidelijk geworden. Hij zag hoe de oude man een voorwerp onder zijn jas vandaan haalde. Het was een sikkel. Hij pakte hem stevig in zijn rechterhand vast en versnelde zijn pas. Toen de vrouw dit zag begon ze uitzinnig van vreugde op een hysterische manier te schreeuwen: 'Dood! Dood! Dood!'

BenIk probeerde weg te rennen, maar dat lukte niet. Zijn spieren waren verstijfd door de angst die hij voelde. Hij zag hoe de oude man met de sikkel steeds dichterbij kwam. Allerlei tegenstrijdige gedachten schoten door zijn hoofd. Hij hoorde verschillende geluiden en zag vreemde kleuren. Opeens hoorde hij zichzelf schreeuwen: 'Leef! Leef! Leef!' De woorden klonken keihard in het nauwe straatje. Ze weerkaatsten tegen de muren, waardoor binnen de kortste tijd de hele straat gevuld was met leven. De oude man liet de sikkel op de grond vallen en hield zijn handen voor zijn oren. Het gelach van de vrouw veranderde in een angstaanjagende kreet die door merg en been ging. Ze renden zo hard als ze konden de straat uit. De sikkel bleef op de grond liggen. Langzaam doofde de kakafonie aan geluid uit.

BenIk stond nog steeds op dezelfde plaats. Het duurde even voordat hij weer kon bewegen. Zijn spieren deden pijn. Hij was uitgeput. Het leek alsof hij uit een hypnose ontwaakte. Verschrikt keek hij om zich heen. Hij was de weg kwijt. Hij knipperde met zijn ogen. De puzzelblokjes vielen weer op hun plaats. Uiteindelijk wist hij weer waar hij was. Daarna liep hij met loodzware benen verder.

'Ik heb de tijd overwonnen,' zei hij met een trillende stem. 'Ik heb de tijd overwonnen.'

Langzaam maar zeker voelde hij zijn krachten weer terugkomen. Na een tijdje sloeg hij een nog nauwer steegje in. Hoewel het al een hele dag niet geregend had en de straten overal droog waren, was het steegje nog nat. Voor de zon was dit steegje een ondoordringbare vesting. Door de grauwe sluier die hier hing, kreeg het steegje een troosteloze aanblik. Toch was dit het straatje waar hij al de hele tijd naar op zoek was. Hij had het naambordje herkend. Hier zou hij iemand ontmoeten. Dat was hem door de stem in de telefooncel verteld. Voorzichtig liep hij verder. Door de mist die hier hing was het zicht uiterst beperkt. Hij bleef stilstaan toen hij een geluid hoorde. Hij duurde even voordat hij het geluid kon plaatsen. Uiteindelijk wist hij het zeker. Ergens in de mist huilde een man. Langzaam liep hij verder op het geluid af. Het geluid kwam vanachter een ton vandaan die tegen een muur stond. Hij liep ernaartoe en keek voorzichtig over de ton heen. Daar zag hij een man zitten die zijn jas over zijn hoofd getrokken had. Hij bewoog heen en weer op de jammerklanken die hij uitstootte. Hij merkte niet dat er iemand naar hem keek. BenIk was getroffen door de aanblik van de hulpeloze man die daar ineengedoken zat te rillen op de natte, koude grond.

BenIk wist waarom die man hier zat. Hij wist wie hij was. Dat was hem allemaal in de telefooncel verteld. Hij wist ook dat de man hier zat te wachten totdat er iemand zou komen die hem de weg naar het geluk zou wijzen. Hij liep om de ton heen en ging op zijn hurken naast de man zitten. De man zat zo diep in de put dat hij BenIk nauwelijks opmerkte. Onverschillig keek hij BenIk aan. Zijn ogen waren opgezet en rood. Zijn ongeschoren gezicht zag lijkbleek.

BenIk legde zijn hand op zijn schouder en zei: 'Kom op, Simon. Blijf hier niet zitten. Kom met mij mee.'

De man keek hem verwonderd aan. Hij wilde iets zeggen, maar hij kreeg een hoestbui. BenIk klopte hem een aantal keren op zijn rug.

'Sta op en kom mee. Blijf niet op die natte grond zitten. Daar krijg jij je geld niet mee terug.' Terwijl hij dit zei, hielp hij Simon overeind.

Het kostte Simon veel moeite om op zijn benen te blijven staan. Door de kou en de honger kon hij niet meer goed nadenken. Was dit een droom of gebeurde het echt? Hij wist het niet. Zijn ogen waren moe waardoor hij wazig zag. Hierdoor kon hij niet goed zien wie er voor hem stond. Hij hoorde dat hij weer iets tegen hem zei, maar hij kon hem niet verstaan. Hij voelde hoe iemand hem bij zijn armen pakte en hem hielp met lopen. Zijn benen begonnen te trillen. Hij had geen kracht meer om te lopen.

BenIk pakte zijn arm en sloeg die om zijn schouder. Steunend op BenIk schuifelde hij door het steegje. BenIk had gemerkt dat zijn woorden niet tot Simon waren doorgedrongen. Daarom zei hij niets meer. Zijn lichaam was zwaarder dan hij gedacht had, waardoor ze regelmatig moesten pauzeren. Het leek alsof er geen eind aan het steegje kwam.

Terwijl ze verder liepen, bedacht hij hoe ze aan geld zouden komen om iets te eten en te drinken kunnen kopen. Zelf bezat hij geen cent. Hij wist ook dat Simon blut was. Op een gegeven moment bereikten ze het eind van het steegje. Hier hing minder mist. In de verte hoorde je geluiden van de auto's die passeerden. BenIk stopte en verplaatste Simon naar zijn andere schouder. Het leek alsof hij tien keer zo zwaar geworden was. Hij was door uitputting bewusteloos geraakt. Als een slappe zak hing hij over de schouder van BenIk. Hij probeerde verder te lopen, maar dat lukte niet meer. Hij besloot om Simon hier achter te laten en hulp te gaan halen. Hij zette hem voorzichtig tegen een muur en belde bij een aantal huizen aan. Niemand deed open.

Uiteindelijk had hij bij het laatste huis succes. Een vriendelijke vrouw van middelbare leeftijd deed open. Ze had een hoofddoek om en in haar handen hield ze een grote poetsdoek. Haar gezicht vertoonde de typische uitdrukking van een vrouw die haar hele leven keihard gewerkt had. Ze keek BenIk met verbaasde ogen aan. Ze ging snel met haar lichaam achter de deur staan, zodat alleen haar hoofd zichtbaar was. BenIk legde uit wat er aan de hand was en vroeg of ze Simon kon helpen. Hij vroeg of ze het goed vond dat hij hem naar binnen bracht. Door zijn geruststellende manier van spreken, verdween een deel van de achterdocht van de vrouw. Ze kwam van achter de deur vandaan en nodigde hen uit om binnen te komen. BenIk bedankte haar uitbundig voor haar gastvrijheid en haalde Simon op. Hij zat nog op dezelfde manier tegen de muur. Hij was bij bewustzijn gekomen en prevelde een aantal onverstaanbare woorden. Gedreven door het vooruitzicht dat ze zo dadelijk de warmte van de woning zouden voelen, lukte het BenIk dit keer makkelijk om Simon naar binnen te dragen. De vrouw had de deur inmiddels helemaal geopend en een vaas die naast de deur stond aan de kant gezet. Toen hij met Simon bij de deur was aangekomen, sloeg zij Simons andere arm om haar schouder. Samen manoeuvreerden ze hem naar binnen. Ze kwamen terecht in een klein donker gangetje. De vrouw sloot de buitendeur en opende een deur die naar de keuken leidde. Het was een grote keuken die er rommelig uitzag. Overal in de keuken lagen bruine papieren zakken. Op de tafel, op de grond, op de stoelen, op het aanrecht. Naast de tafel stonden vier grote beige

wasmanden gevuld met vellen papier. Ze verontschuldigde zich voor de rommel. Ze zetten Simon voorzichtig in
een stoel die naast het fornuis stond. De bruine zakken
die op de stoel lagen, veegde ze met één beweging op de
grond. De vrouw liep naar het fornuis en zette er een
roodbruine pan op. BenIk voelde zijn hele lichaam tintelen. Hij was blij dat hij even kon uitrusten. Hij genoot
van de temperatuur in de keuken die hem als een warme
deken bedekte. Hij ging op een stoel tegenover Simon zitten. De vrouw schonk twee koppen vol met koffie terwijl
Simon in een hevige hoestbui uitbarstte. Ze liep snel naar
hem toe en gaf hem een aantal ferme slagen op zijn rug.

'Die kerel is er erg aan toe. Wat is er met hem gebeurd?'
vroeg ze terwijl ze over zijn hoofd aaide alsof het haar
kind was.

'Het geluk had hem verlaten. Nu hij het weer gevonden
heeft, zal hij snel opknappen.'

De vrouw knikte zenuwachtig en liep naar het fornuis. Ze vroeg zich af of BenIk wel goed bij zinnen was.
Ze roerde met een grote lepel door de pan. Daarna pakte ze twee soepkommen die ze vulde met de dampende
inhoud van de pan.

'Zo, hier zullen jullie van opknappen. Dit is zelfge-
maakte vleesbouillon.' Ze reikte BenIk een kom aan en
ging vervolgens naast Simon zitten. Zijn hoofd lag inmiddels op tafel. Ze tikte hem aan en zei: 'Kom op, kerel.
Hier is iets te eten.'

Simon verroerde zich niet. BenIk stond op en hielp
hem overeind.

'Ga maar weer zitten. Ik red me wel,' zei de vrouw die
Simon begon te voeren. Langzaam opende hij zijn mond
en met moeite slikte hij de warme bouillon door. Je zag

dat Simon het lekker vond. Met zijn tong gleed hij over zijn lippen om de achtergebleven restjes bouillon naar binnen te werken.

Op BenIk had de warme soep ook een positief effect. Hij voelde zijn krachten terugkomen. Dit was het eerste fatsoenlijke eten dat hij na het verlaten van zijn kamer gekregen had. Dit was van een ander niveau dan de droge broodbrokken die hij bij de zwervers gegeten had. Terwijl hij at, keek hij om zich heen. Wat was het hier een puinhoop. Het deed hem denken aan de rommel in de kamer waar hij wakker geworden was. Alleen hing hier niet zo'n stank. Integendeel, hier rook het heerlijk naar eten.

De vrouw zag hoe BenIk rondkeek. 'Ja, het is hier een geweldige troep,' zei ze zich verontschuldigend. 'Dat komt omdat ik, sinds mijn man me verlaten heeft, thuiswerk doe. Ik heb het geld nodig om de huur te kunnen betalen.' Ze klonk nu droevig en er waren tranen in haar ogen verschenen.

'Zie je die bruine zakken daar? Die moet ik vullen met de papieren die in de korven liggen. Het is geen leuk werk. Ik verdien er geen vetpot mee. Juist genoeg om er van rond te kunnen komen.'

BenIk had aandachtig geluisterd. Plotseling hoorde hij kermende en hijgende geluiden vanaf de bovenverdieping komen. Hij voelde een rare sensatie in zijn lichaam die hij nog nooit eerder gevoeld had. Het was alsof een ballon gevuld met vloeistof in zijn lichaam uiteenspatte en de vloeistof door zijn hele lichaam stroomde. Zijn hoofd begon te bonzen waardoor niet meer goed kon nadenken.

De vrouw wees met een sarcastische glimlach naar boven. 'Ja, daarboven verdienen ze hun geld op een gemakkelijkere manier. Maar daar ben ik te oud voor.'

BenIk keek haar verwonderd aan. Hij wist niet wat ze bedoelde.

De vrouw zag zijn bedenkelijke gezicht. Ze kon zich niet voorstellen dat een man van zijn leeftijd haar niet begreep. Ze schreef zijn vreemde reactie aan zijn uitgeputte toestand toe en gaf een toelichting.

'Hierboven wonen snollen. Hoe meer je ze betaalt, hoe harder ze schreeuwen.' Ze lachte ondeugend. 'Vroeger zaten ze op deze verdieping, maar de economische crisis heeft ook zijn invloed op het oudste beroep van de wereld gehad. Daarom hebben ze nu alleen de bovenverdieping gehuurd. Toen ze hier vertrokken, heb ik deze verdieping gehuurd. Ik kon er direct terecht. Wie wil er nu beneden de hoeren wonen? Tenzij je er elke dag naar toe wilt gaan natuurlijk.'

Ze gaf BenIk een knipoog en streek met haar rechterhand door haar warrig zittend haar. Omdat BenIk haar bleef aankijken alsof hij het in Keulen hoorde donderen, besloot ze het hierbij te laten. Het gekreun was inmiddels gestopt. Een ondeugende lach had er een einde aan gemaakt.

BenIk had een vreemd gevoel. Hij was verbaasd dat het gekreun zo'n invloed op hem had gehad. De woorden van de vrouw had hij maar half verstaan. Het woord snollen had hij wel opgevangen. Onbewust dacht hij terug aan de vrouw in de slangenstraat. Maar dat was niet de oorzaak dat hij zich zo anders voelde. Het was alsof het gehijg en het gekreun woorden waren die een geheime boodschap bevatten. Hij kon echter de code van de boodschap nog niet ontcijferen. Hij bleef een tijd voor zich uitstaren terwijl de vrouw de soepkommen afwaste en daarna opborg in de kast. Simon was in slaap gevallen. De soep had hem goed gedaan.

De vrouw liep naar de tafel en lachte toen ze de slapende Simon zag. 'Waar gaan jullie vanavond naar toe?' vroeg ze op een bezorgde toon.

BenIk haalde zijn schouders op. Hij wist het nog niet. De stem uit de telefooncel had hem naar deze straat geleid. Verdere instructies had hij niet gekregen. De toekomst was een zwart gat.

'Jullie kunnen vannacht wel hier blijven slapen. Er is nog een kamer over. Er staat wel maar één eenpersoonsbed. Maar als ik wat dekens op de grond leg, dan kunnen jullie er allebei wel slapen.'

Het gezicht van BenIk klaarde op. Hij bedankte haar uitbundig. Een nacht warmte, dat konden ze goed gebruiken. Hij was blij dat ze vannacht niet onder de brug hoefden te slapen.

De vrouw wuifde zijn dankwoorden weg. 'We moeten toch ook wel eens wat goeds voor elkaar doen. Jullie zijn hier welkom. Mijn naam is overigens Hilde. Hoe heten jullie?'

BenIk stelde zichzelf en Simon voor. Hilde keek bedenkelijk toen ze zijn naam hoorde. Ze wilde naar de betekenis van zijn naam vragen, maar besloot uiteindelijk om dat niet te doen. Ze verdween naar de kamer om alles in gereedheid te brengen voor de nacht.

Ze zaten nu alleen in de keuken. BenIk leunde achterover in zijn stoel. Hij keek naar het plafond. Zijn blik viel op een bruine vlek op het plafond. Hij draaide zijn hoofd een paar keer heen en weer om iets herkenbaars in de vlek te ontdekken. Als hij de vlek van links bekeek dan leek het op het hoofd van een kind. Als hij de vlek van rechts bekeek dan leek het op een landkaart van een onbekend land. Hij bleef zo een tijdje gebiologeerd naar de vlek kijken.

Opeens hoorde hij een geluid achter zich. Hij dacht dat het Hilde was, maar dat bleek niet zo te zijn. Hij hoorde een hoge stem die vroeg: 'Is mevrouw er niet?' Snel draaide hij zich om. Hij keek in het gezicht van een jonge vrouw. Toen hij haar zag, kreeg hij weer datzelfde gevoel dat hij door dat gehijg van boven gekregen had. Hij voelde hoe zijn gezicht rood werd. De jonge vrouw leek ook iets te voelen toen ze in de ogen van BenIk keek. Ze keek snel naar de grond en begon zenuwachtig met haar rechtervoet heen en weer te bewegen.

Hij bekeek haar van top tot teen. Hij zag een vrouw van een jaar of twintig. Ze had lang zwart haar. Haar gezicht was klein en rond. Ze had hem aangekeken met twee donkerbruine ogen. Haar gezicht werd opgesierd door een rij mooie witte tanden. Ze droeg een lichtblauwe kimono die ze nonchalant had dichtgebonden. Ze droeg geen schoenen. Hierdoor waren haar roodgeverfde teen- nagels goed zichtbaar. Er ging een schok door hem heen toen hij zich realiseerde dat ze waarschijnlijk van boven kwam. Zijn handen werden vochtig en begonnen te trillen.

Hij antwoordde, terwijl zijn stem oversloeg: 'Ze is even naar de kamer hiernaast.'

Hij keek haar niet aan, maar keek schuchter naar de grond. Er viel even een pijnlijke stilte die verstoord werd door een hoestbui van Simon. BenIk liep snel naar hem toe en probeerde hem rechtovereind te zetten. De jonge vrouw kwam ook naar Simon en hielp BenIk. Hij rook haar parfum dat als een gedicht in zijn neus bleef han- gen. Eventjes raakten ze elkaar aan. Alsof haar lichaam onder spanning stond, trok hij zijn hand snel terug. De elektriciteit die hij gevoeld had, gaf hem een voldaan gevoel. Ze zetten Simon recht in zijn stoel, waardoor hij stopte met hoesten. Ze keek Simon bezorgd aan zonder te vragen wat er met hem aan de hand was.

BenIk zag dat en wist dat hij iets moest zeggen. 'Ja, hij is er erg aan toe. Dat komt doordat het geluk hem verlaten had. Nu hij het weer teruggevonden heeft, zal hij snel weer opknappen.'

De vrouw keek hem met grote, verbaasde ogen aan. Ze schudde even met haar hoofd en keek naar de grond. Weer was er een stilte die gelukkig snel doorbroken werd door Hilde die binnenkwam.

'Ah, Bea. Jij hier? Wat kan ik voor je doen?'

Bea liep naar de vrouw, waardoor BenIk beide vrouwen ongestoord kon observeren. Hij kon niet horen wat ze tegen elkaar zeiden. Hij zag hoe het lichaam van Bea op en neer golfde terwijl ze sprak. Hilde klopte haar een aantal keren bemoedigend op haar schouder toen ze wegging. Vlak voordat ze de keuken verliet, zei ze: 'Kop op, meid. Laat je er niet onder krijgen. Het komt allemaal goed.' Ze knikte een paar keer en nam afscheid.

Bea keek vluchtig naar BenIk voordat ze wegging. Nu was zij het die begon te blozen. Ze opende snel de deur en verliet de keuken. BenIk was het liefst achter haar aangerend, maar Hilde stond al voor hem.

'Leuke meid, die Bea. Jammer dat ze op de bovenverdieping moet werken.'

BenIk knikte afwezig.

'Ik geloof dat je indruk op haar gemaakt hebt. Zag je hoe ze begon te blozen toen ze wegging? Het leek wel een verliefd schoolmeisje. Zo heb ik haar nog nooit gezien.'

BenIk draaide zich met een ruk om. Hij voelde zich door Hilde betrapt. Het was alsof ze zijn grote geheim ontdekt had. Dit maakte hem woedend.

Hilde was verbaasd over zijn reactie. Ze vroeg zich af of ze iets verkeerds gezegd had. Ze besloot het niet meer te hebben over Bea.

BenIk ging moedeloos zitten. Hij had het gevoel dat hij iets kostbaars en dierbaars verloren had. Bea was zomaar door de deur verdwenen. Zou hij haar ooit nog eens terugzien? Die vraag bleef maar door zijn hoofd spoken. Na een hele tijd voor zich uitgestaard te hebben, zei hij dat hij moe was en dat hij met Simon wilde gaan slapen. Hilde knikte en wees hem de weg naar de slaapkamer. Samen hielpen ze Simon op de been. Hij was nog steeds suf en zo slap als een vaatdoek. Het kostte de nodige energie om hem naar de slaapkamer te brengen.

Het was een klein, donker kamertje. Tegen de wand stond een bed. Daarnaast lagen een aantal dekens op de grond. Ze legden Simon op het bed, deden zijn schoenen, broek en trui uit en stopten hem onder de dekens. Al tijdens het uitkleden, viel hij in slaap. BenIk zag dat er nog een tweede deur in de kamer was. Hilde legde hem uit dat deze deur vroeger de voordeur geweest was en naar de gang leidde. Daarna verliet ze de kamer.

BenIk was blij dat ze hier vanavond konden slapen. Hij liep naar de wasbak in de hoek van de kamer en goot koud water over zijn gezicht. Hij keek in de spiegel en schrok van zijn spiegelbeeld. Hij zag er onverzorgd uit. Hij had een woeste baard en zijn haren waren lang en vettig. Hij trok zijn trui en hemd uit en waste zijn gezicht en haren met zeep. Daarna waste hij de rest van zijn lichaam. Hij voelde zich bevrijd. Het was alsof er een zware last van hem afviel. Toen hij klaar was, pakte hij een handdoek en droogde hij zich af. Hij keek in de wasbak en zag hoe het bruine, troebele water langzaam wegstroomde. Hij pakte vervolgens een schaar en een scheermes die op het kastje naast de wastafel lagen en knipte zijn baard eraf. Het duurde een hele tijd voordat hij geen baard meer had. Met zijn rechterhand wreef hij over zijn gladde gezicht. Hij veegde de haren bij elkaar en stopte ze in de vuilnisbak. Daarna keek hij nog eens in de spiegel. Het was een heel ander mens die hij nu in de spiegel zag. Zijn gezicht zag er voller uit.

Hij bleef een tijdje in de spiegel kijken totdat hij iemand de trap af hoorde komen. Hij deed de oude voordeur op een kier en keek naar de trap die tegenover zijn kamer was. Hij zag een oude, dikke man naar beneden komen. Hij had een lange, zwarte wollen jas aan. In zijn mond brandde een dikke sigaar. BenIk voelde een vaag gevoel van jaloezie ontstaan. Zou die man bij Bea geweest zijn? Was hij een klant van haar? Hij bekeek de man met afschuw en sloot de deur om te gaan slapen. Maar dat lukte niet. Hoe hij het ook probeerde zijn gedachten werden helemaal in beslag genomen door Bea. Zijn verlangen naar haar werd steeds groter. Ze was zo dichtbij. Ze was slechts een verdieping van hem gescheiden. Hij hoefde alleen maar de trap op te lopen en bij haar aan te kloppen. Hij hoorde weer iemand de trap aflopen. Hij bleef wachten totdat hij niets meer hoorde. Het was nu volkomen stil. Alleen het gesnurk van Simon vulde de ruimte.

BenIk deed weer een poging om te slapen. Even leek hij in te slapen toen hij rechtovereind ging zitten. 'Ik moet naar boven gaan. Ik wil haar zien. Ik wil haar voelen,' mompelde hij in zichzelf.

Hij stond op en kleedde zich geruisloos aan. Voorzichtig opende hij de deur. Hij bleef even staan om er zeker van te zijn dat er niemand was. Daarna liep hij op zijn tenen de trap op.

7

Het was bijna elf uur. Hilde zat in de keuken te breien. Ze genoot er altijd van om in alle rust te kunnen handwerken. Ze hoorde dat rond half elf de laatste klant van boven het huis verlaten had. Ze had voor zichzelf een glas rode wijn ingeschonken en voldaan teruggekeken op de dag. Ze was blij dat ze die twee vreemde mannen gastvrij had ontvangen en dat ze veilig in de slaapkamer lagen te slapen. Ze was niet bang dat haar iets zou kunnen overkomen. Mochten ze iets van plan zijn, dan hoefde ze maar te schreeuwen en dan zou ze van boven hulp krijgen.

Ze dacht terug aan Bea. Ze had haar verteld dat ze bedreigd werd door de vrouw van een van haar klanten. Ze verwonderde zich over de manier waarop Bea gereageerd had toen ze BenIk had aangekeken. Ze was zelfs gaan blozen. Zo had ze haar nog niet eerder gezien. Zo aantrekkelijk was hij niet. Hij zag er onverzorgd uit. Toch leek het erop dat Bea iets in hem zag. Ze kon dat niet verklaren. Elke dag zag ze tientallen mannen. Waarom vond ze nu juist hem leuk?

Terwijl ze onbegrijpend haar hoofd schudde, dronk ze een slok wijn. De wijn deed haar goed. Ze voelde hoe de rode vloeistof haar lichaam verwarmde. Ze kreeg altijd een weemoedig gevoel als ze wijn dronk. Ze dacht dan aan vroeger. Dat waren geen mooie herinneringen. Tijdens haar jeugd had ze hard moeten werken om het hoofd boven water te kunnen houden. Maar toch was die tijd, vergeleken met wat ze daarna had meegemaakt, de mooiste tijd van haar leven geweest. Toen bezat ze tenminste nog hoop voor de toekomst. Een kostbare schat die ze destijds niet op waarde had ingeschat. Nu hoefde ze niet meer zo hard te werken, maar ze wist dat ze het grootste deel van haar leven achter zich had gelaten. Het oneindige gevoel van de jeugd had plaatsgemaakt voor een eindig gevoel waarbij de finish in zicht begon te komen. De tijd die haar restte, zou bestaan uit het dichtplakken van de bruine zakken die hier overal verspreid lagen. Met enige minachting keek ze naar de puinhoop in haar keuken.

Ze nam nog een slok wijn en probeerde zich een mooie gebeurtenis uit haar leven te herinneren. Maar hoe ze ook haar best deed, een dergelijke gebeurtenis schoot haar niet te binnen. Haar hele leven was een en al ellende geweest. Zelfs tijdens haar bruiloft had ze zich rot gevoeld. Later had ze spijt gehad dat ze de signalen om niet te trouwen genegeerd had.

Haar huwelijk was de meest duistere periode uit haar leven. Ze had het leven geschonken aan een prachtige zoon. Ze had er maar kort van kunnen genieten. Toen hij vijf jaar oud was werd hij overreden door een vrachtauto terwijl hij al spelend met een kat de straat overstak. Hij werd twintig meter door de lucht geslingerd. Tot ieders verbazing had hij geen uitwendige verwondingen opgelopen. Hij lag stil en roerloos op de grond. Ze kon zich nog goed herinneren hoe ze hem aantrof in zijn korte, blauwe broek en met zijn rode hemdje aan. Zijn gelaats-uitdrukking spookte als een steeds weer terugkerende nachtmerrie door haar hoofd. Snel nam ze nog een slok wijn. Het was geen gelaatsuitdrukking van ellende of pijn. Hij had een mysterieuze, voldane glimlach op zijn gezicht gehad. Ze kon tot op de dag van vandaag niet begrijpen waarom hij haar zo aangekeken had. Na dat ongeluk was hij nooit meer bij bewustzijn gekomen. Nadat hij een aantal weken in het ziekenhuis had gelegen had haar man hem uiteindelijk naar een inrichting ver buiten de stad gebracht. Hij zou de rest van zijn leven een kasplantje blijven.

Zij had hem nooit kunnen opzoeken omdat haar man weigerde om haar het adres van de inrichting te geven. 'Het is beter dat je hem niet meer ziet,' had hij tegen haar gezegd.

Ze had tevergeefs achter zijn rug geprobeerd om te achterhalen in welke kliniek hij lag. Maar hij stond nergens geregistreerd. Sindsdien had ze haar man van moord op haar zoon verdacht. Hij kwam ook steeds minder vaak thuis. Er rolde een traan van verdriet over haar wangen toen ze weer terugdacht aan die ellendige tijd.

Ze kon zich nog goed de dag herinneren toen hij na een week afwezigheid thuiskwam. Hij was helemaal veranderd. Zijn nette pak waarin hij normaal altijd rondliep had hij niet meer aan. Hij droeg nu oude versleten kleren. Ze had aan haar man gedacht toen ze BenIk en Simon ontmoet had.

Ze nam nog een slok wijn toen ze aan de woorden dacht die hij die bewuste dag tegen haar gezegd had: 'Vrouw, ik ga je verlaten. Ik moet weg. Stel alstublieft geen vragen. Ik moet weg.' Dat waren de laatste woorden die hij tegen haar gezegd had. Hij had haar een vluchtige kus gegeven en was daarna voorgoed uit haar leven verdwenen. Ze had hem nooit meer teruggezien. Ze had nooit meer iets van hem gehoord.

Uiteindelijk had ze haar spullen gepakt en had ze het huis verlaten waar ze zeven jaar samen gewoond hadden. Het was voor haar financieel niet haalbaar om alleen in het huis te blijven wonen. Uiteindelijk was ze, nadat ze op drie andere adressen gewoond had, in haar huidige woning terechtgekomen. Hier verbleef ze nu al bijna zes jaar. Eerst had ze in de kelder van het huis gewoond, maar toen de prostituees naar de bovenverdieping vertrokken waren, was ze naar deze ruimte verhuisd.

Ze keek eens rond en dacht bij zichzelf, ik woon hier niet slecht. Ik kan hier mijn eigen leventje leiden en van de dames op de bovenverdieping heb ik geen last. Ze vond het geen enkel probleem dat ze prostituees waren. Het waren geen slechte mensen. Ze kende genoeg rijke dames die gestudeerd hadden, maar die niet aan deze dames konden tippen. Nee, ze woonde hier best goed. Het was alleen jammer dat ze weinig geld bezat. Ze hoefde niet rijk te zijn, maar de fooi die ze van de overheid kreeg, was te weinig om van rond te komen. Daarom had ze het thuiswerk aangenomen. Ze had toevallig in een krant gelezen dat een grote drukkerij uit de stad mensen zocht die enveloppen moesten voorzien van brieven.

Ze keek met enige afschuw naar de bruine zakken en papieren die door de keuken verspreid lagen. Ze moest nog even doorwerken. Door het bezoek had ze haar werk nog niet afgekregen. Nadat ze de laatste slok wijn uit de fles had opgedronken, begon ze de papieren in de enveloppen te stoppen. Ze had een schema ontwikkeld waardoor ze snel kon werken. De eerste drie enveloppen moest ze weggooien omdat er wijnvlekken op zaten. Terwijl ze werkte, neuriede ze een onbekend wijsje. Het leek alsof ze in trance was. Ze werkte steeds sneller. Zodra ze in tien enveloppen de brieven gestopt had, plakte ze die dicht door met haar tong over het gom te likken. Daarna nam ze een slok water om haar tong nat te maken en begon ze met de volgende enveloppen. Een tijd lang had ze met afschuw over het gom gelikt. Dat kwam door een verhaal dat een van de bovenburen haar verteld had. Zij had het weer gehoord van een klant van haar die als gevangenisbewaarder werkte. Dagelijks moesten de gevangenen gom maken en op de enveloppen aanbrengen. Uit baldadigheid deden ze regelmatig urine in plaats van water bij het poeder om gom te maken. Zodra ze hieraan dacht ging ze kokhalzen. Soms dacht ze dat ze de smaak van urine proefde. Vandaag had ze er geen last van. Ze had haar verstand op nul gezet en likte de ene enveloppe na de andere dicht.

Ze hoorde hoe de kerkklok twaalf uur sloeg. Ze wreef een aantal keren door haar vermoeide ogen. Ze was verbaasd dat het al zo laat was. Toch zou ze nog even moeten doorwerken om het werk van vandaag af te krijgen. Morgenvroeg zou er iemand langs komen om alles op te halen. Ze liep naar het aanrecht en dronk een glas water leeg.

Toen ze terug liep naar de tafel bleef ze plotseling staan. Ze spitste haar oren. Ze hoorde een stommelend geluid op de bovenverdieping. Ze keek op de klok. Ze wist het zeker. Zo laat ontvingen ze geen klanten. Klokslag half elf verliet de laatste klant het huis. Dat was een regel van het huis die nooit overtreden werd. Ze luisterde nog eens aandachtig. Daar hoorde ze het geluid weer. Het kwam recht van boven. Ze wist dat daar de kamer van Bea was. Zou ze haar kamer aan het opruimen zijn? Of zou ze aan het slaapwandelen zijn? Haar gezicht vertrok toen ze het haar welbekende gehijg en gekreun hoorde. Had Bea de regels overtreden en had ze nog een klant ontvangen? Ze wist zeker dat Bea hier moeilijkheden mee zou krijgen. Even dacht ze nog aan de mogelijkheid dat die jaloerse vrouw, waarover Bea haar verteld had, haar opgezocht had om haar iets aan te doen. Maar daar pasten de geluiden die ze hoorde niet bij. Ze bedacht zich wat ze moest doen toen het stil werd. Gespannen bleef ze luisteren. Het bleef stil. Ze merkte dat ze de stilte vervelend vond. Het had iets spannends. Ze wist niet wat er komen ging. Ze werd ongeduldig. Ze wilde iets doen, maar ze wist niet wat. Besluiteloos wreef ze met haar handen door haar haren. Toen hoorde ze iemand de trap af komen. Door de manier waarop de treden kraakten wist ze dat degene die van de trap afkwam moeite deed om niet gehoord te worden.

Gedreven door haar nieuwsgierigheid liep ze naar de deur om te kijken wie daar de trap af liep. Ze maakte het licht in de keuken uit en opende voorzichtig een heel klein beetje de deur. Met grote ogen keek ze vol verwachting naar de trap. Haar hart klopte in haar keel. Haar mond was kurkdroog geworden. De trap was ontzettend schaars verlicht. Er hing slechts een klein lampje helemaal bovenaan. Ze hoorde hoe de nachtelijke bezoeker steeds dichterbij kwam. Voorzichtig opende ze de deur een klein beetje verder. Ze zag hoe een man op zijn tenen de trap af sloop. Eerst zag ze alleen maar een schim. Het was een man die ontzettend armzalig gekleed was. Ze sloot de deur toen hij onder aan de trap beland was.

Met haar oor tegen de deur bleef ze luisteren totdat ze het geluid van de buitendeur hoorde. Maar het bleef stil. Waar zou hij gebleven zijn? Ze moest zich bedwingen om de deur niet open te doen. Stel dat hij haar gezien had en voor haar deur stond. Plotseling ging er een schok door haar heen. Die man op de trap, was dat niet een van de zwervers? De man die Bea had laten blozen? Ze liep naar de tafel en ging zitten zonder het licht aan te maken.

Ik weet zo goed als zeker dat hij het was, dacht ze. Hij had dezelfde kleren aan. Alleen de baard ontbrak. Die had hij waarschijnlijk afgeschoren. Ze wist dat ze gelijk had. Morgen zou ze het helemaal zeker weten als hij zonder baard zou verschijnen. Ze haalde opgelucht adem. Ze was blij dat hij het was die daarboven bij Bea geweest was.

Ze was eerst bang geweest dat het haar eigen man geweest was die daar de trap af liep. Toen ze de zwervers-kleren zag, schoten de beelden van haar man door haar hoofd die plotseling verdwenen was. Had hij haar adres ontdekt en wilde hij haar opzoeken? Nu ze wist hoe de vork in de steel zat, moest ze lachen om haar kinderlijke gedachten. Ze had overigens niet van BenIk verwacht dat hij naar Bea gegaan was. Hij maakte de indruk dat hij niets van vrouwen wist. Het woord prostituee scheen hem niets te zeggen. Zo zie je maar, schijn bedriegt. Het vlees van elke man is zwak als de verleiding groot is, dacht ze terwijl ze het licht in de keuken aanmaakte.

Ze vroeg zich af of Bea geld aan hem gevraagd had. Dat leek haar niet waarschijnlijk, want hij zag eruit als-of hij geen cent op zak had. Het gebruikelijke tarief van vijftig gulden zou hij nooit kunnen betalen. Dat betekent dat ze gevoelens voor elkaar hebben, dacht ze. Ze zag de beelden weer voor zich hoe Bea stond te blozen terwijl ze naar BenIk keek. 'Een prostituee die bloost is als een pastoor die vloekt,' prevelde ze voor zich uit.

Het was inmiddels kwart over twaalf geworden. Ze keek naar de enveloppen die nog van een brief moesten worden voorzien. Hoewel ze er geen zin meer in had, besloot ze toch haar werk af te maken. Ze werkte door tot half drie. Daarna liep ze doodvermoeid naar haar slaapkamer. 'Een man blijft een man,' zei ze glimlachend toen ze in bed lag. Daarna viel ze in een diepe slaap.

8

Iemand klopte drie keer op de deur. BenIk schrok wakker.
Toen hij overeind ging zitten, voelde hij dat hij duizelig
werd. Hij keek even rond om zich te oriënteren en zag
dat Simon naast hem in bed lag te slapen. Weer werd er
op de deur geklopt. Nu hoorde hij Hilde roepen: 'Wakker
worden. Het ontbijt staat op tafel.'

'We komen er zo aan,' antwoordde hij terwijl hij zijn
hoofd voelde bonken. Het leek alsof hij te veel gedronken had. Maar afgelopen vierentwintig uur had hij geen
druppel alcohol aangeraakt. Hij hoorde hoe Hilde wegliep.
Langzaam ging hij staan. Het leek alsof de vloer onder
hem bewoog. Met moeite liep hij naar de wastafel. Hij
draaide de kraan open en waste zijn gezicht met ijskoud
water. Dat friste hem op. Hij haalde een paar keer diep
adem. De duizeligheid was verdwenen, maar nu voelde hij
een krampende pijn in de spieren van zijn benen. Zijn rug
deed ook zeer. Hij droogde zijn gezicht af en liep naar de
snurkende Simon. Hij probeerde hem wakker te schudden,
maar hij was niet wakker te krijgen. Uiteindelijk besloot
hij om alleen te gaan ontbijten. Hij liep naar de keuken
terwijl hij een aantal keren met zijn rechterhand naar
zijn rug greep.

In de keuken zat Hilde al aan tafel. Er stonden drie
borden, een mand met brood en een schaal met beleg op
tafel. Ze draaide zich naar hem om toen ze hem binnen
hoorde komen. Ze straalde toen ze hem aankeek. 'Heb jij je
baard afgeschoren?' vroeg ze met een triomfantelijke stem.

BenIk keek haar verbaasd aan. Met zijn rechterhand
wreef hij over zijn gladde gezicht. 'Ik heb hem er gisteren

afgehaald,' antwoordde hij terwijl hij tevergeefs een glimlach op zijn gezicht probeerde te toveren.

Hilde gaf hem een kop koffie. 'Is die vriend van je nog niet wakker?'

Hij legde haar uit dat die nog in een diepe slaap lag en dat het hem beter leek om hem nog even te laten liggen.

'Toch zie je er zo veel beter uit,' zei ze terwijl ze hem van alle kanten bekeek.

BenIk wist niet wat ze bedoelde en keek haar vragend aan. Hij nam een slok koffie in de hoop dat de bonkende hoofdpijn daarna snel zou verdwijnen.

Ze zag dat hij haar niet begreep. 'Ik bedoel je baard. Zonder je baard zie je er veel jonger en beter uit.'

Hij vond haar opmerkingen te persoonlijk en daarom vervelend. Hij gaf geen antwoord.

'Je hebt hem er toch gisteravond afgeschoren, of was het vanochtend?'

Hij wist niet wat deze vraag te betekenen had. Mopperend antwoordde hij dat hij de baard gisterenavond voordat hij naar bed gegaan was had afgeschoren.

Hilde begon te giechelen. 'En heb je goed geslapen?' Ze knipoogde naar hem toen ze de vraag stelde.

Hij voelde hoe hij begon te blozen. Snel wreef hij met zijn handen door zijn gezicht om dit te verbergen. Hij voelde zich betrapt. Zou ze iets weten? vroeg hij zich af. Hij was er zeker van dat niemand hem gehoord had toen hij de trap af gelopen was. Hij besloot om te doen alsof zijn neus bloedde. Hij geeuwde geforceerd en zei: 'Ja, best goed. Ik had geloof ik best nog wat langer kunnen slapen.'

Hilde glimlachte weer en zei: 'Was het zo lekker in bed?'

Op de manier waarop zij hem aankeek, wist hij dat ze wist waar hij geweest was. Er ging een schok door hem heen. Wat zou ze nu van hem denken? Hij besloot zich van de domme te houden en niet te antwoorden.

Hilde begreep dat ze te ver was gegaan en zweeg. Zonder iets tegen elkaar te zeggen, aten ze hun ontbijt op. Ze keken elkaar niet aan.

BenIk voelde een stekende pijn in zijn rug. Hij probeerde na te denken over wat er gisteren gebeurd was. Maar dat lukte niet omdat hij het vervelend vond dat Hilde van zijn nachtelijk bezoek afwist. Vanuit zijn ooghoeken zag hij hoe ze rustig tegenover hem zat te eten. Hij voelde zich tot haar aangetrokken. Niet zoals als hij zich tot Bea voelde aangetrokken, maar op een andere manier. Ze gaf hem een veilig en geborgen gevoel. Hetzelfde gevoel dat een kind heeft als het op de schoot van zijn moeder zit. Misschien had hij die gevoelens voor haar omdat ze hem en Simon geholpen had. Hij nam nog een slok koffie en zei toen zonder dat hij er erg in had: 'Het spijt me, mevrouw.'

Hilde keek hem verbaasd aan en vroeg wat hij bedoelde.

BenIk keek haar nu recht aan en zei: 'Het spijt me voor alles wat u over mij weet.'

Hilde schrok van het vreemde gedrag van haar gast. Ze wist eerst niet wat hij bedoelde, maar het werd haar als snel duidelijk dat hij het bezoek aan Bea bedoelde. Hij wist dus dat zij ervan op de hoogte was. Het was haar eigen schuld. Haar opmerkingen en haar gedrag waren te opzichtig geweest. Ze moest hem troosten en vertellen dat ze het niet erg vond. Ze wilde iets zeggen, maar BenIk viel haar in de rede.

'Spreek het niet uit. Zeg het tegen niemand. Probeer het te vergeten.'

Hij was opgestaan en staarde haar verwilderd aan. Hij voelde iets wat hij nooit eerder gevoeld had. Het was een onbestemd gevoel. Het was alsof hij het niet zelf was die de woorden uitsprak. Het leek alsof hij werd aangedreven door een onbekende kracht die hem dingen liet zeggen die hem zelf verbaasde. Hij voelde hoe hij over zijn hele lichaam begon te transpireren. De kloppende hoofdpijn die eerder aan de achterkant van zijn hoofd was begonnen was nu verplaatst naar zijn rechterslaap. Onbewust wreef hij met zijn rechterhand over zijn slaap alsof hij de pijn wilde uitwissen.

Ze wist niet wat ze moest zeggen. Zoals hij daar stond, deed hij haar denken aan haar man. Die stond ook vaak op dezelfde manier voor haar als hij haar verbood om iets te zeggen. Ze voelde zich verdoofd. Ze keek naar BenIk die nu met zijn rug naar haar toe stond. Plotseling wantrouwde ze hem. Stel dat hij een gek was die zich dadelijk zou omdraaien en haar iets zou aandoen. Haar hart sloeg een aantal keren over toen hij zich na een tijdje omdraaide.

Hij keek haar strak aan. 'Je kunt me vertrouwen. Ik doe je niets. Je hoeft niet bang te zijn.'

Hilde keek hem verbijsterd aan. Het was alsof hij haar gedachten kon lezen.

BenIk zag haar reactie en zei: 'Je kunt me echt vertrouwen.'

Omdat ze nog steeds als versteend voor zich uit zat te staren, liep hij naar haar toe. Hij legde zijn rechterhand op haar schouder. Ze kromp instinctief ineen, omdat ze dacht dat hij haar zou wurgen. Van het een op het andere moment kreeg ze echter het gevoel dat ze hem kon vertrouwen en dat hij haar geen kwaad wilde doen. Ze voelde zich gerustgesteld en keek hem dankbaar aan. Ze keken elkaar recht in de ogen. Ze bewoog heen en weer op haar stoel alsof ze door hem gehypnotiseerd was.

Ze voelde een warmte door haar lichaam stromen die ze al jaren niet meer gevoeld had. Een gevoel dat haar ex-man haar nooit gegeven had. Alleen van de jaren dat haar zoon bij haar geweest was kende ze dat bijzondere gevoel. Ze genoot van het brandende vuur in haar anders zo koude lichaam.

BenIk verbrak het contact door zijn ogen neer te slaan. Hij draaide zich om en ging tegenover haar zitten. Ze gingen door met eten alsof er niets gebeurd was. Beiden voelden aan dat ze nu niets moesten zeggen. Woorden pasten niet in deze situatie. De stilte was niet pijnlijk, maar functioneel.

Toen ze klaar waren met eten stond Hilde op en ruimde de tafel af. De bel ging. 'Dat zal die jongen wel zijn die de enveloppen komt ophalen,' zei ze terwijl ze naar de deur liep. Nadat ze de deur opengemaakt had kwam ze terug en stopte de enveloppen in een grote kartonnen doos. Ze tilde de doos op en bracht die naar de jongen die buiten op de gang stond te wachten.

BenIk bood aan om haar te helpen, maar dat sloeg ze af. Hij hoorde hoe de jongen op de gang geld aan haar gaf voor het werk dat ze gedaan had.

Na een poosje kwam ze terug. In haar hand hield ze een aantal bankbiljetten vast. 'Nu kan ik weer een tijdje vooruit,' zei ze trots tegen hem terwijl ze met de biljetten in de lucht zwaaide. Ze stopte het geld in een porseleinen potje dat op de keukenkast stond. 'Ik zal eens naar je vriend gaan en kijken of hij al wakker is. Hij moet ook iets eten. Als hij zijn bed niet kan uitkomen, dan zal ik hem net zoals gisteren voeren.'

BenIk wilde opstaan, maar ze gebood hem om te blijven zitten. Daar was hij blij mee, want hij voelde dat de spieren van zijn benen weer pijn deden. Toen ze verdwenen was, keek hij naar de klok die tegenover hem aan de muur hing. Het was half negen. Het was nog stil in huis. Je hoorde alleen het getik van de verwarmingsbuizen. Hij luisterde er aandachtig naar en probeerde er een ritme in te ontdekken. Vergeleken met het getik van de klok tikten de buizen uit de maat. Vergeleken met zijn hart tikten ze echter in de maat. Gebiologeerd volgde hij het ritme van de buizen.

Plotseling ging de deur van de keuken open. Hij hoorde hoe een mannenstem zei: 'Is hij het?'

Hij zag in de deuropening Simon staan. Hij stond nog wat wankel op zijn benen. Maar hij kon zonder hulp van de vrouw zelfstandig staan. BenIk stond op toen hij zag dat Simon met uitgestoken handen op hem af kwam lopen. Het gezicht van Simon begon te stralen. Hij stond nu vlak voor BenIk en gaf hem een stevige hand. 'Ik heb gehoord dat jij mijn redder bent.' Zijn ogen glinsterden toen hij dit zei. 'Bedankt.'

'Je hebt je geluk verspeeld, maar daarna weer teruggewonnen,' antwoordde BenIk terwijl hij Simon een stoel aanbood.

'Ben je door Tony gestuurd?' vroeg Simon toen hij ging zitten.

BenIk schudde zijn hoofd.

'Heeft iemand van de Justitia je gestuurd?'

Weer schudde BenIk zijn hoofd. 'Jij hebt me geroepen. Jij smeekte dat iemand je zou komen redden. Ik heb je smeekbedes gehoord.'

Simon keek nu vragend naar Hilde die nog in de deuropening stond. Ze draaide zich snel om en verdween in de slaapkamer.

'Hoe weet jij dit allemaal als je niet door Tony of door iemand van de Justitiagestuurd bent?' vroeg hij verbaasd.

BenIk haalde zijn schouders op en lachte laconiek. 'Ik weet het gewoon.'

Simon maakte een hulpeloos gebaar met zijn handen. 'Het maakt ook niets uit hoe jij het weet. Ik wil je bedanken omdat je me geholpen hebt.' Hij keek BenIk dankbaar aan. 'Wat je daarnet zei over dat ik het geluk heb verloren dat klopt. Ik heb namelijk mijn hele kapitaal ...'

'... verspeeld,' viel BenIk hem in de rede. Hij vertelde hem dat hij precies wist hoe het gegaan was.

Simon zweeg nu even. Hij moest even nadenken. Hij begreep niet hoe zijn redder dit allemaal wist. Zou hij soms helderziende zijn?

'Het was dom om je blind te staren op het geluk van je vriend.'

'Ja, dat was stom,' zei Simon schoorvoetend.

BenIk stond plotseling op. Hij keek naar de klok. 'Ik moet nu gaan. Ik heb vandaag nog veel te doen. Ik moet naar het park. Kun je mij de weg wijzen?'

'Ik zal alles voor je doen. Je bent immers mijn redder.' Simon keek hem met een sarcastische glimlach aan. 'Hoe heet je eigenlijk?'

'BenIk met hoofdletter B en hoofdletter I,' antwoordde hij terwijl hij opstond. Hij zag de verbaasde blik op het gezicht van Simon niet.

Hij vroeg hem om even te wachten en ging de slaapkamer in waar Hilde bezig was met het opmaken van de bedden. Hij bedankte haar voor haar gastvrijheid. Ze liep daarna naar de keuken om afscheid van Simon te nemen. BenIk wachtte even. Daarna sloop hij voorzichtig de trap op naar boven.

Na een kleine tien minuten kwam hij weer de keuken binnen waar Simon en Hilde met elkaar in gesprek waren. Ze had nog een aantal boterhammen voor ze gesmeerd. Ze namen samen nog een keer afscheid van Hilde die zichtbaar ontroerd was dat haar gasten haar gingen verlaten.

BenIk gaf haar een hand en zei: 'Bedankt voor alles wat je voor ons gedaan hebt. Blijf trouw aan je levenswijze, want binnenkort zal het beter met je gaan. Binnenkort zal je voldoende geld hebben om rond te komen.'

Ze keek hem verrast aan. Hij schudde haar nog een keer de hand en verliet daarna samen met Simon haar woning. Ze had tranen in haar ogen toen beiden de deur achter zich dicht maakten. 'Het ga jullie goed,' riep ze terwijl ze de tranen uit haar ogen wreef.

Toen ze alleen in de keuken was, barstte ze in huilen uit. BenIk had grote indruk op haar gemaakt. De bijzondere manier waarop hij haar had aangekeken, bezorgde haar rillingen over haar hele lichaam.

Opeens kwam Bea binnen. Snel veegde ze door haar gezicht. 'Wat doe jij hier?' vroeg ze verrast. 'Wilde jij afscheid nemen van mijn gasten? Ze zijn al vertrokken.'

Bea knikte lachend. 'Dat heb ik zojuist al gedaan,' zei ze op een opgewekte toon die de vrouw niet van haar kende.

Ze zag twee koffers naast Bea staan. Ze keek vragend van de koffers naar Bea.

'Wat heeft dat te betekenen?' Ze wees naar de koffers. 'Ga jij me ook al verlaten?'

Bea knikte en liep snel naar Hilde toen ze merkte dat die bijna van haar stokje ging. Ze hielp haar op een stoel en klopte haar een aantal keren geruststellend op haar rechterschouder. 'Trek het je niet aan. De tijd is rijp om te vertrekken,' zei ze met een lief stemmetje.

Al snikkend antwoordde Hilde: 'Zonet heeft iemand die mijn zoon had kunnen zijn mij verlaten. Nu gaat iemand die mijn dochter had kunnen zijn me verlaten. Even was de echte liefde hier in het huis der liefde aanwezig. Vanaf nu zal ik weer alleen zijn.' De tranen stroomden over haar wangen. Ze keek Bea smekend aan.

Bea was vastberaden. Ze ging voor Hilde staan en keek haar met grote ogen aan. 'Ik moet vertrekken. De wereld wacht op mij om geholpen te worden. Ik zal me inzetten om echte liefde aan de mensen te geven. Aan mannen en vrouwen. Aan jong en oud. Aan rijk en arm. Binnenkort breekt er een tijd aan dat jouw hulp ook nodig zal zijn. Dan ben je niet meer alleen, maar zal je veel vrienden hebben.'

Hilde snoot haar neus. Ze scheen bedaard te zijn en te begrijpen wat Bea bedoelde. 'Heeft hij je dat allemaal verteld?' vroeg ze terwijl ze probeerde te glimlachen.

'Ja,' antwoordde Bea.

'Het is een bijzondere man. Vind je ook niet? Hij zei tegen mij dat ik ook binnenkort zou kunnen vertrekken. Wie is die man eigenlijk? Weet jij dat?'

Bea haalde haar schouders op. Ze wist ook niet wie hij was. Ze kon beamen dat ze hem ook een bijzondere man vond. Er viel een stilte. Hilde beschouwde BenIk als een zoon. Bea beschouwde hem als iemand van wie ze hield. Daarna liep Hilde naar de keukentafel om boterhammen voor Bea te smeren. Ze stopte ze in een plastic zakje en gaf ze aan haar. 'Hier heb je nog iets voor onderweg.'

Bea stopte de boterhammen dankbaar in haar tas. Nu was het tijd om afscheid te nemen. Ze omhelsden elkaar en wensten elkaar het allerbeste. Beiden vochten tegen de tranen. Vooral Bea had moeite met het afscheid. Hilde was de enige die zich om haar bekommerd had. Ze was een tweede moeder voor haar geworden. Ze was altijd een luisterend oor voor haar geweest.

Toen Hilde zag dat het Bea te veel dreigde te worden trok ze haar naar zich toe. 'Kop op meid. Je komt er wel doorheen. Je moet even door de zure appel heen bijten. Het komt allemaal goed.' Die woorden waren niet alleen voor Bea bestemd, maar ook voor zichzelf. Ze drukte Bea nog eens stevig tegen zich aan en liet haar daarna los.

De ogen van Bea waren rood en vochtig. Ze wist zich te vermannen en zei met een trillende stem: 'Da ga ik maar. Nogmaals bedankt voor alles wat je voor me gedaan hebt. Ik kom je snel weer eens opzoeken.'

Ze pakte haar twee bruine koffers op en liep naar de deur. Een laatste omhelzing. Ze fluisterden elkaar nog een aantal bemoedigende woorden toe. Daarna verdween Bea.

Hilde bleef alleen in de keuken achter. Vandaag had ze afscheid genomen van drie mensen die haar nauw aan het hart lagen. Het voelde onwennig om alleen in de keuken te zijn. Ze ging aan tafel zitten en speelde de film van afgelopen vierentwintig uur in haar hoofd af. Er was veel gebeurd. Even had ze het gevoel van geluk geproefd. Nu was ze weer alleen. Een koude rilling ging door haar heen. Tranen stroomden over haar wangen. Zou ik ze ooit weer terug zien? was de vraag die haar bezighield. De verwarmingsleiding en de klok tikten uit de maat. Het gesnik volgde het ritme van haar hart.

9

BenIk en Simon liepen naast elkaar over de straat. BenIk was een kop groter dan Simon. Simon liep nog een beetje stuntelig alsof hij zijn evenwicht kwijt was. Ze zeiden weinig tegen elkaar. Af en toe vertelde Simon hoe ze moesten lopen. Opeens herinnerde BenIk zich de plattegrond die hij in de kamer waarin hij wakker geworden was gevonden had. Hij haalde hem uit de binnenzak van zijn jas. De plattegrond was door de regen nat geworden. De kleuren waren uitgelopen en de letters waren niet meer te ontcijferen. Hij zuchtte een keer diep en stopte het kaartje weer terug in zijn binnenzak.

Ze liepen langs een weg waarvan het trottoir open- gebroken was. Ze moesten stapvoets lopen om niet van de planken te vallen die over het trottoir gelegd waren. BenIk liep stoïcijns verder. Simon volgende hem stap- voets. Als een koorddanser gebruikte hij zijn armen om in evenwicht te blijven. Plotseling draaide een hijskraan, die een aantal stalen buizen vast had, in de richting van beide mannen. Simon zag het onheil naderen en bleef verschrikt staan. Omdat BenIk doorliep en niets gezien had, schreeuwde Simon dat hij moest oppassen. BenIk schrok en keek op. Ternauwernood kon hij de buizen die op hem afkwamen door een sprong naar rechts ontwij- ken. Hij lag languit in de modder.

De hijskraanbestuurder duwde op de stopknop. Hij stak zijn hoofd door het raam naar buiten en riep op aan agressieve toon: 'Kijk uit waar je loopt, man. Heb je geen ogen in je kop?' Toen hij zag dat BenIk weer opstond en hem niets mankeerde, herstartte hij hoofdschuddend zijn kraan.

Simon liep snel naar BenIk toe. Hij zat helemaal onder de modder. Hij zag er geschrokken uit. Hij stak zijn hand naar Simon uit die hem met een ruk terug op de planken trok.

'Gaat het een beetje?' vroeg hij bezorgd.

BenIk knikte en veegde de modder van zijn gezicht, zijn jas en broek af. Tijd om lang stil te blijven staan, hadden ze niet. Ze versperden de doorgang voor de ongeduldige mensen die het tweetal meewarig aankeken.

BenIk hoorde hoe iemand zei: 'Die zwervers, dat zijn grote varkens. Moet je ze daar eens zien staan.' Daarna maakte hij knorrende geluiden. BenIk trok zich er echter niets van aan en liep snel verder. Simon volgde hem.

Uiteindelijk kwamen ze weer op een normaal trottoir terecht. Ze bleven staan. BenIk veegde de modderresten verder van zijn kleding af. De mensen die hem passeerden, draaiden zich allemaal minachtend naar hem om.

Simon mompelde: 'Loop toch door stelletje idioten.'

BenIk gebood hem te zwijgen. Simon schudde zijn hoofd en hielp hem om de modder van zijn kleding te verwijderen. Inwendig kookte hij van woede. Het liefst zou hij met al die passanten op de vuist gegaan zijn.

Na een tijdje was het grootste deel van de modder verwijderd. De kleding van BenIk was echter kletsnat.

'Zullen we ergens naar binnen gaan waar het warm is? Dan kunnen je kleren drogen,' zei Simon terwijl hij rondkeek alsof hij iets zocht. 'Ik heb hier in de buurt een vriend wonen. Daar kunnen we wel even bij langs gaan.'

BenIk wees zijn goedbedoelde voorstel af. Hij zei dat het wel meeviel. Hij wilde zo snel mogelijk naar het park gaan, daarom vervolgden ze hun weg.

Simon was de gids en wees BenIk de weg. Na een tijdje gelopen te hebben, kwamen ze in de armste buurt van de stad. De kinderen die hier op straat speelden, droegen oude versleten kleding. De huizen zagen er verwaarloosd en bouwvallig uit. De hele wijk was verpauperd. Het stonk er naar urine en ontlasting. Het leek alsof iedereen hier zijn behoefte op straat deed.

Simon zag de verwonderde blik in de ogen van BenIk. Hij vertelde hem dat in deze wijk de buitenlanders werden weggestopt. Ze waren te arm om ergens anders iets te kunnen huren of ze werden weggepest uit andere buurten. Deze buurt was het afvoerputje van de stad.

Voor een huis zat een klein meisje te huilen. In haar handen hield ze een pop zonder hoofd vast. Haar gezicht zat onder de modder. Haar kleren waren vuil en afgedragen.

'Waarom huil je?' vroeg BenIk op een vriendelijke toon.

Opeens ging de deur achter het meisje open en kwam een vrouw van een jaar of dertig naar buiten. Snel pakte ze het meisje vast en trok haar naar binnen. Ze keek het tweetal vol haat aan. 'Komen jullie zelfs hier onze kinderen lastigvallen? Stelletje smeerlappen,' siste ze tussen haar tanden. Met een smak gooide ze de deur achter zich dicht.

BenIk stond als aan de grond genageld en keek Simon verbouwereerd aan.

'De haat die zijzelf ondervinden, slaat nu over op iedereen die hier niet thuishoort. De vreemdelingenhaat is als een virus dat zich over de hele bevolking verspreidt,' zei Simon.

'Hoe kan ik mensen helpen als ze mijn hulp afslaan?' vroeg BenIk op hulpeloze toon. 'De mensen hier zijn zo achterdochtig. Hoe kan ik ze overtuigen dat ik met goede bedoelingen kom?'

Hij draaide zich naar Simon om en vroeg of hij de boterhammen kon krijgen die Hilde voor ze gesmeerd had.

Simon haalde zijn schouders op en gaf hem het zakje met boterhammen dat hij in zijn binnenzak bewaard had. Hij wilde vragen wat hij er mee wilde, maar BenIk was hem voor.

'Stel geen vragen en geef me de boterhammen,' zei hij kortaf.

Simon gaf hem het zakje met brood. BenIk pakte het zakje vast en belde bij een willekeurig huis aan. Een jongetje deed na een tijdje de deur open en keek hem met grote ogen aan.

'Is je vader of moeder thuis?' vroeg BenIk op een vriendelijke toon. De jongen bleef hem met open mond aanstaren. BenIk voelde hoe Simon hem aan zijn mouw trok en in zijn oor fluisterde: 'Je bent toch niet gek? Je geeft toch niet ons brood weg?'

BenIk reageerde niet. Hij zag een vrouw verschijnen met een kind op haar arm en drie andere kleine kinderen die zich aan haar rok vasthielden. Het kind dat de deur opengemaakt had, verstopte zich snel achter zijn moeder.

'Wat wil je van ons?' vroeg de vrouw terwijl zij het tweetal wantrouwend aankeek.

'Ik hoorde een kind huilen. Ik dacht misschien heeft het honger. Daarom wilde ik u dit geven.' BenIk stak de hand waarmee hij het zakje met boterhammen vasthield naar haar uit.

De vrouw keek hem vol afschuw aan. 'Wat moet ik met dat kleffe zakje?' snauwde ze. 'Heb je soms melk voor mijn kleinste kind, of vlees en groente? Heb je een verwarming voor ons? Mij voor de gek willen houden met dat lullige zakje brood. Jullie hebben je goed verkleed. Stelletje rijke stinkerds. Steek dat zakje in je hol en rot op.' Haar gezicht was rood van woede. Ze gaf BenIk geen kans om antwoord te geven. Ze gooide de deur met een klap dicht.

Hij snapte er iets van. Hij klopte nog eens aan, maar de deur werd niet meer opengemaakt. Hij voelde hoe Simon hem probeerde weg te trekken. Dat maakte hem kwaad, waardoor hij zich omdraaide en uit frustratie Simon een duw gaf waardoor hij op de grond viel. Simon keek hem geschrokken aan. BenIk schrok van zijn eigen woedeaanval en hielp Simon overeind. Hij verontschuldigde zich voor zijn onstuimige gedrag. 'Excuses, maar je moet me niet storen als ik bezig ben.'

'Ben je helemaal besodemieterd dat je zomaar bij iemand gaat aanbellen?' vroeg Simon hijgend terwijl hij zijn kleren schoonveegde. 'Hoe haal jij je het in je hoofd om zoiets te doen? We moeten maken dat we hier wegkomen. Zie die mensen naar ons kijken.'

Hij pakte BenIk vast en liet zien hoe van achter de ramen de buurtbewoners hun nijdige blikken toewierpen. Ze werden gezien als vreemdelingen in deze buurt. Als ongenode gasten. Toen ze wegliepen, hoorden ze hoe iemand riep: 'Rot op, tuig. Blijf in jullie eigen wijk.' Simon trok BenIk met zich mee en zei dat hij niet moest reageren. Ze liepen zo snel mogelijk verder.

Binnen een mum van tijd waren ze in een andere wijk beland. Ze haalden opgelucht adem en ze vertraagden hun pas. Eerst liep Simon voorop, maar door zijn belabberde conditie moest hij afhaken en liep hij hijgend achter BenIk aan. Hij bleef uiteindelijk bij een bank staan en nodigde Simon uit om te gaan zitten. Hij maakte maar al te graag gebruik van zijn aanbod. Het zweet stond op zijn voorhoofd.

Nadat ze een tijdje zwijgend naast elkaar gezeten hadden, vroeg Simon wat BenIk zich erbij voorgesteld had om brood aan de vrouw en haar kinderen te geven.

'Ik wilde deze mensen in nood helpen. Er zat geen andere betekenis achter. Het was gewoon een gebaar om hulp aan te bieden.'

'Dacht je nu werkelijk dat je ze zou kunnen helpen met die paar boterhammen? Dat is net alsof je een kruimeltje brood geeft aan een kind dat aan het verhongeren is.'

BenIk schudde zijn hoofd. 'Het gaat niet om de hoeveelheid. Het gaat om het gebaar. Als een arme arbeider één procent van zijn loon weggeeft en een stinkend rijke man nul komma nul één procent, dan geeft die laatste veel meer geld, terwijl het gebaar van die arme sloeber veel groter is.'

Simon fronste zijn wenkbrauwen en dacht na over wat BenIk tegen hem gezegd had.

BenIk vervolgde: 'Ik snap die mensen niet. Waarom nemen ze de hulp die hun geboden wordt niet aan? Zijn ze te trots om een helpende hand vast te grijpen?'

'Ze vinden het vernederend als je ze een aalmoes geeft,' antwoordde Simon die met de mouw van zijn kapotte jas het zweet van zijn voorhoofd wreef.

'Weet je hoe dat komt?'

Simon haalde zijn schouders op.

'Dat komt doordat ze niet herinnerd willen worden aan de ellendige situatie waarin ze zich bevinden. De hulp die je hun aanbiedt, is als een spiegel die hun de naakte waarheid laat zien. Dat is een slag in hun gezicht.

Ze willen de confrontatie met de werkelijkheid niet aangaan. Ze leven in hun eigen droomwereld en willen niet wakker gemaakt worden. In het donker kunnen ze zich verschuilen. In het licht wordt hun bloedende ziel blootgelegd. Die vrouw wist niet eens wat er in het zakje zat. Toen ze het zag werd ze geconfronteerd met de armoedige situatie waarin ze zich bevond. Daardoor sloegen bij haar de stoppen door.'

BenIk stond op en sloeg met zijn rechtervuist in zijn linkerhand. Hij keek naar de grauwe wolken die boven de stad hingen en zei met een zucht: 'Als de mensen die de meeste hulp nodig hebben geen hulp aannemen, hoe moet ik dan de rest van de mensen helpen?' Hij bleef een tijdje staan. Hij voelde zich als iemand die in een groot donker bos verdwaald was. Hij was de weg kwijt. Een machteloos gevoel maakt zich van hem meester. Uiteindelijk zei hij: 'Laten we verder gaan. Het gaat zo regenen.'

Simon stond op en ze liepen naast elkaar verder. Simon dacht na over de woorden die BenIk gezegd had. Hoewel hij hem niet helemaal had kunnen volgen, voelde hij dat hij op de een of andere manier gelijk had. Hulp geven is even moeilijk als hulp krijgen. Hij lachte bij deze gedachte. Hij vond dat BenIk het bij het rechte eind had. Vanaf die tijd luisterde hij aandachtig naar hem zoals een leerling naar zijn meester luistert. Hij voelde zich niet meer als iemand die hem de weg moest wijzen, maar als iemand die hem moest volgen. Uit ontzag liep hij nu ook niet meer naast hem, maar achter hem.

Hoewel het steeds bewolkter en grauwer werd, begon het niet te regenen. Er stond een koude noorderwind. Simon trok zijn kraag op. BenIk bleef gewoon doorlopen. Hij scheen geen last te hebben van de ijskoude wind. In de verte zag je de bomen van het park heen en weer bewegen door de storm die opstak.

'Daarginds heb je het park al,' riep Simon enthousiast. Door de wind was hij nauwelijks verstaanbaar.

Hij zag hoe BenIk knikte en zijn pas versnelde. Hij deed hetzelfde om niet verder achterop te raken. Ze kwamen in een rap tempo steeds dichter bij het park. De bomen bogen uit ontzag voor de boos kijkende grijze wolken die boven het park hingen. Uiteindelijk bereikten ze de ingang van het park. Het was een grote, imponerende ijzeren poort. De bovenkant van de poort was een boog versierd met bronzen rozen. Aan beide kanten van de poort was een beeld bevestigd waardoor het geheel nog meer allure kreeg. Links stond het beeld van een man en het rechts het beeld van een vrouw. Ze reikten elkaar de hand toe. Ze konden elkaar alleen aanraken als de poort gesloten was. Zoals ze daar nu stonden, nodigden ze de mensen uit om door de poort te lopen.

BenIk bleef staan en keek gefascineerd naar de poort. Elk detail bestudeerde hij nauwkeurig. Toen keek hij naar Simon en zei: 'Deze poort is de ingang tot het paleis. Je hoeft geen koning of rijke man te zijn om in een paleis te wonen. Ook een zwerver is hier welkom en kan erin wonen. Kom laten we het paleis betreden.' Hij draaide zich om en liep op een plechtige manier door de poort.

Simon die al vaker in het park geweest was, had nooit gelet op de poort. Zonder nadenken was hij er altijd doorheen gelopen. Het was hem nooit eerder opgevallen dat de poort zo mooi was. Hij bleef even staan en keek bewonderend naar het kunstwerk. Jarenlang was hij blind geweest voor de schoonheid van de poort, nu was er iemand die zijn ogen geopend had. Toen hij er onderdoor liep, trok hij automatisch zijn jas recht. In een paleis moet je er netjes uitzien, dacht hij bij zichzelf.

Toen ze in het park waren draaide BenIk zich naar Simon om. 'Bedankt dat jij me de weg gewezen hebt. Je kunt nu weer je eigen weg gaan.' Hij stak Simon zijn hand toe om afscheid te nemen.

Simon keek hem verbaasd aan. Hier had hij niet op gerekend. Even schoten er allerlei gedachten door zijn hoofd. Hij stak zijn hand niet uit en zei op een sombere toon: 'Ik ben de weg kwijt. Ik heb alles verloren. Ik heb niemand om naar terug te gaan. Ik heb geen geld meer. Ik wil jou blijven volgen. Jouw weg zal mijn weg zijn.'

BenIk keek hem vol bewondering aan. Hij kreeg een triomfantelijk gevoel.

'Bedankt dat je me vertrouwt.' Hij gaf Simon een aantal amicale klopjes op zijn schouder. 'Kom dan gaan we verder.' Hij draaide zich om en liep verder alsof er niets gebeurd was.

Simon voelde zich als herboren. Het was alsof BenIk hem een nieuw leven geschonken had. Samen liepen ze verder. BenIk liep voorop. Simon hoefde niet meer te vertellen hoe ze moesten lopen. Het leek alsof BenIk hier de weg kende en precies wist waar hij naar toe moest gaan. Dat verwonderde Simon. Hij had namelijk de indruk dat BenIk hier nog nooit eerder geweest was.

Samen liepen ze een hele tijd door het park. Simon keek zijn ogen uit. Hij bewonderde de grote groene sparren die als wachters langs de slingerende paden stonden. Ze waren hem nog nooit eerder opgevallen. Nu had hij er ontzag voor. Hij genoot van de intens groene grasvelden die er als biljartlakens bij lagen. Hij luisterde aandachtig naar het gezang van de vogels. Geluiden die nieuw voor hem waren.

Hoewel hij hier al heel vaak geweest was, leek het alsof hij in een nieuwe wereld was terechtgekomen. Het was alsof een dikke stoflaag van het park weggeveegd was. De kleuren, de geuren, de geluiden prikkelden zijn zintuigen.

Plotseling liep BenIk naar links. Hij verliet het pad en liep over het strakgemaaide grasveld. Simon volgde hem zonder te vragen waar ze naartoe gingen. Het werd al snel duidelijk wat zijn doel was. Midden in het gras stond een ontzettend grote treurwilg. Waarschijnlijk was hij al honderd jaar oud. Hij kon zich nog goed herinneren hoe hij hier als kind al onder schuilde tegen de regen als hij in het park speelde. De wilg was zo groot dat het eronder altijd droog bleef. De treurwilg was als een oude vriend van hem. Ook op latere leeftijd werd hij altijd aangetrokken door de boom. De treurwilg had veel raakvlakken met zijn eigen leven. Hij had hem al heel wat geheimen toevertrouwd. Hij vroeg zich af hoe BenIk wist dat deze boom hier stond terwijl hij nog nooit in het park geweest was. Waarom koos hij juist deze plek uit?

Nog enkele meters en ze waren bij de boom. Onder de boom was een soort overdekt podium gemaakt. De vier pijlers die rondom het podium stonden, droegen een rond dak. Vroeger speelde hij hier met zijn vriendjes soldaatje. Het podium met het dak noemden ze het fort. Een groep ging in het fort staan en de andere groep moest het proberen te veroveren. Het podium was ook al heel erg oud. Van zijn vader had hij gehoord dat het in het begin zelfs groter was geweest dan de treurwilg. Dat was nu nauwelijks voor te stellen. Elke zondag in de zomer werd hier muziek gemaakt.

'Dat doen ze om de treurwilg op te vrolijken,' had zijn vader lachend tegen hem gezegd. Hij zuchtte diep. Hij miste zijn vader. Kon hij hem nog maar één keer ontmoeten en hem vertellen wat hij nu wist. Vroeger hadden ze alleen maar ruzie gemaakt. Hun karakters botsten met elkaar. Nadat hij het huis was ontvlucht, had hij nauwelijks nog contact met zijn vader gehad. Hij was zelfs niet naar zijn begrafenis gegaan. Tijdens zijn leven had hij geen afscheid genomen. Hij vond het ongepast en laf om dat bij zijn dood wel te doen. Nu realiseerde hij zich dat hij als twee druppels water op zijn vader leek. Hij had zijn eigen spiegelbeeld gehaat en niet zijn vader.

BenIk draaide zich naar Simon om. 'Dit is de plek die ik zocht. Hier zullen we elkaar voortaan ontmoeten. Dit wordt de centrale plek van waaruit we ons werk gaan uitvoeren.' Hij hief zijn beide handen in de lucht toen hij de laatste woorden sprak.

Simon knikte en zei weemoedig. 'Een mooie plek. Het regent hier nooit. Een plek waar je de meest dierbare herinneringen veilig kunt bewaren.'

BenIk reageerde niet. Hij scheen Simon niet te horen. Hij liep rond de dikke stam van de boom en keek omhoog naar het dichte bladerendek. 'Deze boom zal ons beschermen tegen de elementen van de natuur en tegen de reacties van het volk.'

Simon vond het maar rare woorden die BenIk zei.

'We moeten hier wachten.'

'Wachten waarop?,' vroeg Simon nieuwsgierig.

BenIk klom op het podium en zei op een rustige toon. 'We wachten op iemand die aan mij twijfelt. Hij is op zoek naar mij. Niet omdat hij in me gelooft, maar omdat hij aan me twijfelt. Hij komt uit nieuwsgierigheid. Gisteren heb ik hem ontmoet, maar hij twijfelt er vandaag al aan of ik besta.' BenIk sprak zijn woorden op een vreemde en bijna bezwerende toon uit.

Simon voelde zich ongemakkelijk bij deze situatie. 'Waarom wachten we dan op hem? Waarom zou je iemand willen ontmoeten die aan je twijfelt?'

'Je moet juist die mensen die niet in je geloven niet uit de weg gaan. Je moet niet voor ze weglopen, maar ze ervan overtuigen dat je bestaat.'

'Maar dat kan misschien jaren duren voordat je zo iemand overtuigd hebt. Is dat niet zonde van al de energie?'

'Je hebt gelijk. Het kan soms heel lang duren, maar geduld is een schone zaak. Overigens zal het bij hem niet zo lang gaan duren. Binnenkort komt er een moment dat zijn ogen zullen opengaan en dat al zijn twijfels als sneeuw voor de zon zullen verdwijnen.'

BenIk werd afgeleid door iemand die in de verte aan kwam lopen. Hij kneep zijn ogen bij elkaar om die persoon goed in zijn vizier te krijgen. Af en toe bleef de man in de verte staan en keek hij om zich heen alsof hij iets zocht. BenIk scheen te weten wie hij was. Hij knikte goedkeurend met zijn hoofd.

Toen Simon een glimlach op zijn gezicht zag verschijnen, vroeg hij: 'Is hij dat?'

BenIk knikte triomfantelijk. 'Ja dat is hij.'

10

Andreas kon het podium onder de treurwilg goed zien. Hij bleef even staan en meende dat hij iemand op het podium zag bewegen. Hij keek nog eens goed en zag dat er twee personen waren. Hij was nog te ver af om beiden te herkennen. Daarom besloot hij om verder te lopen. De hele ochtend had hij door het park geslenterd. Hij zocht BenIk. Gisteren had hij na lang aarzelen besloten om op zoek naar hem te gaan. Hij was nieuwsgierig geworden. Hij wilde meer van hem te weten komen. Hij had overal gezocht, maar hem nog niet gevonden.

Toen hij de grote boom zag, ging hij er instinctief naartoe. De boom had een bijzondere aantrekkingskracht op hem. Hoe dat kwam wist hij niet. Hij versnelde zijn pas. Hij was nieuwsgierig geworden wie die twee mannen waren. Hij hoopte dat een van beiden BenIk was. Hij dacht hem herkend te hebben aan zijn veel te grote kleren die hij droeg. Hij vroeg zich af wat hij tegen hem zou zeggen. Hij herinnerde zich nog zijn woorden: 'Ben er als je in me gelooft. Ben er niet als je twijfelt.' Het was juist zijn twijfel en nieuwsgierigheid die hem hier naartoe gevoerd hadden. Hij hoopte dat BenIk hem niet zou doorzien. Even overviel hem het gevoel om rechtsomkeer te maken, maar hij besloot er niet aan toe te geven en liep verder. Hij was niet voor niets de hele dag naar hem op zoek geweest.

Hij zag hoe BenIk en een onbekende man hem aankeken toen hij onder de treurwilg beland was. Ze bleven hem op een vreemde manier aankijken, zonder hem te begroeten. Dat maakte hem boos. Hij stapte op het podium waar BenIk stond en liep naar hem toe.

'Eindelijk heb ik je gevonden. Ik heb je de hele ochtend lopen zoeken.'

BenIk keek hem diep in de ogen. 'Het zal nog een hele tijd duren voordat je me echt gevonden hebt.'

Andreas voelde zich betrapt. Hij wist dat BenIk hem door had en dat hij hier alleen maar uit nieuwsgierigheid was gekomen. Hij voelde dat hij zowel BenIk als zichzelf verraden had. Onbeholpen staarde hij voor zich uit.

BenIk brak het ijs en stelde Simon aan hem voor. Simon keek Andreas argwanend aan. In zijn achterhoofd speelde de gedachte dat hij een twijfelaar was. Zo was hij immers door BenIk aangekondigd. Andreas gaf Simon een hand en zei dat zijn gezicht hem bekend voorkwam. Simon verzekerde hem dat hij Andreas nog nooit ontmoet had.

Het viel Andreas nu pas op dat BenIk geen baard meer droeg. Zijn gezicht detoneerde bij zijn veel te grote kleren die helemaal onder de modder zaten. Door zijn gezichtsuitdrukking voelde hij ontzag voor hem. Hij zag er ondanks zijn kleding niet meer als een zwerver uit. Zijn uitstraling maakte hem nog nieuwsgieriger. Hij wist nog steeds niet wie BenIk nu werkelijk was.

Terwijl BenIk voor zich uit stond te staren ging Andreas een gesprek met Simon aan. Ze vertelden elkaar in korte bewoordingen wie ze waren en hoe ze hier terecht waren gekomen.

Toen Andreas uiteindelijk vroeg wat hij van BenIk vond, antwoordde hij: 'Hij is voor mij iemand die mijn ogen heeft geopend. Het is alsof ik mijn hele leven blind geweest ben en nu pas kan zien. Hij is voor mij het licht in de duisternis. Een hele nieuwe wereld is voor mij opengegaan.'

Andreas nam geen genoegen met dat antwoord. Fluisterend vroeg hij: 'Maar wie is hij? Vertel me de waarheid. Wie is die man?'

Simon keek hem aan en herinnerde zich de woorden van BenIk. Die had immers gezegd dat vandaag iemand zou komen die aan hem twijfelde. Hij had gelijk gehad. Andreas was niet gekomen omdat hij in hem geloofde, maar uit nieuwsgierigheid. Hij keek hem diep in de ogen en zei: 'Je bent nu nog blind, maar er zal een dag aanbreken dat jij zult zien wie hij is.'

Andreas keek hem met grote ogen aan. 'Jij praat al net zo'n wartaal als BenIk,' zei hij op een verwijtende toon. 'Ik begrijp jullie niet. Waarom kletsen jullie er zo omheen en vertellen jullie niet wat hier gaande is. '

Simon schudde ironisch lachend met zijn hoofd. 'Ik vertel je al de hele tijd wat hier gaande is, maar je hoort het niet. '

Andreas greep met zijn handen naar zijn hoofd. Hij stotterde van woede toen hij zei: 'Het lijkt wel of jullie een spelletje met me spelen. Maar ik zal niet opgeven. Ik zal erachter komen wie hij is en wat jullie van plan zijn.'

Hij stopte met praten omdat BenIk naar hen toekwam. Terwijl Simon en Andreas met elkaar in gesprek waren, had hij de hele tijd voor zich uit staan staren. Het leek alsof hij hun conversatie niet gevolgd had. Ze keken hem verwachtingsvol aan.

BenIk ging voor Andreas en Simon staan. Hij keek naar de grond toen hij zei: 'Ik heb een opdracht voor jullie.'

Ze keken elkaar verbaasd aan.

Eerst keek hij Andreas aan. 'Andreas, jij moet hier blijven wachten. In de loop van de middag ontmoet je iemand die een interessante vraag aan je zal stellen. Je moet op zoek gaan naar het antwoord.'

Daarna wendde hij zich tot Simon. 'Jij moet met me meegaan naar de stad. We gaan op zoek naar iemand die zich bij ons zal aansluiten.'

Toen hij ze de opdrachten gegeven had, draaide hij zich om en liep weg.

Andreas en Simon keken elkaar aan zonder iets te zeggen. Ze dachten na over de opdracht die ze gekregen hadden. Andreas wist niet wat hij ervan moest denken. Werd hij voor de gek gehouden of bedoelde BenIk het serieus? Hij besloot uiteindelijk, gedreven door zijn nieuwgierigheid, om onder de boom te blijven wachten op iemand die hem een vraag zou stellen.

Ook Simon dacht over zijn opdracht na. Hij was niet blij met zijn rol als volger. Van nature was hij een leider. Het stond hem steeds meer tegen om BenIk als een hondje te volgen. Toch besloot hij zijn trots aan de kant te zetten. Hij liep achter BenIk aan, die al bijna uit het zicht was verdwenen.

BenIk en Simon liepen door de straten van de stad. Simon volgde hem op gepaste afstand. Ze waren in een drukker gedeelte van de stad beland. Het was drie uur. Het krioelde hier van de mensen die met volgepropte boodschappentassen alle kanten opliepen. De auto's op straat reden door de drukte stapvoets. Af en toe toeterde iemand omdat hij het slakkentempo niet meer aankon. Sommige mensen haalden hun neus op toen ze de zwervers zagen. Door de meeste mensen werden ze genegeerd. Ze waren gewend geraakt aan de zwervers die door de hele stad verspreid waren.

Plotseling bleef iedereen staan. Ze wezen naar iemand en fluisterden tegen elkaar. Ze gingen aan de kant om plaats voor hem te maken zodat hij kon passeren. Ook BenIk en Simon keken vol verbazing naar de naderende man. Het was een oude, grijze man. Hij droeg de garderobe van de straat. Oude versleten, ongewassen kleding. De diepe rimpels op zijn verweerde, ongeschoren gezicht waren getuigen van een zwaar leven. Zijn mondhoeken stonden naar de grond gericht. Zijn ogen waren gezwollen, rood en vochtig. Op zijn rug droeg hij een grote molensteen, waardoor hij voorovergebogen liep. Stapje voor stapje strompelde hij vooruit. Het leek alsof iedere beweging pijn deed. Hij liet een lint van mensen achter zich die hem na stonden te kijken. Hij passeerde BenIk en Simon. De stank die hij verspreidde was weerzinwekkend. Simon draaide zich, zoals iedereen, om en keek hem na. BenIk deed dat niet, maar liep gewoon door. Toen Simon dat ontdekte, liep hij snel achter hem aan, terwijl hij zich nog een aantal keren omdraaide. De grijze man was inmiddels opgelost in de menigte.

'Wie was die gekke man?' vroeg hij buiten adem toen hij BenIk weer ingehaald had. 'Zag je die molensteen die hij op zijn rug droeg. Die dingen zijn ontzettend zwaar.'

BenIk bleef staan en wees naar een man in een keurig donkerblauw kostuum die, op zijn horloge kijkend, uit een gebouw kwam rennen. Hij zwaaide met zijn tas om een taxi tot stilstand te brengen. Toen er uiteindelijk een taxi stopte, sprong hij er gehaast in terwijl hij nog eens snel op zijn horloge keek. Daarna wees hij naar een oudere man die met een gebogen hoofd een winkel verliet waar ze grafstenen verkochten. Hij liep stapvoets en haalde een zakdoek uit zijn zak waarmee hij over zijn gezicht wreef.

BenIk keek Simon nu strak aan en vroeg: 'Vertel me eens. Wat is het verschil tussen die oude man met de molensteen en deze twee mensen?'

Simon keek hem verbaasd aan. Dat ziet toch iedereen, dacht hij bij zichzelf.

Omdat Simon geen antwoord gaf, zei BenIk: 'Het antwoord op de vraag is niet zo moeilijk als je denkt. Er is namelijk geen verschil tussen de drie mannen.'

'Geen verschil?' vroeg Simon vol verbazing.

'Nee, er is geen verschil.' Hij keek Simon weer diep in de ogen. 'Denk maar eens goed na. Die man met die molensteen liep met een ontzettend zware last op zijn rug die voor iedereen zichtbaar was. Daarom werd hij door iedereen nagekeken. De man met het kostuum en de man die uit de winkel kwam, droegen ogenschijnlijk geen last op hun rug. Daarom konden zij zich gewoon onopvallend tussen de menigte bewegen. Ik zei ogenschijnlijk omdat ze in werkelijkheid wel degelijk een zware last met zich meedroegen. Neem nu die man met dat kostuum. Dat is een man die koste wat kost carrière wil maken en dag en nacht werkt. Hij heeft voor zichzelf de lat zo hoog gelegd dat hij onmogelijk aan al zijn eisen kan voldoen. Langzaam maar zeker zal hij ontdekken dat hij niet in staat zal zijn om te doen wat hij voor ogen heeft. Hij zal zichzelf als een mislukkeling gaan zien die gefaald heeft en doodongelukkig worden. De last die hij met zich meedraagt, is misschien nog zwaarder dan die van de oude man.'

Simon keek hem steeds verbaasder aan.

'Laten we kijken naar die man die uit de winkel met de grafstenen kwam. Hij heeft zijn vrouw na een lang en ellendig ziekbed verloren. Kinderen heeft hij niet. Hij is nu helemaal alleen op de wereld. Zijn vrouw was alles voor hem. Nu is hem zijn meest dierbare persoon in zijn leven afgenomen. Hij vindt het onbegrijpelijk dat hem dit overkomen is. Waaraan heeft hij dit verdiend? Hij heeft een deugdzaam leven geleid. Elke zondag naar de kerk. Elke dag een ochtend- en avondgebed. Hij is zijn geloof in God in één klap verloren. Als er een God zou bestaan, dan zou hem dit nooit overkomen zijn. De last veroorzaakt door het verlies van een dierbare is vele malen groter dan de last van de molensteen van de oude man.' Hij keek Simon onderzoekend aan in afwachting van zijn reactie.

Simon was echter met stomheid geslagen. Hij wist niet wat hij moest zeggen. De woorden drongen langzaam tot hem door.

BenIk voelde dat hij duizelig werd. Dat gebeurde de laatste tijd steeds vaker nadat hij een toespraak gehouden had. Hij verwonderde zich over de woorden die onbewust uit zijn mond gerold waren. Het was alsof iemand anders via hem gesproken had. Hoe meer hij hierover nadacht hoe duizeliger hij werd. Hij kreeg ook last van een stekende hoofdpijn. Hij zei tegen Simon dat hij even moest gaan zitten. Ze namen plaats op een bankje dat een eindje verderop stond.

'Hadden we maar wat geld. Dan konden we in het café iets gaan drinken,' zei Simon die bezorg naar BenIk keek die lijkbleek was geworden. Met zijn handen voelde hij zonder na te denken in zijn broekzakken. Tot zijn verbazing voelde hij in een van zijn broekzakken iets zitten. Het waren twee één-guldenmunten. Genoeg om iets te gaan drinken.

'Hoe kan dat?' vroeg hij aan BenIk terwijl hij hem de twee guldens liet zien.

'Weet je zeker dat het niet gewoon je eigen geld is?'

Simon schudde zijn hoofd. Hij bezat geen rode cent meer na het verlies in de Justicia. Iemand moest dat geld in zijn broekzak gestopt hebben. Ze keken elkaar opeens begrijpend aan.

'Hilde?' vroeg Simon

BenIk knikte. 'Ik denk het wel.'

Even bleven ze zitten. Beiden dachten aan Hilde. Wat was het toch een schat dat ze stiekem geld in Simons broekzak gestopt had. Simon doorbrak de stilte. 'Kom we gaan naar een café.'

Ze stonden op en gingen op zoek naar een geschikt café. Het viel nog niet mee om de juiste kroeg te vinden. Het wemelde hier van de kroegen, maar de prijzen waren hoog. Simon herinnerde zich nog een café aan het eind van de straat. Daar zouden ze waarschijnlijk wel iets kunnen drinken van het geld dat ze bezaten. Na ongeveer een half uur lopen kwamen ze bij de bewuste kroeg aan. De hoofdpijn van BenIk was intenser geworden. Het was een kloppende pijn die als een band zijn hoofd samenkneep. Af en toe had hij het gevoel dat de druk in zijn schedel zo hoog was dat die op elk moment uit elkaar kon spatten.

De naam van het café was de Gouden Munt. Het lag aan een redelijk drukke straat. Binnen stond het bomvol met mensen. Door de sigarettenrook die hier hing, was het zicht uiterst beperkt. Met moeite konden ze een tafel vinden die nog vrij was. BenIk was blij dat hij kon gaan zitten. Simon vroeg wat hij wilde drinken en verdween in het rookgordijn.

BenIk zat met de rug tegen de muur en keek rond. Ondanks de laaghangende rook kon hij toch een impressie krijgen van de mensen die hier aanwezig waren. Hier waren geen zwervers te bekennen. Het overgrote deel bestond uit arbeiders, waarvan ongeveer de helft uit het buitenland afkomstig was. Hoogstwaarschijnlijk waren ze werkeloos, anders zouden ze rond dit tijdstip van de dag niet in de kroeg zitten. Verder was er ook een aantal jonge mensen aanwezig. Waarschijnlijk waren dat studenten die hun studiebeurs in pils omzetten. Het viel hem ook op dat de sfeer van tafel tot tafel verschilde. Aan sommige tafels werd luid gelachen, terwijl aan andere tafels alleen maar sombere gezichten te zien waren. Aan een tafel rechts van hem werd luid gediscussieerd terwijl aan de tafel ernaast iedereen zat te drinken en cirkels rook de lucht in te blazen.

Eén tafel viel hem in het bijzonder op. De tafel stond zo dichtbij dat hij hun stemmen kon horen. Door het geroezemoes kon hij helaas niet horen waarover ze spraken. De tafel viel hem met name op omdat er veel meer mensen omheen zaten dan om de andere tafels. Om de meeste tafels zaten vier personen. Hier zat het dubbele aantal omheen. Verder zag hij dat degene die het meest aan het woord was soms ging staan om zijn woorden extra kracht bij te zetten. Het was een jongeman die vol vuur de mensen die naar hem luisterden probeerde te overtuigen van zijn verhaal. BenIk keek geïnteresseerd naar de tafel. Hij vroeg zich af waarover ze het zouden hebben. Hij probeerde een aantal woorden op te vangen, maar door al de geluiden in de kroeg lukte dat niet.

Opeens viel zijn blik op de tafel die achter deze tafel stond. Daar zat een man alleen. Voor zich stond een kop koffie. Een krant bedekte zijn gezicht. Vanachter de krant steeg een wolk rook op. Het was opvallend dat zodra de jongeman begon te praten hij de krant liet zakken en zijn hoofd in de richting van de jongeman draaide. Het leek alsof hij hem afluisterde. BenIk bleef beide tafels goed in de gaten houden.

Toen de jongeman weer ging staan, keek BenIk snel naar de andere tafel. Zijn theorie werd bevestigd. De man liet zijn krant zakken en draaide zich naar de jongeman toe. De man scheen gezien te hebben dat BenIk op hem lette. Hij keek hem even aan en verdween daarna weer snel achter zijn krant. BenIk had zijn gezicht niet goed kunnen zien omdat zijn tafel in een donkere hoek van de kroeg stond. Het is echt een tafel waarvandaan je iemand kunt bespieden, dacht BenIk. Dat in tegenstelling tot de tafel waaraan hij zat. Recht boven de tafel hing een felle lamp. Omdat hij gemerkt had dat de man achter de krant gezien had dat hij hem in de gaten hield, besloot hij de andere kant op te kijken. Hij deed dat op zo'n manier dat hij beide tafeltjes vanuit zijn ooghoeken in de gaten kon houden.

De hoofdpijn was inmiddels afgezwakt. Het zitten deed hem goed. Hij vroeg zich af waar Simon bleef. Het duurde even voordat hij hem bij de bar zag staan. Hij stond te praten met een jonge vrouw. De vrouw deed hem aan Bea denken. Hij dacht terug aan de nacht die ze samen hadden doorgebracht. Zijn hart begon automatisch sneller te kloppen. Hij had haar de opdracht gegeven om de ware liefde door de stad te gaan verspreiden. Hij vroeg zich af of hij haar ooit nog eens zou terugzien.

Hij schrok toen hij plotseling Simon voor zich zag staan.

'Zo, daar ben ik dan. Sorry, dat het zo lang duurde,' zei hij terwijl hij twee koppen koffie op het tafeltje zette.

Hij ging tegenover BenIk zitten en vertelde dat hij een oude schoolvriendin bij de bar ontmoet had.

Ze genoten beiden van de lekkere warme koffie. BenIk voelde hoe zijn koude lichaam werd opgewarmd. Zijn hele lichaam begon te tintelen. Zonder iets tegen elkaar te zeggen, zaten ze rustig te drinken.

Plotseling werd aan de rust een abrupt einde gemaakt. De jongeman aan de tafel met acht personen sprong op en riep dit keer goed verstaanbaar: 'Zoek het dan zelf uit, als jullie niet naar me willen luisteren. Stelletje lafaards.'

Iedereen keek naar de tafel. Was er sprake van een ruzie? De eigenaar van de kroeg liep in de richting van de tafel, omdat hij dacht dat er gevochten werd. Maar niets was minder waar. De rust was wedergekeerd. De jongeman was gaan zitten en verstopte zijn hoofd achter zijn handen. Zijn toehoorders hadden elkaar aangekeken en waren daarna opgestaan en liepen naar de uitgang van de kroeg. De eigenaar haalde opgelucht adem en liep weer terug naar de bar.

Toen BenIk de uitbarsting van de jongeman hoorde, had hij direct naar de man aan het donkere tafeltje gekeken. Hij zag hoe hij nauwgezet de jongeman in de gaten hield en aantekeningen maakte. Daarna was hij weer achter zijn krant verdwenen.

BenIk keek naar de tafel waar de jongeman nu helemaal alleen zat. Het was een vreemd gezicht om iemand alleen aan een tafel te zien zitten met acht glazen voor zich. Sommige glazen waren nog voor de helft met bier gevuld. Simon zag dat BenIk naar de jongeman keek.

'De molensteen die hij draagt zal niet veel lichter zijn dan die van die oude man van vanmiddag,' zei hij tegen BenIk terwijl hij naar de jongeman wees.

BenIk keek hem met grote ogen aan. Hij was verrast dat deze woorden uit de mond van Simon kwamen. Daarna verscheen er een tevreden glimlach op zijn gezicht. Hij was trots op Simon omdat hij dit gezegd had. Hij keek hem op een manier aan zoals een leermeester zijn leerling aankijkt als deze een vraag goed beantwoord heeft.

'Je hebt gelijk. De molensteen die hij draagt is een zware last. Als mensen je niet geloven en je in de steek laten dan begin je aan jezelf te twijfelen. Bij alle ideeën waarin je heilig gelooft plaats je plotseling vraagtekens. Het maakt je onzeker. Hierdoor ga je piekeren. Je durft geen beslissingen meer te nemen. De gedachten blijven maar door je hoofd malen. Je krijgt geen moment rust. Je raakt uitgeput. Je wordt wanhopig. Je voelt je eenzamer dan ooit. De twijfelaar loopt oneindige rondjes in een neerwaartse spiraal. Hij komt geen stap meer vooruit. Uiteindelijk zal hij verdrinken in zijn eigen sombere gedachten.'

Simon keek naar de jongeman die nog steeds zijn hoofd achter zijn handen verstopt had.

BenIk hoorde dat hij een aantal onverstaanbare woorden prevelde. Met luide stem zei BenIk plotseling: 'Denk jij nu niet hetzelfde als die mensen die je net voor lafaards hebt uitgemaakt?'

De jongeman liet zijn handen zakken. Zijn gezicht werd zichtbaar. Hij zag er jonger uit dan BenIk gedacht had. Hij straalde energie en vechtlust uit. Met zijn helderblauwe ogen keek hij BenIk vragend aan. Hij had elk woord dat hij gezegd had gehoord.

'Hoe kom je erbij dat ik hetzelfde denk als dat stelletje lafaards dat op de vlucht geslagen is?'

BenIk keek hem strak aan. 'Jij twijfelt nu toch ook aan jezelf. Dat deden die vrienden van jou ook. Ze twijfelden aan jou. Iets wat jij hen verwijt, sta je bij jezelf toe.'

De jongeman bleef hem met grote ogen aankijken.

'Jij bent bang dat je ideeën niet juist zijn. Maar ik weet zeker dat jij nu niet helder kunt nadenken. Het is alsof je alcohol gedronken hebt. Je geest is helemaal verward door de twijfels die anderen je aangepraat hebben. Laat het even bezinken voordat je beslissingen gaat nemen waar je later spijt van zult krijgen.'

De jongeman was inmiddels recht gaan zitten en keek hem geïnteresseerd aan. 'Hoe weet je waarover ik zat na te denken?'

Ondanks het geroesemoes en hoewel de jongeman niet luid sprak, kwam de vraag kraakhelder bij BenIk aan. Het leek alsof de woorden zich moeiteloos een weg baanden tussen de kakafonie aan geluiden in de kroeg.

'Toen ik je zag zitten, wist ik dat je aan jezelf bent gaan twijfelen. Voordat je het weet, word je er helemaal door in beslag genomen en vreet het je tot op je bot op. Van al je ideeen en toekomstidealen blijft dan helemaal niets meer over.'

De jongeman was opgestaan en liep naar de tafel waar hij zat, alsof hij door een onzichtbare kracht naar hem toegetrokken werd. Hij boog zich naar hem toe en fluisterde hem in het oor: 'Jij interesseert me. Ik zal wat te drinken gaan halen. Daarna kun je me nog meer over mezelf vertellen. '

Hij liep naar de bar om drie koppen koffie te bestellen. BenIk zag hoe de man vanachter zijn krant hem nakeek. Daarna gooide hij zijn krant op tafel en liep hem achterna alsof hij bang was dat hij hem kwijt zou raken. BenIk vroeg Simon om de geheimzinnige man te volgen. Simon gehoorzaamde en liep in de richting van de bar.

BenIk speelde met een viltje tussen zijn vingers om de tijd te doden. Hij scheurde het viltje in kleine stukjes en stapelde die op elkaar zodat er een soort torentje ontstond. De jongeman was sneller terug dan hij gedacht had. Juist toen hij een tweede viltje in stukjes begon te scheuren, kwam hij terug met de koppen koffie in zijn hand. BenIk veegde snel de viltjes van de tafel.

De jongeman zette de koffie op tafel. Voordat hij ging zitten trok hij zijn gestreepte, wollen trui uit. Hij zei dat hij het bloedheet had. Hij ging tegenover BenIk zitten. Het duurde even voordat ze het gesprek hervatten.

Hij doorbrak de stilte door zich aan BenIk voor te stellen. 'Ik ben Oliver. Een verwend rijkeluiszoontje dat wenst gewoon te blijven.'

BenIk moest lachen om zijn manier van formuleren en zei: 'Mijn naam is BenIk met hoofdletter B en hoofdletter I. Ik ben een vriend die je graag wil helpen.'

Even verscheen er een zenuwachtige glimlach op het gezicht van Oliver. BenIk? Wat een rare naam dacht hij, maar hij besloot niet naar de achtergrond van die curieuze naam te vragen. Hij nam een slok koffie en keek BenIk onderzoekend aan. Hij vond hem een interessante, maar ook een vreemde verschijning. Hij wist eigenlijk niet wat hij van hem moest denken.

Oliver fronste zijn wenkbrauwen. 'Hoe wil je me dan helpen?'

Hij gaf niet meteen antwoord. Hij wreef met zijn rechterhand over zijn kin en voelde dat er weer een nieuwe baard op komst was. Hij nam een slok koffie en genoot van de intense smaak.

'Wij hebben een gemeenschappelijk doel. Wij willen allebei mensen helpen. Als we samenwerken dan zal het een stuk makkelijker gaan. Jij bent jong en energiek. Jij bent een goede spreker die mensen kan overtuigen. Ik zit vol met grote ideeën die ik wil verwezenlijken. Samen kunnen we het ver schoppen.'

Oliver keek hem niet aan. Zijn blik was op tafel gericht waar hij een streep volgde die over het tafelkleed liep. 'Jij schijnt aardig over me geïnformeerd te zijn.'

BenIk knikte. 'Ja, dat is zo. Ik weet bijna alles van je.'

Oliver keek geschrokken op. 'Alles? Je bent toch niet door mijn vader gestuurd om me te bespioneren?' Het woord vader sprak hij op een dusdanige manier uit dat het duidelijk werd dat hij hem intens haatte.

'Nee, nee,' antwoordde BenIk lachend. 'Je vader heeft hier niets mee te maken. Ik weet het gewoon. Het is beter dat je er niet meer verder naar vraagt.'

Hoewel Oliver het een vreemd antwoord vond, haalde hij toch opgelucht adem. 'Dan is het goed. Ik dacht al dat mijn vader je ingehuurd had, want af en toe heb ik het gevoel dat ik gevolgd word. '

BenIk knikte en zei dit waarschijnlijk ook zo was. Hij vertelde hem van de man die de hele tijd in het donkere hoekje van achter zijn krant hem in de gaten gehouden had en dat hij zijn vriend Simon achter hem aan had gestuurd.

'Dus toch. Ik wist wel dat die klootzak iemand heeft ingehuurd om me te volgen. Hij denkt alleen maar aan zijn eigen rijkdom. Hij is bang dat ik niet de ideale zoon ben die in zijn voetsporen zal treden. Hij kan het niet verdragen dat ik uit de pas loop en mijn eigen gang wil gaan. Hij is bang dat mijn gedrag zijn goede naam beschadigt. Hij ziet me niet meer als zoon, maar als een obstakel. Ik zal hem ...' Hij balde zijn vuisten toen hij deze laatste woorden zei.

BenIk pakte zijn arm vast en zei: 'Spreek het niet uit. Het uitspreken is bijna even erg als het doen.'

Oliver kalmeerde een beetje. Zijn hart ging nog steeds als een gek tekeer. Hij voelde zich net zo opgewonden als toen hij zonet zijn toehoorders niet had kunnen overtuigen van zijn gelijk. Nu pas besefte hij hoezeer hij zijn vader haatte. Hij besloot om nooit meer terug naar huis te gaan. Hij zou ergens anders gaan wonen. Hij keek naar

BenIk. Ineens wist hij het zeker. Hij zou bij hem blijven. Hij had hem gevraagd om samen te werken. Hij was de vriend waar hij naar op zoek was. Enthousiast vroeg hij of hij bij hem kon blijven.

BenIk reageerde positief. Hij zei dat hij het zeer op prijs zou stellen als hij met hem mee zou gaan.

Oliver was zichtbaar opgelucht door zijn reactie. 'Wat zijn je plannen?' vroeg hij op een belangstellende toon. Het voelde opeens of ze partners van elkaar waren.

BenIk ging rechtovereind zitten. Hij schraapte zijn keel zoals iemand dat doet voordat hij een belangrijke voordracht gaat houden. 'Mijn plan bestaat hieruit. Ik wil de mensen laten zien wat echt belangrijk is in het leven. De meeste mensen hebben foute ideeën over het leven. Deze ideeën worden van generatie op generatie doorgegeven. Door deze verkeerde gedachten, die ze met de paplepel krijgen ingegoten, krijgen ze een foute kijk op het leven. Ze zien de kern van het leven niet. Ze proberen het absolute geluk na te streven. Ze leggen de lat veel te hoog en proberen doelen na te streven die niet haalbaar zijn. De waarden en normen die ze hanteren leiden tot egoïsme. Ze hebben geen aandacht meer voor een ander. Als een ongeleid projectiel probeert iedereen als eerste de eindstreep te bereiken en met de buit ervandoor te gaan. Ik probeer de mensen weer op de juiste manier naar het leven te laten kijken. Ik wil de blinden weer laten zien.'

Hij stopte met spreken en keek naar Oliver. Tijdens zijn toespraak had BenIk hem niet aangekeken. Hij had continu naar de palm van zijn rechterhand gekeken alsof zijn toespraak daarin geschreven stond.

Oliver keek hem met fonkelende ogen aan. Die kreeg hij altijd als hij ergens enthousiast over was. 'Ja, dat is het,' zei hij vol vuur. 'Dat zijn de woorden die ik al jaren zocht. We hebben elkaar gevonden, vriend.'

Oliver stak zijn hand naar BenIk uit. Hij beantwoordde zijn gebaar en gaf hem een stevige handdruk. Hij legde hem uit wat zijn verdere plannen waren. Hij wilde bijeenkomsten organiseren en folders met zijn boodschap door de stad verspreiden. Hij wilde een zo groot mogelijk publiek bereiken.

Oliver hing aan zijn lippen. Af en toe knikte hij instemmend om te tonen dat hij het volledig met hem eens was. 'Het moet een echte revolutie worden,' zei hij terwijl hij zijn rechtervuist in de lucht hield.

BenIk keek hem nu op een verwijtende manier aan.

'Heb ik iets verkeerd gezegd?' vroeg Oliver verbaasd.

BenIk bleef hem op dezelfde manier aankijken. 'Je zei dat je me begreep. Maar als je over een revolutie spreekt, dan heb je er helemaal niets van begrepen.'

Oliver schrok van zijn reactie.

'Revolutie betekent voor mij hetzelfde als geweld. Wil jij de mensen leren zien door ze op hun ogen te slaan? Wij zullen geen gebruik van geweld maken. We gebruiken ons gezond verstand en proberen met liefde ons doel te bereiken.'

Oliver voelde zich een schooljongen die door zijn leraar op zijn vingers getikt werd. Hij wilde iets zeggen, maar daar kreeg hij de kans niet voor.

'Heb je begrepen wat ik bedoel? Dat is namelijk de grondgedachte van mijn plan: liefde.'

Oliver begreep maar al te goed wat hij bedoelde. BenIk had gekozen om het moeilijkste en steilste pad te volgen. Het pad van de liefde. Daar ging ook zijn voorkeur naar uit. Maar door schade en schande was hij wijzer geworden en had hij een snellere weg ontdekt. De weg van de revolutie. Met gebalde vuisten ertegenaan gaan en de beoogde doorbraak forceren. Hij wist dat de weg van de liefde een langere en ondankbare weg was, leidend tot weinig resultaat. De weg van de revolutie daarentegen was kort en krachtig en gaf snel resultaat. Toch begreep hij BenIk. Mogelijk dat de weg van de liefde door de samenwerking sneller afgelegd kon worden. Daarom knikte hij instemmend en zei dat hij hem zou volgen en dat het woord revolutie misplaatst geweest was.

BenIk leunde opgelucht achterover in zijn stoel. Hij vertrouwde Oliver. Toen zag hij dat Simon teruggekomen was. Zonder zich aan Oliver voor te stellen ging hij zitten.

Hij is me ontsnapt. Toen hij merkte dat ik hem achtervolgde, is hij een druk café ingelopen. Daar heb ik hem uit het oog verloren.' Zijn gezicht was vuurrood van de inspanning die de achtervolging hem gekost had. Hij had gemerkt dat zijn conditie nog gebrekkig was.

Oliver wist dat het over de man ging die hem in de gaten gehouden had. Hij werd woedend bij de gedachte dat zijn vader waarschijnlijk een detective had ingehuurd om hem te volgen.

BenIk stelde Simon aan Oliver voor en vertelde hem dat Oliver voortaan met hen mee zou gaan. Nadat ze nog een tijdje met elkaar gekletst hadden, betaalde Oliver de rekening en stapten ze op. Het werd tijd om zich tussen de mensen te gaan begeven.

11

'Eén bier.' Tegen de bar stond een klein mannetje geleund.
Zijn hoed had hij op de barkruk naast hem gelegd. Zijn
wangen waren rood. Met zijn zakdoek wreef hij het zweet
van zijn voorhoofd af. Toen de barman met het glas bier
kwam aanlopen trok hij het bijna uit zijn handen; zo'n
dorst had hij. Hij dronk het glas in één teug leeg. Het
koele bier voelde goed. Dat was precies wat hij nodig had.
Hij bestelde meteen een tweede glas. Het had hem bui-
tengewoon veel inspanning gekost om zijn achtervolger
af te schudden. Het was nog nooit eerder voorgekomen
dat hijzelf achtervolgd was. Normaal was hij het die de
mensen achtervolgde. Hij had al onraad geroken toen
hij die vreemde zwerver in de kroeg had zien zitten. Hij
had continu zijn kant opgekeken. Wie was die rare vent
en wat wilde hij van Oliver? Ze hadden met elkaar gesproken, maar hij had niet kunnen verstaan wat ze tegen
elkaar zeiden. Toen Oliver daarna was weggelopen, had
hij gedacht dat de zwerver hem gewaarschuwd had en
dat hij wilde vluchten. Daarom was hij Oliver gevolgd.
Maar al gauw merkte hij dat hijzelf gevolgd werd door
die andere zwerver. Daarom had hij zo snel mogelijk het
café verlaten om hem kwijt te raken. Bij de gedachte aan
de inspanning die dat gekost had, nam hij snel nog een
stevige slok uit het tweede glas bier.

Ik moet Oliver zo snel mogelijk opsporen, dacht hij
toen hij het glas neerzette. De vader van Oliver zou woest
worden als hij te horen kreeg dat hij hem uit het oog
had verloren. Hij zou waarschijnlijk per direct ontslagen
worden. Dat was bij twee voorgangers van hem ook al

gebeurd. Geen resultaat betekende bij Zuyderberg direct oprotten. 'Ik betaal voor kwaliteit en niet voor gepruts,' zei hij als er iets niet naar zijn zin ging.

Teruggaan naar het café kon niet. Ze zouden hem direct herkennen. Misschien waren ze ook al vertrokken. Daarom besloot hij in de buurt van het café in een portiek te gaan staan waar hij ongezien de straat kon observeren. Hij dronk zijn glas leeg, rekende af en ging naar buiten. Schichtig keek hij om zich heen. Hij moest zeker weten dat hij niet achtervolgd werd. Hij voelde een soort spanning waar hij van genoot. Jagen en gejaagd worden. Hij zag er naar uit om het spel te spelen. Meestal was zijn werk saai. Het waren routineklussen die niets voorstelden. De meeste van zijn klanten waren jaloerse, rijke mannen die hun vrouw wantrouwden.

Toen Zuyderberg contact met hem opgenomen had, was zijn eerste gedachte geweest dat hij zijn vrouw moest schaduwen. Al gauw bleek dat hij het bij het verkeerde eind had. Zuyderberg wilde namelijk dat hij zijn zoon volgde. Hij had hem verteld dat hij met verkeerde vrienden omging en dreigde van het rechte pad af te raken. Hij had er alles voor over om dat te voorkomen. Geld speelde geen rol. Hij had maar liefst zeven detectives in dienst genomen. Ze moesten hem dagelijks rapporteren wat zijn zoon Oliver precies deed.

Tot vandaag was alles volgens plan verlopen. Hij had Oliver in het café in de gaten gehouden en genoteerd waarover hij gesproken had. Oliver had er niets van gemerkt. Toen was plotseling die gekke zwerver opgedoken. Hij had gezien dat hij Oliver in de gaten hield. Toen hij hieraan dacht ging er rilling door zijn lijf. Hij was inmiddels weer bij het café gekomen. Hij ging tegenover het café in een donkere portiek staan. Hij hoopte dat ze het café nog niet verlaten hadden. Het was koud. Een gure wind waaide door de portiek. Hij stond te trappelen van de kou.

Hij stond hier nu al ruim een half uur te wachten. Verschillende mensen hadden het café verlaten, maar Oliver was er niet bij geweest. Hij hoopte dat hij nog binnen was. Inmiddels werd het donker. Daar was hij blij mee. De nacht was zijn beste vriend. Hij stond op het punt om de moed te verliezen en te vertrekken toen zijn wachten beloond werd. Hij zag hoe Oliver en de twee zwervers naar buiten kwamen. Hij vond het vervelend dat Oliver niet alleen was. Drie personen volgen was veel moeilijker dan een persoon volgen. Oliver en de zwerver die hem in het café gezien had, liepen voorop. De andere zwerver die hem achtervolgd had, liep achter het tweetal aan. Hij keek om zich heen alsof hij nog altijd naar hem op zoek was. Toen ze een eindje de straat in gelopen waren, kwam hij voorzichtig uit de donkere portiek tevoorschijn. Hij zette zijn zwarte hoed op en liep met gebogen hoofd achter het drietal aan. Ze liepen langzamer dan hij gedacht had, waardoor hij regelmatig moest stoppen. Hij deed dan alsof hij geïnteresseerd naar de etalages keek. Hij vroeg zich af waar ze naartoe gingen en waarom die twee zwervers met hem meeliepen. Het leek alsof de voorste zwerver de weg wees. Het maakte hem nieuwsgierig. Hij moest zich inhouden om niet sneller te gaan lopen.

Opeens draaide de achterste zwerver zich om. Snel dook hij achter een auto. Voorzichtig keek hij vanachter de auto of hij hem niet gezien had. Gelukkig had de zwerver zich weer omgedraaid en volgde hij het tweetal weer. Hij haalde opgelucht adem. Hij stond op en liep verder.

Zijn zwarte jas was vies geworden door de duik achter de auto. Terwijl hij de achtervolging inzette, wreef hij met zijn rechterhand de modder van zijn jas.

Hij zag hoe het drietal bij een telefooncel bleef staan. De voorste zwerver in zijn veel te grote kleren probeerde iets uit te leggen. Oliver en de andere man luisterden aandachtig. Daarna verdween de voorste zwerver in de telefooncel. De detective was nu vlakbij gekomen. Hij ging op een bank zitten die dicht bij de telefooncel stond, op een plek dat ze hem niet zagen. Oliver en de andere man stonden nu op een steenworp afstand van hem zodat hij kon verstaan wat ze tegen elkaar zeiden.

Hij hoorde hoe de zwerver aan Oliver vroeg: 'Heb je nu definitief besloten dat je bij ons blijft?'

Er viel een stilte. Even dacht de detective dat ze hem ontdekt hadden. Zijn handen begonnen te trillen. Hoe had hij zo dom kunnen zijn om zo dicht bij hen te gaan zitten. Wat gebeurde daar achter zijn rug? Het liefst zou hij om willen kijken, maar dat was te riskant.

'Geef nu antwoord, verrekte jongen,' mompelde hij tegen zichzelf.

Het was alsof Oliver hem gehoord had, want even later antwoordde hij tot grote opluchting van de detective. Hij hoorde hoe Oliver zei dat hij nu honderd procent zeker wist dat hij nooit meer terugging naar huis. Hoe langer hij er over nadacht hoe zekerder hij van zijn zaak was. Hij zou BenIk blijven volgen.

De detective schrok toen hij dit hoorde. Als Zuyderberg dit hoort, dan gaat hij helemaal uit zijn dak, dacht hij. Het was weer stil achter hem totdat hij een derde stem hoorde zeggen: 'Kom we gaan.' Dit moest de stem van de zwerver zijn die de telefooncel was ingegaan. Hij bleef even zitten voordat hij zich omdraaide. Hij zag het drietal verderop in de straat lopen.

'Ik moet eerst Zuyderberg bellen,' mompelde hij en liep naar de telefooncel. Vliegensvlug draaide hij zijn nummer. Hij kreeg eerst zijn secretaresse aan de lijn. Daarna werd hij met Zuyderberg zelf doorverbonden.

'Met Kruisbeek,' zei hij terwijl hij het drietal nastaarde.

'Heb je belangrijk nieuws?' vroeg Zuyderberg op een gehaaste en strenge toon. Het was duidelijk dat hij gestoord werd.

Kruisbeek haalde diep adem. Hij voelde hoe zijn hart tekeerging. Met een brok in zijn keel zei hij: 'Uw zoon is lid geworden van een of andere sekte. Ik hoorde hem zeggen dat hij nooit meer naar huis zal komen en dat hij een vage zwerver volgt die BenIk heet.' Hij vertelde dit op een haastige toon. Hij zag het drietal steeds kleiner worden. Zijn rechtervoet bewoog hij van ongeduld snel op en neer.

Hij hoorde Zuyderberg zwaar ademen aan de andere kant van de lijn. Het duurde even voordat hij wat zei. Hij verzocht Kruisbeek om hem over een uur terug te bellen. Ondertussen zou hij wel iets verzinnen om zijn zoon op andere gedachten te brengen. Hij moest Oliver niet het oog verliezen.

Kruisbeek beloofde dat hij zijn uiterste best zou doen en gooide de hoorn op de haak. Daarna stoof hij de telefooncel uit om het drietal, dat al bijna niet meer zichtbaar was, in te halen. Toen hij weer bij hen in de buurt gekomen was, hijgde hij als een paard. Zijn conditie liet te wensen over. De laatste tijd had hij te weinig geslapen, te veel gedronken, ongezond gegeten en niet gesport.

De scheiding van zijn tweede vrouw, waarmee hij ruim acht getrouwd geweest was, ging hem niet in de koude kleren zitten. Ze was vreemdgegaan met een andere vrouw. Plotseling had ze merkt dat haar eigen geslacht haar toch meer te bieden had dan het andere geslacht. Zijn ego was hierdoor gebroken. Hij had zich een loser gevoeld en zich daardoor verwaarloosd. Daarom ging hij nu helemaal in zijn werk op, om zo min mogelijk aan zijn thuissituatie te hoeven denken. Het werk was op dit moment een vlucht uit de werkelijkheid. Gelukkig betaalde Zuyderberg riant. Daarom was hij bereid om tot het uiterste te gaan om alle informatie over Oliver te verzamelen. Hij kon het zich niet veroorloven dat hij ontslagen zou worden door Zuyderberg.

Het drietal liep gelukkig niet snel, waardoor hij op adem kon komen en hen in een rustig tempo kon volgen. Hij had honger. Hij had al de hele dag niets gegeten. Dat deed hem denken aan zijn eerste vrouw die hem altijd opwachtte als hij thuiskwam en een heerlijke maaltijd voor hem klaarmaakte. Hij miste haar nog elke dag. Plotseling was ze ziek geworden. Ze werd helemaal opgevreten door de kanker. Op een gegeven moment woog ze nog maar dertig kilogram. De eerste drie jaar na haar dood had hij een teruggetrokken leven geleid. Hij had met niemand contact gehad. Daar kwam verandering in toen hij zijn tweede vrouw had leren kennen. Hoewel zij zijn eerste vrouw nooit kon vergeten, was hij op slag verliefd op haar geworden. Nu ze ervandoor was gegaan met een andere vrouw vroeg hij zich af of het destijds wel echte liefde geweest was. Het begon hem te duizelen als hij aan al die ellende terugdacht.

Hij zag hoe het drietal een zijstraat inliep. Hij hield even in om er zeker van te zijn dat ze hem niet zouden opmerken. Hij keek op zijn horloge en volgde de secondewijzer.

Toen die een keer rondgedraaid was, sloeg hij de straat in. Tot zijn verbijstering was het drietal verdwenen. Zouden ze gemerkt hebben dat ik ze gevolgd heb? Hij baalde als een stekker. Had hij maar niet zo lang gewacht. Was hij maar niet zo laf geweest. Hij was een tweederangs detective zonder ballen.

Zijn oog viel op een uithangbord van een café. Zouden ze daar naar binnen zijn gegaan? Hij kon daar natuurlijk niet zomaar naar binnen gaan. Dan zouden ze hem direct herkennen. Hij keek radeloos om zich heen. Hij zag nu meerdere kroegen in de straat. De paniek sloeg toe. Welke kroeg zouden ze gekozen hebben? Hij besloot uiteindelijk langs alle kroegen te lopen in de hoop dat hij ergens een signaal zou oppikken van de aanwezigheid van het drietal. Hij schoof zijn hoed schuin over zijn hoofd zodat zijn gezicht bedekt was en zette de kraag van zijn jas rechtovereind. Met gebogen hoofd begon hij aan zijn speurtocht. Terwijl hij vanuit zijn ooghoeken als een havik alles nauwgezet in de gaten hield.

Hij had bij elke kroeg naar binnen gekeken, maar hij kon het drietal nergens ontdekken. Moedeloos bleef hij staan. 'Toch moeten ze hier ergens zitten,' mompelde hij om zichzelf moed in te spreken. Hij bleef staan en zette alles rustig op een rijtje. Of ze zaten ergens in een café of ze waren bij een huis naar binnen gegaan. Hij telde het aantal cafés. Het waren er vijf. Twee vielen af, omdat ze te duur voor het drietal waren. Een was een vrouwencafé, daar zouden ze zeker niet naartoe gegaan zijn. Er bleven nog twee cafés over waar ze in theorie naar binnen gegaan konden zijn. Hij keek naar de huizen. Dat zou ook een mogelijkheid zijn. Volgens zijn informatie was Oliver nog nooit in deze wijk geweest. Als ze in een van de huizen zaten, zouden ze door een bekende van een van de zwervers binnengelaten zijn. Alles overziend leek hem dat niet aannemelijk. Hij besloot naar de overgebleven twee cafés te gaan. Hij liep naar het dichtstbijzijnde café. Boven de deur hing een bord waarop in gekrulde, zwarte letters *de Toekomst* stond. Hij bleef voor de kroeg staan en stak een sigaret op. Hij kon niet goed naar binnen kijken omdat de ingang van de kroeg lager lag dan de straat. Hij liet zijn aansteker vallen om zodoende beter naar binnen te kunnen kijken. Hij zag niets. Uiteindelijk besloot hij om door te lopen, omdat hij anders te veel zou opvallen.

Hij liep nu naar het andere café. Het lag aan de andere kant van het straatje. Dit zag er als een echte bruine kroeg uit. Boven de deur hing een houten vat met daarnaast het hoofd van een dronkaard. Het was een kroeg die uitnodigde om veel te drinken. Buiten rook je de typische kroeglucht. Een mengsel van rook, zweet en bier. Op het raam van de kroeg stond in witte letters *het Leven*.

Kruisbeek had de peuk van zijn sigaret op straat gegooid en bleef voor *het Leven* staan om een nieuwe sigaret op te steken. Voor het raam zaten vier studenten die naar hem zwaaiden. Daar schrok hij zo van dat hij direct doorliep.

Hij ging in een portiek van een woning staan van waaruit hij de hele straat goed kon overzien zonder zelf gezien te worden. Hij besloot net zo lang hier te blijven wachten totdat het drietal tevoorschijn zou komen. Hij trok een paar keer aan zijn sigaret en probeerde zijn hongergevoelens te negeren. Dat was moeilijker dan gedacht omdat de reuk van een snackbar de straat vulde. Het wachten duurde lang. Wachten was nooit zijn sterkste kant geweest. Daar was hij veel te ongeduldig voor. Regelmatig had hij aanvaringen met obers in de restaurants die hij bezocht, als het te lang duurde voordat ze de bestelling opnamen of na afloop de rekening brachten. Hij begon het koud te krijgen. Nauwlettend hield hij de hele straat in de gaten. Verwarrende flarden herinneringen aan zijn overleden vrouw en aan zijn tweede vrouw die vreemd-ging, probeerden hem uit balans te brengen. Hij moest moeite doen om zijn verstand op nul te zetten. Al die negatieve energie kon hij nu niet gebruiken. Hij had al zijn krachten nodig om het drietal te traceren.

Na bijna een uur wachten, zag hij het niet meer zitten.

'Ze komen niet meer. Ik sta hier mijn tijd te verdoen. Waarschijnlijk lopen ze in een andere wijk in de stad,' zei hij op een verwijtende toon tegen zichzelf. Hij vond dat hij weer eens gefaald had. Hoe moest hij dit aan Zuyderberg uitleggen? Die zou korte metten met hem maken en hem direct de laan uitsturen. Plots schoot hem te binnen dat hij beloofd had om hem te bellen.

'Ik moet zo snel mogelijk een telefooncel vinden,' mompelde hij toen hij in de richting van *het Leven* liep. Ik moet het er maar op aan laten komen en naar binnen gaan, dacht hij toen hij de deur van de kroeg openmaakte. Het was druk. Het geluid van de tegen elkaar pratende bezoekers overstemde het geluid van de zigeunermuziek die uit de luidsprekers kwam. De kroeg was slecht ver-licht. Door de rook die er hing, leek het net alsof hij in een dichte mist terecht was gekomen. Snel stak hij een sigaret op. Hij keek argwanend rond, maar zag het drie-tal gelukkig niet zitten. In de hoek van de kroeg was een deur waar in gouden letters telefoon op stond. Hij liep ernaartoe en zwaaide de deur open. Snel draaide hij het nummer van Zuyderberg. Hij kreeg dit keer niet zoals gewoonlijk zijn secretaresse aan de lijn, maar hemzelf.

'Waarom bel je zo laat, Kruisbeek?' snauwde hij.

Hij verontschuldigde zich en zei dat de achtervolging veel tijd had gekost. Hij had besloten om niet ze zeggen dat hij Oliver kwijtgeraakt was. Hij gaf hem het gevoel dat hij alles onder controle had.

Zuyderberg scheen niet naar hem te luisteren. Op een brommende toon vroeg hij: 'Weet je zeker dat het om een sekte gaat?'

Kruisbeek zei dat hij ervan overtuigd was dat Oliver en de zwervers deel uitmaakten van een sekte.

Zuyderberg had ook zijn huiswerk gedan. In de stad waren twee sekten actief. Hij had laten uitzoeken of Oliver op de ledenlijst stond. Dat was niet het geval. Niemand kende de twee zwervers waarmee hij op pad was.

'Dan moet het een nieuwe sekte zijn,' antwoordde Kruisbeek. Hij werd draaierig. Hij merkte dat hij zich met al zijn leugens en vermoedens in de nesten aan het werken was.

Het was even stil aan de andere kant van de lijn. Toen zei Zuyderberg op een bezwerende toon. 'Kruisbeek, blijf Oliver volgen. Probeer alles over die sekte aan de weet te komen. Desnoods treed je zelf toe tot die sekte. Verlies hem niet uit het oog. Ik geef je de opdracht om hem de hele week te volgen. Ik verwacht dat je me drie keer per dag belt om verslag uit te brengen. Ik wil precies weten waar ze zich bevinden. Doe je best en je zult een rijk man worden, Kruisbeek.'

Kruisbeek was blij dat Zuyderberg hem nodig had. Normaal schakelde hij elke dag een andere detective in. Nu kreeg hij al zijn vertrouwen. Het gaf hem altijd een goed gevoel als anderen van hem afhankelijk waren. Op zelfverzekerde toon antwoordde hij: 'U kunt op me rekenen. Ik zal mijn best doen. Maar nu moet ik ophangen, want ik moet weer verder gaan. Vanavond zal ik u nog eens bellen.'

Zonder het antwoord van Zuyderberg af te wachten, hing hij op. Hij haalde opgelucht adem. Met een voldaan gevoel verliet hij de telefooncel. Nu kan ik mijn slag slaan, dacht hij. Hij wreef een aantal keren enthousiast in zijn handen.

Toen hij in de kroeg stond, kwam hij weer in de harde realiteit terecht. Hij realiseerde zich dat hij het drietal kwijt was geraakt. Tijdens het telefoongesprek met Zuyderberg had hij dat verdrongen. Hij was bang geweest dat hij zou ontdekken dat hij niet wist waar ze waren. Hij keek nog eens goed naar de mensen die aanwezig waren in de kroeg. Overwegend studenten. Hij zag het drietal niet. Daarom besloot hij snel naar buiten te gaan.

Hij liep zonder te aarzelen naar *de Toekomst*. Toen hij voor de deur stond, sloeg de twijfel weer toe. Zou ik wel of zou ik niet naar binnen gaan? Uiteindelijk besloot hij om toch naar binnen te gaan. Langzaam daalde hij de drie grijze traptreden af. Voorzichtig opende hij de deur. Tot zijn opluchting was het hier ook niet fel verlicht. Links van de deur stond een bar. De vloer was van houten planken gemaakt. De tafeltjes waren allemaal bezet. Achter in de kroeg zat een jongen piano te spelen. Hij herkende de muziek van Scott Joplin. Het gemompel van de mensen in combinatie met de muziek en het gerinkel van de glazen zorgden ervoor dat er een gezellige sfeer in de kroeg hing. Hij zette zijn hoed af en liep naar de bar. Hij rook dat hier ook eten geserveerd werd. Zijn maag begon te rommelen toen hij gebakken eieren en soep rook. Hij nam plaats op een van de lege barkrukken en bestelde een bier en een kop soep. Terwijl hij wachtte op zijn bestelling keek hij om zich heen. Hij zag veel lachende gezichten. Het leek alsof alle problemen van de wereld in *de Toekomst* verdwenen waren.

Hij schrok toen hij plotseling recht in het gezicht van Oliver keek. Hij zat samen met de twee zwervers aan een tafeltje naast de pianospeler. Met een ruk draaide hij zich om. Hij vroeg zich af of Oliver hem herkend had? Hij nam snel een slok bier uit het glas dat inmiddels voor hem stond. Hij zat nu met zijn rug naar het drietal toegekeerd. Hij was bang dat hij ontmaskerd zou worden. Hij voelde hoe hij zijn schouders aanspande. Zijn hart klopte in zijn keel. Wat moest hij doen? Opstaan en vluchten of afwachten? Maar er kwam niemand. Pas toen de soep arriveerde, voelde hij zich gerustgesteld. Ze zijn hier. Ik heb ze gevonden, dacht hij met een tevreden gevoel.

De soep smaakte vies. Ze hadden geprobeerd om met heel veel zout de smaak te redden, maar dat was mislukt. Hij nam een paar lepels en schoof daarna de soep terzijde. Hij dronk zijn glas bier in één teug leeg om de zoute troep uit zijn mond weg te spoelen. Hij bestelde nog een glas en bleef rustig zitten. Hij draaide zich niet meer om. Hij besloot te wachten totdat het drietal de kroeg zou verlaten.

Plotseling hoorde hij de stem van Oliver vlak naast zich. Hij dook instinctief in elkaar. Oliver rekende af. Zes koppen koffie en drie spiegeleieren. Hij durfde niet naar rechts te kijken. Hij was bang dat Oliver hem zou herkennen. Toen hij een beetje naar links keek, schrok hij nog meer. Hij zag hoe de twee zwervers in de deuropening stonden en in zijn richting stonden te staren. De dreiging kwam nu van twee kanten. Het liefst zou hij door de grond zakken. Hij keek strak voor zich uit.

Zijn lichaam was helemaal gespannen. Zijn hart klopte tien keer zo snel als normaal. Dadelijk zouden ze naar hem toe komen en dan zou hij moeten vertellen waarom hij hier was. Maar gelukkig kwam het niet zo ver. Nadat Oliver had afgerekend liep hij naar zijn twee vrienden en verlieten ze de kroeg. Kruisbeek haalde opgelucht adem. Hij was ternauwernood ontsnapt aan zijn ontmaskering. Hij rekende snel af en liet het niet na om te zeggen dat het zoute water smerig was. Daarna verliet hij *de Toekomst*. De barkeeper wierp hem een kwade blik toe.

Buiten gekomen zag hij dat het drietal de hoofdstraat insloeg. Hij liet een luide boer om de biergassen uit zijn lichaam te verwijderen. Hij zetten zijn hoed op, trok de kraag van zijn jas recht en achtervolgde Oliver en de twee zwervers.

'Waar gaan we naar toe?' vroeg Simon.

BenIk draaide zich niet om. Hij liep door en keek strak voor zich uit.

Simon schudde zijn hoofd. Ik zal maar niets meer vragen, dacht hij bij zichzelf. Hij liep achter BenIk en Oliver aan. Hij kon zich niet voorstellen dat Oliver een rijkeluiszoon was. Hij had altijd gedacht dat je gelukkig was als je veel geld had. Oliver was het bewijs van het tegendeel. Hij vroeg zich af wat hij zelf zou doen als hij veel geld zou hebben. Zou hij dan ook met hen meegaan? Hij kwam tot de conclusie dat hij dan waarschijnlijk thuis zou blijven. Hij was met BenIk meegegaan omdat hij geen rooie cent meer bezat. Als hij veel geld gehad zou hebben, dan zou hij waarschijnlijk niet eens geluisterd hebben naar zijn ideeën. Geld maakt blind. Je moest verlost zijn van al die verblindende materie om BenIk te kunnen begrijpen. Maar hoe zat het dan met Oliver? Hij was zijn hele jeugd opgegroeid in luxe en weelde. Waarom was hij dan niet gezwicht voor al die rijkdom? Waarom lukte het hem wel om te kunnen zien? Waarschijnlijk was niet iedereen even gevoelig voor de verblindende kracht van geld. Oliver kon de rijkdom naast zich neerleggen, terwijl Simon van zichzelf wist dat hij verslavingsgevoelig was en dat een fortuin hem stekeblind zou maken.

Simon was trots op zijn redenering. Het viel hem op dat hij, sinds hij BenIk kende, veel helderder kon denken. Hij had aan hem gevraagd hoe dat kon. BenIk had geantwoord dat hij alleen maar dacht dat hij beter kon denken, maar dat het in feite niet zo was. Hij deed gewoon beter zijn best om na te denken. Er zat dus meer in hem dan hij altijd had gedacht. Hij moest BenIk gelijk geven. Hij was altijd te lui geweest om ergens diep over na te denken. Hij dacht alleen maar aan geld en aan allerlei manieren om stinkend rijk te worden. Hierdoor had hij geen tijd gehad om over de essentiële zaken van het leven na te denken. Hij had respect voor BenIk. Die had zijn ogen geopend. Af en toe keek Simon achterom om er zeker van te zijn dat ze niet achtervolgd werden. Het zat hem nog steeds niet lekker dat hij die vervelende vent uit de kroeg uit het oog verloren was.

Opeens hoorden ze iemand luidkeels schreeuwen. Het was iemand die slechts een aantal meters voor hen uit liep. Omstanders draaiden zich geschrokken om. De man die schreeuwde zag er keurig gekleed uit. Terwijl hij schreeuwde, maakte hij met zijn handen grootse gebaren. Hij scheen zich er niets van aan te trekken dat hij door iedereen aangestaard werd. Hij ging gewoon door.

'Moordenaars. Moordenaars. Hebben jullie nog niet genoeg bloed laten vloeien?'

De reacties waren wisselend. Sommigen stonden te lachen. Anderen riepen botte opmerkingen terug. Er waren ook mensen die angstig wegkeken. Ze hadden het gevoel dat ze het met een gevaarlijke gek te maken hadden.

De man negeerde zijn omstanders. Met een woedende blik in zijn ogen schreeuwde hij: 'Rijken gaan over lijken. Geld regiert die Welt.' Uiteindelijk hield hij het voor gezien en hield hij zijn mond.

Simon schudde zijn hoofd. 'Wat een gek.'

Oliver antwoordde: 'Die vent die ken ik. Hij loopt al jarenlang door de stad te schreeuwen. Hij heeft een hele tijd in een inrichting gezeten. Een aantal maanden na zijn ontslag begon hij opnieuw tegen de mensen te schreeuwen. Hij is wel van onderwerp veranderd. Vroeger ageerde hij tegen het geloof. Nu moeten de rijken het bekopen.'

Simon schudde zijn hoofd. Hij begreep het nog steeds niet. Hij wist het zeker: die man moest knettergek zijn.

BenIk had nog steeds niets gezegd. Pas toen Simon opnieuw zei dat hij die man een gek vond, reageerde hij. 'Wie is gek? Hij, of de rest van de mensen?'

Simon keek hem nu vragend aan. 'Hoe bedoel je?' Hij keek naar Oliver, maar die scheen er ook niets van te begrijpen.

BenIk ging door. 'Jij noemt die man een gek, maar ik vind hem helemaal geen gek. Ik zal je uitleggen waarom. Hij is de enige persoon in de stad die zijn stem verheft en durft te zeggen dat er fouten in de wereld gemaakt worden. Misschien is hij wel de enige die al die fouten ziet. De rest van de bevolking kijkt en wijst hem na. Waarom is hij gek? Omdat hij anders is?'

Zoals vaker wanneer BenIk tegen Simon sprak, kreeg Simon het gevoel alsof hij plotseling de dingen helderder zag. Steeds was hij verrast dat BenIk in staat was om iets van een totaal andere kant te belichten, waardoor hij een hele andere kijk op de zaak kreeg. Oliver scheen nu ook te begrijpen wat BenIk bedoelde. Hij knikte instemmend.

BenIk was echter nog niet uitgesproken. Op een rustige toon zei hij: 'Die man is belangrijker dan je denkt. Hij is als het ware een symptoom van een zieke maatschappij. Niet hij is ziek, maar de maatschappij. Het is dan ook fout om hem op te sluiten. Daarmee maak je hem niet beter, maar verberg je de fouten van de maatschappij. Je maakt zo'n man pas echt beter als je de maatschappij verbetert.'

Hij keek Oliver en Simon één voor één aan om er zeker van te zijn dat ze begrepen hadden wat hij gezegd had. Oliver knikte dat hij hem begreep. Simon had nog een vraag.

'Leg me dan eens uit waarom hij zo schreeuwt? Als hij het zo goed weet, dan hoeft hij toch niet zo hard te schreeuwen. Dat doe jij toch ook niet.'

BenIk begreep wat hij bedoelde. 'Je hebt gelijk. Ik ben me er ook van bewust dat er fouten zijn in deze wereld. Ik voel net zoals die man de pijn van het leven. Ik lijd op dezelfde manier, maar ik uit me anders. Ik schreeuw niet, maar ik huil diep vanbinnen. Die man schreeuwt van de pijn. Mijn innerlijke geschreeuw klinkt vele malen luider dan het geluid van die man.'

Simon keek nu naar de grond. Hij had zo'n onthullend antwoord niet verwacht. Met een brok in zijn keel zei hij: 'Ik begrijp je.'

Daarna liepen ze verder. Iedereen dacht na over wat er gebeurd was. Ze merkten niet dat ze achtervolgd werden door Kruisbeek, die zich in de schaduw van het drietal wist te verbergen.

Hij had een aantal woorden die BenIk gezegd had opgevangen en genoteerd in een klein zwart notitieboekje. Hij noemde het boekje altijd zijn duistere geheugen. Die zwerver heeft dezelfde idiote ideeën als Oliver, dacht hij toen hij aantekeningen maakten in zijn boekje. Ik moet het zo snel mogelijk aan Zuyderberg terugkoppelen. Daarna stopte hij zijn geheugen weer in zijn zak en volgde hij het drietal. Ze liepen in de richting van het park.

'We zullen in het park onze voorbereidingen voor morgen treffen. We hebben niet veel tijd, dus we moeten opschieten,' zei BenIk.

'Wat bedoel je met: we hebben niet veel tijd? Over welke voorbereidingen gaat het eigenlijk?' vroeg Oliver.

'Dat zal je wel merken.' Was het onbevredigende antwoord.

'Slapen we vannacht ook in het park?' was Olivers volgende vraag.

'Ja, het park is ons paleis.' Er verscheen een trotse glimlach op het gezicht van BenIk.

'Maar ik heb genoeg geld. Ik kan een kamer in een hotel voor ons boeken.' Oliver kreeg het al koud bij de gedachte dat ze vannacht in het park moesten slapen.

'Soberheid is onze leuze. We gaan geen onnodig geld uitgeven als we ook in het park kunnen slapen.'

Oliver keek BenIk vertwijfeld aan. 'Maar kunnen we ...'

'Geen maar,' onderbrak hij hem. 'We slapen vannacht in het park. Einde discussie.'

Oliver staakte zijn poging om hem over te halen om in een hotel te slapen. Hij zuchtte diep en gaf zich over aan de wens van BenIk om de nacht in het park door te brengen.

Met een glimlach op zijn gezicht had Simon naar het gesprek van het tweetal geluisterd. Echt ongevoelig voor rijkdom is Oliver nog niet, dacht hij. Zelf had hij er geen moeite mee om buiten te slapen. Hij was er inmiddels wel aan gewend geraakt. De sterrenhemel had hem de laatste tijd vaker toegedekt.

Ze waren bijna in het park. Ze zagen een groep mensen in een kring staan. Ze keken naar iets dat op straat lag. Nieuwsgierig geworden liep het drietal naar de kring toe. Ze moesten op hun tenen gaan staan om te zien waar de mensen naar keken. Ze zagen een oude man op de grond liggen. Hij lag op zijn rug met zijn mond en ogen wijd open. Het leek alsof hij staarde naar iets dat zich in de lucht bevond. Hij bewoog zich niet. Zijn gezicht was asgrauw. Het had dezelfde kleur als zijn haar en zijn kostuum. Een man die naast hem geknield zat, riep dat iedereen weg moest gaan. Daarna legde hij zijn jas over het gezicht van de man.

'Laten we gaan,' zei BenIk. Hij draaide zich om en liep weg.

Oliver en Simon volgden hem. Simon keek nog eens om naar de dode man die op straat lag. De stemming in de groep was omgeslagen. Iedereen was geschrokken door deze onverwachte confrontatie met de dood.

Kruisbeek stond nog bij de groep mensen toen het drietal al weggelopen was. In het begin had hij niets kunnen zien. Toen de eerste mensen wegliepen, was hij naar voren gelopen. Nu zag hij ook de levenloze man met zijn jas over zijn gezicht liggen. Hij vroeg zich af wie hij was. Het liefst zou hij een stap naar voren doen en de jas van zijn gezicht trekken. Misschien kende hij die man wel. Hij wist zich in te houden en deed automatisch een stap terug. Door zijn nieuwgierigheid was hij het drietal uit het oog verloren. Met een schok keek hij om zich heen. In paniek baande hij zich een weg tussen de mensen door. Af en toe duwde hij iemand opzij die hem dan verwijtend aankeek.

'Hé rat. Kijk een beetje uit waar je loopt,' riep iemand hem woedend na. Maar Kruisbeek hoorde het niet. Verwilderd keek hij om zich heen. Opgelucht haalde hij adem toen hij ze in de verte ontwaarde.

Toen hij verder wilde lopen, voelde hij hoe een stevige hand hem vastgreep. Verschrikt keek hij om. Hij keek in de ogen van een grote forsgebouwde, woeste man.

'Wil je in het vervolg uitkijken waar je loopt. Dwerg,' snauwde hij hem toe. 'Je liep bijna mijn vrouw omver.'

Hij trok vanachter zijn rug een uitgemergelde vrouw tevoorschijn. Ze wreef met haar hand over haar onderarm.

'Excuses. Ik deed het niet expres,' zei Kruisbeek met een bibberige stem. Hij voelde zich geïntimideerd door de reus die voor hem stond.

De vrouw deed een stap naar hem toe en begon tot grote schrik van Kruisbeek ook tegen hem te schreeuwen. Er kwam een vreselijke stank uit haar mond toen ze zei: 'Kijk vervolgens beter uit je doppen. Stomme klootzak.'

Het liefst had hij het op een hollen gezet, maar hij zat nog steeds vast in de klauwen van de kwade reus. Hij verontschuldigde zich nog een keer en knikte onderdanig.

'De volgende keer maak ik je een kopje kleiner. Heb je dat begrepen?' Voordat hij hem met een ruk van zich afstootte, kneep hij venijnig in de schouder van Kruisbeek. Zijn gezicht vertrok van de pijn. Daarna draaide de reus zich om en liep met zijn magere vrouw weg. Ze draaide zich nog een keer naar hem om en wierp hem een venij-nige blik toe. Haar rotte tanden waren nu goed zichtbaar.

Kruisbeek stond langzaam op. Hij was op de grond gevallen. Een echtpaar kwam naar hem toe en vroeg of ze hem konden helpen. Hij schudde zijn hoofd en zei dat alles in orde was. Hij veegde zijn jas schoon en keek snel in de richting waar hij het drietal voor het laatste gezien had. Zijn gezicht vertrok. Hij zag ze niet meer.

'Verdomme,' vloekte hij. 'Als ik ze niet meer vind, dan zorg ik dat die vent en zijn wijf de bak indraaien.' Met snelle pas liep hij al vloekend verder. Gelukkig zag hij ze na een tijdje weer lopen. Hij was opgelucht en voelde nu pas dat zijn linkerarm pijn deed door de stevige greep van die bullebak. Hij was kortademig. Het leek alsof zijn longen uit zijn borstkas scheurden. Zweetdruppels liepen als tranen over zijn gezicht. Toen hij dichter bij het drie-tal gekomen was, begon hij rustiger te lopen. Hij baalde ervan dat hij zo kortademig was. Het werd tijd dat hij weer aan zijn conditie ging werken. Een goede detective moet in topvorm zijn. Hij was een aan slapeloosheid lijdend, kettingrokend, te veel alcohol drinkend man-netje dat leefde in de schaduwen van de mensen die hij achtervolgde. Het werd hem nu duidelijk dat ze naar het park liepen. Hij wist dat bij de ingang van het park een telefooncel stond. Van daaruit kon hij Zuyderberg bellen.

Bij het drietal dat nu onder de boog van het park door-liep, hing een bedompte stemming. De dode man had zijn sporen achtergelaten. Simon doorbrak de stilte.

'Toen ik die man daar op de grond zag liggen, dacht ik dat een dood mens in feite niets anders is dan een vuilniszak. Het lichaam heeft zijn waarde verloren en wordt weggegooid.'

Ze bleven staan.

'Door die dode heb ik een rare smaak in mijn mond gekregen. Als je zo iemand ziet liggen dan besef je weer eens hoe vergankelijk het leven is. De ene dag ben je iemand en de andere dag ben je niets meer. Het allerergste vind ik dat het niets zijn oneindig lang duurt,' vervolgde Simon.

'Ik ben ook geschokt door die dode man,' zei BenIk. 'Maar wat je daar zag liggen was in feite niets meer dan een omhulsel. Een mens is meer dan een lichaam. Daarom vind ik jouw vergelijking met een vuilniszak fout.'

Simon voelde hoe hij begon te blozen. Hij weet het weer beter, dacht hij terwijl hij naar de grond keek.

'Als je het hebt over een vuilniszak, dan heb je het over iets dat waardeloos is. Iets dat je weggooit. Dat klopt in zekere zin voor het lichaam, maar niet voor de mens als geheel. Stel dat ik jou een vuilniszak geeft met een grote waardevolle diamant erin. Dan zal die zak voor jou plotseling van veel grotere waarde zijn. Je zal de zak uiteindelijk weggooien, maar de inhoud zal je bewaren. Zo heeft ieder lichaam ook een verborgen diamant. Die verborgen diamant zal nadat het lichaam verdwenen is, bewaard blijven.' Hij keek Oliver en Larry met grote ogen aan.

'Wie zal die diamant bewaren?' vroeg Oliver.

'Degene die de diamant gezien heeft,' antwoordde BenIk op een kalme toon.

'En wie is dat dan wel?' vroeg Oliver terwijl hij BenIk uitdagend aankeek.

Simon wilde niet achterblijven en wist niet wat hij met het verhaal aan moest. Gretig vroeg hij: 'Ja, wie is dat dan?'

'Dat is bij iedereen anders. Soms wordt die diamant door verschillende familieleden met elkaar gedeeld. Soms is het een van de kinderen of de partner van de overledene of een verre vriend. Een diamant schittert alle kanten op. Daarom kan hij ook door verschillende mensen gevonden worden.'

Toen hij de verbaasde gezichten van Oliver en Simon zag, zei hij: 'Ik zie dat jullie me niet begrijpen. Dat is niet erg. Ik wil dat jullie onthouden dat in ieder lichaam een diamant verborgen zit die van onschatbare waarde is.'

Hij draaide zich om en liep verder. Oliver en Simon volgden hem. Ze waren niet tevreden over het antwoord dat hij had gegeven.

'Ik zal hem op een ander moment om uitleg vragen,' mopperde Simon.

Oliver vond dat BenIk ergens een gedachtefout maakte, maar hij kon er nog niet de vinger opleggen. Hij wist zeker dat het hem zou lukken om de fout te ontdekken.

Kruisbeek was zo dichtbij gekomen dat hij vrijwel alles gehoord had wat BenIk tegen Oliver en Simon gezegd had. Hij had alles genoteerd in zijn zwarte boekje. Hij las het nog eens door en fronste zijn wenkbrauwen. Die man moet gek zijn, dacht hij. Hij kon zich niet voorstellen dat iemand die zo intelligent als Oliver was, een dergelijke charlatan kon volgen. Hij las de laatste zin van zijn aantekeningen nog eens door. 'De mens is een diamant in een vuilniszak.' Hij begon te lachen. 'Die man is echt knettergek,' mompelde hij. Daarna liep hij snel verder om het drietal niet opnieuw uit het oog te verliezen.

Ze staken een grasveld over en liepen naar een treurwilg die eenzaam regeerde over het grasveld. Kruisbeek bleef op het pad staan. Nu kon hij ze nu niet meer ongezien volgen. Als een visser die zijn vangst zag ontsnappen, keek hij het drietal na. Hij zag hoe ze onder de afhangende takken van de immense boom verdwenen. Ze zullen daar wel een ontmoetingsplek hebben, dacht hij bij zichzelf. Hij stelde zich verdekt op achter een berkenboom aan de rand van het pad. Toen hij na een tijdje geen beweging zag, besloot hij naar de telefooncel te lopen om Zuyderberg een update te geven van het laatste nieuws. Hij baalde ervan dat hij geen verrekijker had meegenomen. Die zou nu wel van pas komen. Nadat hij een eindje gelopen had, kwam hij bij de telefooncel aan.

12

Het drietal was op het podium gaan zitten. Andreas was er tot hun verrassing niet.

'Hij zou hier op ons wachten,' zei Simon.

'Waarschijnlijk wordt hij nog tussen al zijn twijfels heen en weer geslingerd,' antwoordde BenIk.

Simon en BenIk vertelden Oliver wie Andreas was en wat hij had meegemaakt. Oliver hoorde het verhaal gelaten had. De plek onder de boom viel hem mee. Hij had erger verwacht. De afhangende takken met het dikke bladerdek vormden een goede beschutting voor de nacht. Hij had het wel koud. Eigenlijk zouden ze een kampvuur moeten maken, om de kou onder de boom te verjagen. Toen hij alles goed bekeken had, vroeg hij aan BenIk wat nu precies de bedoeling was. Deze antwoordde dat hij eerst iemand moest gaan bellen en dat hij daarna zou vertellen wat het plan was. Het begon te schemeren en het werd kouder. Oliver stelde voor om hout te verzamelen en daarna een kampvuur te maken. Simon waarschuwde dat ze een niet te groot vuur moesten maken, om te voorkomen dat ze de aandacht van de politie zouden trekken. De kans was groot dat ze dan gearresteerd zouden worden. BenIk verliet Oliver en Simon en ging op weg naar de telefooncel.

Hij liep rustig naar de uitgang van het park waar de telefooncel stond. Hij zag dat de cel bezet was. Een klein mannetje met een hoed en een lange, zwarte jas stond te bellen. Hij maakte driftige gebaren terwijl hij belde. BenIk bleef op ruime afstand geduldig wachten. De man in de cel stond met de rug naar hem toegekeerd. BenIk lette niet op de man en staarde naar de grond. Op een gegeven moment hoorde hij hoe de deur van de telefooncel dichtsloeg. Hij keek op en keek in de ogen van de man met de hoed die hem geschrokken aankeek. Hij trok zijn hoed voor zijn ogen en liep met haastige stappen weg. BenIk keek hem even achterna en fronste zijn wenkbrauwen. Het lijkt wel of hij van mij geschrokken is, dacht hij terwijl hij de telefooncel inliep. Hij pakte de hoorn van de haak en draaide een nummer dat hij uit zijn hoofd kende. Hij hoefde niet lang naar de wachttoon te luisteren. Aan de andere kant nam iemand op.

'Met wie?'

Zijn stem veranderde toen hij antwoordde 'Met mij, vader. Ik heb gedaan wat U me hebt opgedragen. Ik heb de man gevonden.'

Daarna zweeg hij. Aandachtig luisterde hij naar wat zijn vader aan de andere kant van de lijn zei. Af en toe antwoordde hij met ja waarna hij verder luisterde. Na ruim tien minuten zei hij dat hij alles begrepen had en dat hij zijn best zou doen. Hij nam afscheid en hing op. Toen hij de telefooncel verliet, hield hij zijn hoofd gebogen zoals iemand dat doet die diep nadenkt. Hij liep niet meteen terug naar de treurwilg, maar bleef een tijdje bij de ingang van het park staan. Hij dacht vooral na over de waarschuwing die zijn vader hem gegeven had. Wat had hij bedoeld toen hij gezegd had: 'Pas op voor de schaduw die je achtervolgt.' Dit had iets te betekenen. Was hij in gevaar? Zou er iets gaan gebeuren? Wat zou hij met de schaduw bedoelen? De waarschuwing van zijn vader spookte door zijn hoofd toen hij terugliep naar de ontmoetingsplaats.

BenIk schrok toen een auto met gedempt licht op hem af kwam rijden. De auto passeerde hem langzaam.

De bestuurder bekeek hem van top tot teen. Een eindje verderop bleef de auto stilstaan. BenIk bleef staan en keek naar de auto die nu langzaam achteruitrijdend zijn kant op kwam. Zijn eerste reactie was dat hij naar de andere kant moest lopen, maar iets weerhield hem daarvan. De auto kwam nu pal voor hem tot stilstand. De bestuurder draaide het raampje open en keek hem indringend aan. Hij had een klein spits gezicht. Zijn vette haren waren achterovergekamd. Hij had een sigaret in zijn mond.

'Ik kom je het koffertje brengen,' zei hij met een vreemd accent. Hij pakte een zwarte koffer die naast hem stond en gaf die aan BenIk die hem verbaasd aankeek. Voordat hij iets terug kon zeggen had de man het raampje dichtgedraaid en was hij weggereden. Hij bleef de achterlichten nakijken totdat ze helemaal uit het zicht waren verdwenen. Pas toen keek hij naar het zwarte koffertje dat de man in zijn handen geduwd had. Hij wist zich geen raad met het koffertje en besloot snel terug te lopen naar Oliver en Simon. Daar zou hij het koffertje openmaken.

Snel nadat BenIk was verdwenen, kwam Kruisbeek tevoorschijn. Vloekend liep hij naar de telefooncel. Zijn gezicht was rood van woede. Je kon zijn woorden buiten de telefooncel verstaan zo hard schreeuwde hij. Daarna kwam hij naar buiten. Hij trapte hard tegen een steen die voor hem op de grond lag.

'Ze kunnen ook niets goed doen,' schold hij terwijl hij met zijn vuist tegen de telefooncel sloeg.

BenIk was inmiddels bij de treurwilg aangekomen. Simon en Oliver hadden een kampvuur aangestoken. Ze hadden het op een dusdanige manier gedaan dat het vuur pas zichtbaar was zodra je onder de afhangende takken van de boom kwam.

'Wat heb jij daar?' vroeg Simon toen hij BenIk met het zwarte koffertje zag staan.

'Geen idee. Een onbekende man stopte het zomaar in mijn hand.'

'Een onbekende man?' vroeg Oliver. Hij was direct op zijn hoede. Zou zijn vader hier iets mee te maken hebben?

'Ja, hij zat in een auto. Hij gaf me zonder iets te zeggen deze koffer en reed daarna snel weg.'

'Laten we hem openmaken,' zei Oliver op een manier alsof ze een spannend cadeautje hadden gekregen.

'Ja, laten we hem openmaken,' zei Simon op een gretige manier.

BenIk zette het koffertje op de grond. Ze gingen er omheen zitten en bekeken de koffer van alle kanten. Het was Oliver uiteindelijk die de koffer openmaakte. Een voor een klikte hij de zilverkleurige sloten open. Hij haalde de inhoud eruit en legde die op de betonnen vloer van het podium. Ze keken elkaar vreemd aan toen ze zagen wat erin zat. Een verrekijker, een zakje met brood, een thermoskan met koffie en een cassetterecorder.

'Je weet echt niet wie die man was die je dit gegeven heeft?' vroeg Oliver.

BenIk haalde zijn schouders op. Hij wist het niet.

'Dan heeft hij je met iemand verwisseld,' antwoordde Oliver die de verrekijker vastpakte.

'Verwisseld?' vroeg Simon.

'Ja. Dit zijn onmiskenbaar de spullen van een persoon die iemand bespioneert. Ik denk dat die spullen bestemd zijn voor iemand die ons achtervolgt. Heb je iets verdachts gezien?'

BenIk dacht na. Opeens moest hij aan die man in de telefooncel denken. 'Er stond een man in een donkere jas met een hoed op in de telefooncel. Hoewel hij naar me keek, heb ik zijn gezicht niet goed gezien.'

Oliver keek hem bedenkelijk aan. 'Heb je gezien waar hij naartoe gegaan is?'

'Volgens mij liep hij het park in. Zeker weten doe ik het niet.'

'Misschien was hij wel de man voor wie die de koffer bestemd was.' Oliver tuurde door de verrekijker. Hij speurde de omgeving af, op zoek naar de man uit de telefooncel.

'Ik weet zeker dat iemand ons achtervolgt. En ik weet wie de opdrachtgever is.'

'Je vader?' vroeg Simon.

'Dat klopt. Ik weet dat hij me laat achtervolgen. Hij heeft me natuurlijk met jullie gezien en wil me koste wat kost terug hebben. Maar ik laat me niet door hem eronder krijgen. Ik zal hem bellen en vertellen wat ik van zijn achterbakse praktijken vind.'

Hij stond op en liep met grote passen weg. Hij gaf Simon en BenIk geen kans om te reageren.

BenIk keek peinzend voor zich uit. Langzaam combineerde hij de woorden van Oliver met die van zijn eigen vader. Zou hij hem tijdens het gesprek in de telefooncel gewaarschuwd hebben voor de achtervolger? Simon stelde een vraag, maar die drong niet tot hem door omdat hij diep in gedachten was. Ergens in de schaduw verstopt zich iemand om hem te achtervolgen. Een siddering ging door zijn lichaam toen hij hieraan dacht.

Oliver naderde de telefooncel. Hij bleef bij de ingang van het park even stilstaan. Hij zag een klein mannetje voor de ingang heen en weer lopen.

Dat moet hem zijn, dacht hij bij zichzelf. Zijn eerste reactie was om ernaartoe te lopen en hem op zijn gezicht te slaan, maar gelukkig wist hij zich te beheersen. Het leek hem verstandiger om te kijken wat die man ging doen. Daarom stelde hij zich verdekt op. Gedurende tien minuten zag hij niets anders dan een klein mannetje dat ongedurig rondjes liep. Ongeduldig dacht Oliver, er moet toch wat gebeuren? Eindelijk werd zijn wachten beloond. Een zwarte auto naderde. De bestuurder was een man met een kaal hoofd die zijn hoofd uit het raampje stak. Het leek alsof hij de kleine man iets vroeg. Even later hield hij een zwart koffertje uit het raampje van zijn auto. De man pakte het koffertje snel aan. Hij zei nog iets, waarna de kale man wegreed. De man keek even naar het koffertje in zijn hand en liep daarna richting Oliver. Deze besloot om te wachten totdat hij vlak bij hem was om hem dan te grazen te nemen. Hij was ervan overtuigd dat deze man hen achtervolgde. Hij wist zeker dat zijn vader de opdrachtgever was. Het kleine mannetje kwam steeds dichterbij. Hij had zijn zwarte hoed voor zijn ogen geschoven. Oliver hield zijn adem in. Hij was nu op ongeveer drie meter afstand van hem genaderd.

Nog even wachten, dacht Oliver. Twee meter. Een meter. De man stond nu vrijwel naast hem. Nu moet ik hem pakken, anders is het te laat.

Toen hij op hem wilde springen, brak er een takje onder zijn voet. De man draaide zich verschrikt om en keek Oliver recht in de ogen. Oliver schrok en bleef als versteend staan. Hij wilde zich op hem werpen, maar dat lukte niet. De man scheen ook geschrokken te zijn. Met paniek in zijn ogen keek hij Oliver aan. Daarna draaide hij zich om en rende hij vliegensvlug weg.

'Blijf staan, smeerlap,' schreeuwde Oliver. Hij merkte dat hij weer kon bewegen. Hij zette de achtervolging in.

De man had echter al een ruime voorsprong. In de verte zag Oliver hoe hij de struiken indook.

'Ik zal je krijgen,' riep Oliver hijgend. Hij rende zo hard als hij kon achter de man aan. Doordat hij alleen oog voor de man had, zag hij niet dat er een draad gespannen was. Hij bleef met zijn rechtervoet achter de draad haken en viel met een smak op de grond. Hij knipperde even met zijn ogen. Hij had een bonzend gevoel in zijn hoofd. Terwijl hij op de grond lag, veegde hij de modder uit zijn gezicht.

'Verdomme. Nu ben ik hem kwijt.' Langzaam stond hij op. Zijn rechterknie deed pijn. Hij zag dat zijn linkerhand bloedde. Hij keek naar de zere knie en zag dat er een gat in zijn broek zat. Zijn knie bloedde ook. Hij keek met een verbeten gezicht om zich heen of hij de man nog ergens zag. Zoals hij al verwacht had, was hij nergens meer te bekennen. Het deed een paar stappen naar voren en merkte dat hij door de pijn niet meer kon rennen.

'Ik zal die vader van mij eens de waarheid gaan vertellen,' zei hij terwijl hij naar de telefooncel strompelde.

Toen hij bij de telefooncel kwam, was hij doodmoe. Het leek wel of de hoofdpijn steeds heviger werd. Hij had het gevoel dat hij met zijn hoofd tussen een bankschroef zat die steeds vaster werd aangedraaid. Hij werd er misselijk van. Hij opende langzaam de deur. Voordat hij het nummer van zijn vader draaide, bond hij een zakdoek om zijn zere hand. Daarna belde hij zijn vader. Hij nam zelf op. Oliver ging direct in de aanval.

'Als je die vent die mij achtervolgt niet direct terugroept, zal je er spijt van krijgen. Ik sta dan niet voor mezelf in.'

Het was stil aan de andere kant van de lijn. Zijn vader was geschrokken door deze onverwachtse scheldkanonnade.

Het leek alsof Oliver geen antwoord verwachtte. Onverschrokken ging hij door. 'Denk maar niet dat ik ooit nog eens naar huis kom. Ik ben niet bang voor jou. Jij bent de meest verachtelijke persoon die ik ken. Je probeert me te bedreigen, maar dan heb je de verkeerde tegenstander gekozen. Ik lust je rauw, ontzettende klootzak die je bent.'

Zijn vader probeerde hem te bedaren, maar dat lukte niet. Hij ging maar door met het spuwen van vuur in de richting van zijn vader.

Toen hij even stopte om op adem te komen, hoorde hij zijn vader zeggen: 'Oliver, gebruik je gezond verstand. Doe niet iets waar je later spijt van krijgt. Kom terug naar huis, al is het alleen maar voor je moeder. Je weet hoe ze lijdt als jij er niet bent.'

'Mijn besluit staat vast,' antwoordde Oliver geïrriteerd.

'Maar ...' probeerde zijn vader te zeggen, maar Oliver smeet de hoorn op de haak.

'Ik zal je krijgen,' siste zijn vader die snel een ander nummer draaide.

Oliver strompelde de telefooncel uit. Hij voelde zich opgelucht, maar ook aangeslagen. Opgelucht omdat hij zijn vader eindelijk eens de waarheid had verteld. Aangeslagen omdat hij wist dat zijn vader niet bij de pakken neer ging zitten. Hij zou er alles aan doen om hem weer naar huis te krijgen. Hij wist dat de komende tijd heel zwaar zou worden. Hij dacht ook aan zijn moeder die waarschijnlijk huilend in de woonkamer op hem zat te wachten.

Het zal een grote klap voor haar zijn, als ze hoort dat ik nooit meer naar huis kom, dacht hij bij zichzelf. Hij besloot haar morgen een brief te schrijven waarin hij zou uitleggen hoe hij tot zijn besluit gekomen was.

Hij liep met gemengde gevoelens door het park terug naar de treurwilg waar zijn vrienden waren. Hij keek herhaaldelijk om zich heen, omdat hij zeker wist dat die vent die hem achtervolgde zich hier ergens in het park schuilhield. Door die gedachte begon zijn hoofd nog harder te bonken. Hij vervloekte zijn vader en zijn achtervolger. Opeens hoorde hij iets in de struiken bewegen. Zo snel als hij kon, strompelde hij naar de struik waar het geluid vandaan kwam. Tot zijn opluchting zag hij een konijn wegrennen. Hij keek het heen en weer springende dier achterna. Er verscheen een glimlach op zijn gezicht. Hij stak het grasveld over, richting treurwilg. De pijn in zijn been leek even verdwenen te zijn.

Daar trof hij Simon en BenIk aan die om het kampvuur zaten. De spullen uit het koffertje lagen nog op dezelfde plaats. Oliver ging bij het tweetal zitten en vertelde wat er gebeurd was. Ze luisterden aandachtig naar hem. Toen hij klaar was met zijn verhaal viel er een stilte.

Simon vroeg uiteindelijk: 'Kunnen we niet beter ergens anders naar toegaan nu onze achtervolger weet dat we hier in het park zijn?'

'Dat heeft geen zin,' antwoordde Oliver. 'Waar we ook naar toe gaan. Ze zullen altijd weten waar we zijn.'

Simon kreeg een onbestemd gevoel bij de gedachten dat ze in de gaten gehouden werden. 'De achtervolger is als een schaduw. We komen er niet meer vanaf,' mompelde hij.

BenIk schrok. 'Wat zei je daar?' vroeg hij met een trillende stem.

Simon keek hem verbaasd aan en herhaalde wat hij zonet gezegd had.

BenIk zei niets meer. Hij dacht na. Zijn vader had gelijk gehad. Hij had hem voor de schaduw gewaarschuwd. Hij wist dat ze achtervolgd werden.

'We moeten oppassen,' zei hij terwijl hij Oliver en Simon doordringend aankeek.

'Hoe bedoel je?' vroeg Oliver.

'Ze zullen proberen ons uit elkaar te drijven. We moeten goed oppassen.'

Simon en Oliver keken elkaar aan.

'Het beste is als we die vent die ons achtervolgt morgen te grazen nemen. Dan zijn we van hem af,' zei Simon op een zelfverzekerde toon. Hij was klaar voor de aanval. Hij merkte dat hij zijn vuisten balde.

Oliver schudde zijn hoofd. 'Nee, dat heeft geen zin. Mijn vader kennende heeft hij een heel team klaar staan om ons te achtervolgen. Als we er een uitschakelen, dan staat de volgende alweer in de rij. '

'Wat moeten we dan doen? Afwachten tot zij ons te grazen nemen?' vroeg Simon.

Oliver haalde zijn schouders op. Hij wist het ook niet.

BenIk ging rechtovereind zitten. 'We kunnen de eerste dagen gewoon onze gang gaan. Dan zal er nog niets gebeuren. De komende dagen moeten we ons tot het uiterste inzetten.'

'Wat bedoel je daarmee? Door de manier waarop je dat zegt, lijkt het alsof we er de volgende week niet meer zijn,' merkte Simon op.

'Zo heb ik het niet bedoeld. Wat ik bedoel, is dat we ons niet uit het veld moeten laten slaan door onze achtervolgers. We moeten geen kostbare tijd verliezen. De eerste dagen hoeven we niets van hen te vrezen.'

'Hoe weet je dat zo zeker dat ze zich de eerste dagen koest houden?,' vroeg Simon.

BenIk keek hem strak aan. 'Ik weet het gewoon. Waarom weet ik niet.'

Simon vond het een onbevredigend antwoord, maar hij liet het niet merken. Hij wist dat het geen zin had om door te vragen. Een duidelijker antwoord zou hij toch niet krijgen. Hij was immers gewend geraakt aan de vage uitspraken van BenIk. Daarom besloot hij te zwijgen. Hij keek hoe de vlammen in het kampvuur met elkaar dansten. Hij dacht terug aan die keer dat hij een aantal zwervers onder een brug had zien dansen. Hij had hun gevraagd waarom zij dansten. Ze hadden geantwoord dat ze de vrijheid van het leven vierden. Dansen onder een brug was sindsdien voor hem het symbool van de vrijheid geworden.

Oliver had de hele tijd gezwegen. Hij voelde zich schuldig. Hij wist dat hij de oorzaak was van de situatie waarin ze zich nu bevonden. Als hij naar huis zou gaan, dan zouden BenIk en Simon met rust gelaten worden. Zo op het eerste oog was het een simpele oplossing, maar voor hem zou het onmogelijk zijn om weer terug naar huis te gaan. Dat was een gepasseerd station. Zijn vader en hij waren als water en vuur. Hun karakters botsten dusdanig met elkaar dat een hereniging ernstige gevolgen zou hebben. Alleen al bij de gedachte dat hij weer die smerige grijns op het gezicht van zijn vader zou zien, maakte hem woedend. Toch vroeg hij zich af of hij zo egoïstisch moest zijn. Hierdoor bracht hij het leven van zijn beide vrienden in gevaar. Deze gedachten spookten door zijn hoofd. Het schuldgevoel knaagde aan hem. Vanuit zijn ooghoeken zag hij hoe Simon en BenIk in het vuur staarden. Ik moet nu kiezen, dacht hij terwijl hij met zijn handen door zijn haren streek.

Hij schraapte zijn keel en zei: 'Het is beter dat ik ga.'

BenIk en Simon keken hem verbaasd aan.

'Hoe bedoel je?' vroeg Simon.

'Ik breng jullie alleen maar in gevaar als ik blijf. Daarom ga ik weer naar huis.'

'Geen sprake van,' antwoordde Simon resoluut. 'Jij hoeft je niet op te offeren voor ons en terug te gaan naar die ellendige vader van jou. We blijven bij elkaar. Laat hem maar komen die achtervolger. Ik lust hem rauw.' De laatste woorden schreeuwde hij de duisternis in. Hij hoopte dat de achtervolger hem zou horen en wist met wie hij te maken had. Daarna keek hij naar BenIk en vroeg wat hij ervan vond.

Die keek Oliver en Simon op een vreemde manier aan en zei: 'Er zal gebeuren, wat er zal gebeuren. Je zal doen, wat je moet doen. Ik kan daar geen invloed op uitoefenen.'

Simon zuchtte diep. Het liefst zou hij BenIk door elkaar schudden in de hoop dat hij daarna wel een duidelijk antwoord zou geven.

Oliver voelde zich gesteund door zijn vrienden. 'Ik zal er nog even over nadenken,' zei hij terwijl hij BenIk en Simon een hand gaf als dank voor hun steun.

'Blijf bij ons,' zei Simon op een bijna smekende toon terwijl hij Oliver strak aankeek.

Door die laatste worden wist Oliver dat hij niet weg moest gaan, maar dat hij moest blijven. Het schuldgevoel was verdwenen. Hij had zijn vrienden nodig en zij hadden hem nodig. Ze waren één team. Hij voelde zich opgelucht. Hij ging dichter bij het vuur zitten. Hij had rust nodig. Zijn knie deed nog pijn. Gelukkig was de hoofdpijn iets afgezwakt.

'Verdomme. We hebben nog de boterhammen die in het koffertje zitten. Laten we gaan eten. Ik rammel van de honger,' zei Simon.

Nog voordat BenIk en Oliver een antwoord konden geven, had Simon het pakje boterhammen gepakt. Er zaten zes boterhammen in. Hij gaf iedereen twee boterhammen. Zwijgend aten ze het brood van de vijand op. Daarna dronken ze koffie. Ze waren vermoeid door de gebeurtenissen van de dag. Ze warmden zich op aan het knapperende kampvuur.

Plotseling sprong Oliver overeind. 'Stil, ik hoor iets,' fluisterde hij. BenIk en Simon gingen ook staan. Ze hoorden ook een geluid. Ze keken om zich heen omdat ze niet wisten waar het geluid vandaan kwam. Oliver ontdekte uiteindelijk dat er iemand aan kwam lopen.

'Wie is het?' fluisterde Simon.

Oliver haalde zijn schouders op. De man kwam steeds dichterbij.

Simon barstte in lachten uit. 'Ach, jij bent het, Andreas.'

Oliver keek Simon verwonderd aan.

Simon liep op Andreas af en schudde hem de hand. 'Jij hebt ons laten schrikken, man. We dachten dat je ons kwam verjagen.'

Andreas keek hem aan als een boer met kiespijn. 'Wat bedoel je precies?'

'Ik leg het je wel uit,' lachte Simon. 'Eerst zal ik je aan Oliver voorstellen.'

Ze schudden elkaar de hand. Daarna vertelde hij dat ze achtervolgd werden en dat ze hem voor de achtervolger hadden aangezien.

'Dan heb ik geluk gehad dat jullie me niet overmeesterd hebben,' merkte Andreas lachend op.

'Waar was je al die tijd?' vroeg Simon.

Andreas keek naar BenIk die weer was gaan zitten en onverstoorbaar naar het vuur zat te staren. BenIk had hem geen hand gegeven. Andreas besloot hem met rust te laten en wendde zich tot Oliver en Simon.

'Ik heb iets ongelooflijks meegemaakt,' zei hij. Hij vertelde dat hij zoals afgesproken in het park op hen was blijven wachten. Op een gegeven moment was hij door het park gaan rondlopen. Hij liep langs de vijver toen hij een vrouw om hulp hoorde roepen. Het geluid kwam van het eiland in de vijver vandaan. Hij was er zo snel mogelijk naartoe gelopen. Hij wilde over de brug lopen, maar die was in reparatie. Daarom besloot hij een roeiboot te nemen die aan de oever van de vijver lag. Toen hij naar het eiland roeide zag hij iemand wegrennen. Door het geschreeuw van de vrouw ging hij steeds sneller roeien. Toen hij bij het eiland aangekomen was, stapte hij snel uit en rende hij naar de plek waar het geluid vandaan kwam. Tot zijn ontzetting zag hij een bloedend, halfnaakt meisje op de grond liggen. Hij raakte helemaal in paniek. Hij durfde niet naar haar te kijken. Hij was bang dat ze dood zou gaan. Plotseling hoorde hij achter zich stemmen. Ze riepen: 'Pak die smeerlap.' Geschrokken keek hij achterom en zag drie woeste mannen op hem afstormen. Ze beschuldigden hem van allerlei smerige praktijken. Een van de mannen hield een houten paal in zijn hand. In paniek rende hij naar de brug. Hij zag dat de planken op de brug los lagen. Omdat hij de hete adem van de drie mannen in zijn nek voelde, besloot hij de oversteek te wagen. Met gesloten ogen rende hij over de brug. Hij voelde hoe de planken onder zijn voeten verschoven en kraakten. Zijn achtervolgers bleven aan de andere kant van de brug staan. Ze vonden de oversteek te riskant. Daarna was hij weggerend en had zich totdat het donker werd in de struiken verstopt.

'Waarom was je bang en ben je weglopen?' vroeg Simon nadat Andreas zijn verhaal verteld had.

'Ik weet dat het belachelijk is dat ik weggerend ben. Maar toen ik die drie mannen op me af zag stormen, dacht ik maar aan een ding en dat was rennen.'

'Was dat meisje dood?' vroeg Simon nieuwgierig.

'Ik weet het niet. Ik durfde niet dichterbij te komen. Ze keek me op zo'n vreemde manier aan. Ze schreeuwde ook niet meer. Ik zal haar gezicht met al dat bloed nooit meer vergeten.' Andreas wreef met zijn rechterhand door zijn ogen.

Simon en Oliver zeiden een aantal bemoedigende woorden tegen Andreas die tegen zijn tranen vocht. BenIk had tot nu toe nog niet gereageerd op de aanwezigheid van Andreas. Onbewogen keek hij in de vlammen van het vuur.

Het was inmiddels al laat geworden. Ze zochten een warme plaats bij het vuur op om te gaan slapen. Hun jassen deden dienst als deken. BenIk gooide nog wat hout op het vuur. Hij was nog te veel in gedachten om te kunnen slapen.

'Die Andreas heeft er niets van begrepen,' mompelde hij. Hij vroeg zich af wanneer hij tot inkeer zou komen. Daarna ging hij plannen voor morgen maken. Elke seconde van de dag moest goed benut worden. De tijd die restte, was uiterst kostbaar. Toen het vuur bijna uitgedoofd was, gooide hij er nog wat hout op. Daarna ging hij ook liggen. Het geruis van de bladeren zorgden ervoor dat zijn gedachten tot rust kwamen.

13

Oliver werd als eerste wakker. Hij had pijn in zijn rug door de harde ondergrond. Hierdoor had hij slecht geslapen. Hij was zeker tien keer wakker geworden van de kou. Hij had zich verwonderd over zijn drie vrienden die ogenschijnlijk heerlijk lagen te slapen. Het was zijn eerste keer dat hij buiten geslapen had. Het zal op den duur wel wennen, dacht hij bij zichzelf. Hij stond voorzichtig op. Elke spier in zijn lichaam deed pijn; hij was helemaal verstijfd. Hij bewoog zijn handen snel op en neer om het warm te krijgen. Zo voelde hij het leven in zijn lichaam terugkomen. Hij liep naar het podium en keek over het grasveld uit. Het was een prachtig uitzicht. In de verte zag hij de bomen rustig in de wind heen en weer bewegen. Het gras zag er vochtig uit. Op ongeveer een meter boven de grond hing een dichte nevel.

'Misschien ligt die vent daar wel ergens in de mist naar ons te kijken,' mompelde hij terwijl hij met samengeknepen ogen naar de nevel keek.

Hij liep naar het zwarte koffertje en pakte de verrekijker. Hij ging op het podium staan en plaatste de verrekijker voor zijn ogen.

Wat jij kan, dat kan ik ook.

Hij zag niets verdachts. In de verte wandelde een oude man met zijn hond. Hij droeg een lange warme, bruine wollen jas. Van hem zullen we geen last hebben.

Hij draaide naar rechts en kreeg een grote eik in beeld. Hij zag daar iets bewegen. Hij stelde de verrekijker scherp in en zag een kleine man met een zwarte hoed op.

Dat moet onze achtervolger zijn.

Hij zag hoe de man iets uit een zwart koffertje haalde. Het was een verrekijker. Hij keek nu zijn richting op. Oliver stelde zich niet verdekt op. Integendeel hij deed een paar stappen naar voren. Hij wilde die man laten zien dat hij hem gezien had. Hij hield zijn rechtermiddelvinger omhoog terwijl hij hem in het vizier bleef houden. Hij zag hoe de man langzaam zijn richting op draaide. Ze keken elkaar nu recht aan. Hij zag hoe de man aan de schroef van de verrekijker draaide om het beeld scherper te krijgen. Er verscheen een glimlach op het gezicht van Oliver toen hij zag dat de man zich snel omdraaide en zich verborg achter de grote dikke eik. Van schrik struikelde hij bijna.

Oliver begon keihard te lachen. 'Moet je die lafaard eens zien rennen.'

Het drietal werd wakker door het gelach van Oliver.

'Wat is er met jou aan de hand?' vroeg Simon terwijl hij door zijn ogen wreef. Zijn haar stond alle kanten op.

Oliver kwam lachend hun kant op lopen. 'Ik heb zojuist onze achtervolger de stuipen op het lijf gejaagd,' antwoordde hij proestend.

'Was hij hier?,' vroeg Simon verbaasd. Hij zag eruit alsof hij door een auto overreden was.

Oliver stelde hem gerust en vertelde hoe de vork in de steel zat. BenIk en Andreas begonnen nu ook te lachen.

'Ze moeten wel een man met meer kwaliteiten op ons afsturen om ons te pakken te krijgen,' lachte Simon. 'En jij was van plan om ons verlaten?' zei hij met een grijns op zijn gezicht terwijl hij Oliver op zijn schouder sloeg.

'Zoals de zaken er nu voorstaan, zal ik jullie niet verlaten.'

Simon maakte een sprongetje van blijdschap in de lucht en ging op het podium staan. Hij zette zijn handen aan de mond en schreeuwde luid: 'Pas maar op dat we je niet te grazen nemen.'

De stemming zat er nu goed in. Iedereen was vrolijk en opgewekt. Oliver bleef en hij had de achtervolger weggejaagd. Ze gingen bij het vuur zitten en maakten allerlei grapjes over dat enge kleine ventje dat hen achtervolgde.

Nadat ze een tijdje met elkaar gekletst hadden, vroeg Simon: 'Wat gaan we vandaag doen?'

'We gaan naar de stad. Daar staat werk op ons te wachten,' antwoordde BenIk.

'Dan kunnen we meteen proberen om aan eten te komen. Misschien dat we wat geld bij elkaar kunnen bedelen,' zei Andreas die over zijn hongerige buik wreef.

BenIk keek hem strak aan. 'Vandaag vragen we niets, maar geven we. '

Andreas keek naar de grond. Hij wist niet wat hij moest antwoorden. Ook Oliver en Simon zwegen. Ze wachtten totdat het vuur uitgedoofd was. Daarna gingen ze op pad. Oliver hield het koffertje, waar hij alle spullen in had gestopt, stevig vast in zijn rechterhand. Dit keer keken ze niet achterom. Ze waren niet bang meer voor hun achtervolger.

Het was vroeg. Alle winkels waren nog gesloten. Er was al veel verkeer op de weg. Iedereen ging naar zijn werk. In een armoedige buitenwijk van de stad sierde een kleurige markt de sombere grauwe straten op. Het rook heerlijk naar eten. Het speeksel liep Andreas in de mond. Het liefst zou hij hier willen stoppen en proberen om wat eten bij elkaar te bedelen. Maar BenIk liep zonder op of om te kijken met stevige pas door. Ze konden niets anders doen dan hem volgen. Hij scheen precies te weten waar ze naartoe gingen.

Na een tijdje kwamen ze in een van de armste wijken van de stad. Oliver kende deze buurt goed. Hij had hier regelmatig een toespraak gehouden. Het was een wijk waar het percentage werkelozen bijna honderd procent was. De meeste mannen zaten hier dag en nacht in de kroeg. Ze probeerden hun leed te verdrinken. Door de alcohol verkeerden ze in een continue roes die hen ver buiten de realiteit plaatsten. Het verwonderde Oliver dan ook niet dat ondanks het vroege tijdstip de kroegen al bomvol zaten.

Er was hier ook een soort buurthuis. De mensen die daar zaten waren anders dan de doorsnee kroeggangers. Hier probeerden ze door met elkaar in gesprek te gaan tot een oplossing te komen. Er werd hier geen alcoholische drank geschonken. Oliver had hier talrijke toespraken gehouden.

BenIk liep richting het buurthuis. Oliver vroeg zich af hoe hij wist dat hier een buurthuis was. Ze bleven staan voor het slechtonderhouden, grijze gebouw. Op een houten bord stond in rode letters Buurthuis geschreven. Het bord hing scheef. Het gebouw zag er troosteloos uit. Voor de grote ramen hingen geen gordijnen, waardoor je goed naar binnen kon kijken. Er waren veel mensen binnen.

BenIk opende de deur en liep samen met Oliver, Andreas en Simon naar binnen. De laatste keek nog even achterom voordat hij de deur achter zich dicht deed. De mensen keken op toen ze binnenkwamen. Nieuwe gezichten die ze hier nooit eerder gezien hadden. Even was het muisstil in de zaal. Pas toe ze aan een ronde houten tafel gingen zitten, werd er weer gesproken.

De ober had Oliver al herkend. Hij schudde hem de hand en vroeg hoe het met hem ging. Oliver antwoordde dat alles prima was en bestelde vier koppen koffie. Toen Oliver afrekende vroeg de ober of hij vandaag weer een toespraak hield. Oliver antwoordde dat ze vandaag kwamen luisteren.

BenIk keek de ober aan en zei dat híj vandaag een toespraak wilde houden.

De ober keek Oliver lachend aan en vroeg gekscherend: 'Wie is die man?'

Oliver knikte en zei: 'Hij is een goede vriend van me. Je kunt hem vertrouwen.'

De ober nam BenIk goed in zich op. Je zag dat hij twijfelde aan het antwoord van Oliver. Oliver zag dat en tikte de ober aan. 'Geloof me. Je kunt hem echt vertrouwen. Geef jij door dat hij een toespraak gaat houden?'

De ober knikte en liep naar de bar. Daar fluisterde hij iets tegen een collega die achter de bar stond terwijl hij naar het tafeltje wees waar ze zaten. De andere man achter de bar sloeg met een klepel op een gong die boven de bar hing. Iedereen hield zijn mond en keek naar de bar.

Met luide stem zei de man: 'Beste mensen, er is vandaag iemand gekomen die een toespraak wil houden. Het is een goede vriend van Oliver die jullie al vaker toegesproken heeft. Hij zal over vijf minuten beginnen. Ik hoop dat jullie allemaal aandachtig zullen luisteren.' Daarna nam hij een slok koffie en knikte tevreden naar de ober die naast hem stond.

Iedereen keek nu vol verwachting naar de tafel waaraan het viertal zat. Ze vroegen zich af wie van de vier de toespraak zou gaan houden. De mensen spraken nu op een fluisterende toon met elkaar. Het leek wel alsof ze over het viertal aan het roddelen waren.

BenIk dronk langzamer dan normaal zijn koffie op. Hij voelde dat hij zenuwachtig was. Hij had nog nooit voor zo'n grote groep gesproken. Hij keek rond en probeerde een inschatting te maken hoeveel mensen er waren. Hij schatte zo'n twintig tot dertig man. Hij keek in zijn kop koffie en zag dat er nog een beetje koffie in zat. Hij zuchtte diep en nam de laatste slok. Het leek alsof deze laatste slok hem kracht gaf en de complete tekst van zijn toespraak bevatte.

'Het is zover,' zei hij tegen zijn vrienden. Langzaam ging hij staan. Oliver, Simon en Andreas keken hem verwachtingsvol aan. Ook de mensen in de zaal keken nu naar BenIk. Sommigen keken verbaasd. Ze hadden niet verwacht dat hij de toespraak zou houden. Ze hadden hun geld op Simon of Andreas gezet.

BenIk liep langzaam naar de bar. Vandaaruit had hij het beste overzicht over de zaal en zou hij voor iedereen goed te horen zijn. Hij zag nu dat er meer mensen zaten dan hij eerst gedacht had. Hij schatte dat er rond de veertig personen zaten. Er ging een korte rilling door hem heen voordat hij begon. Hij schraapte zijn keel en begon op een rustige toon te spreken terwijl het hart in zijn keel klopte. Iedereen was stil.

'Mijn naam is BenIk met hoofdletter B en hoofdletter I.' Hij hoorde hoe sommigen begonnen te lachen. 'Ik ben vandaag voor het eerst in deze buurt. Het verwondert me dat op deze vroege ochtend al de cafés vol zitten. Ik vraag me af wat hier de oorzaak van is. De meesten van jullie zullen denken dat de werkeloosheid die hier heerst de oorzaak is. Ik vraag het me af of dat wel zo is. Waarom zuipt iedereen zich hier tegen de vlakte en zoeken jullie geen andere oplossing voor het probleem?

Het probleem zit niet in de werkeloosheid, maar jullie zijn zelf het probleem. Zodra er een probleem is, slaan jullie op de vlucht en proberen jullie de realiteit weg te drinken. Ten tijde van voorspoed hebben jullie een grote mond. Nu het tegenzit, slaan jullie als een klein kind op de vlucht en zoeken jullie je heil in alcohol. Jullie hopen dat jullie door de alcohol de kracht terugkrijgen die jullie door alle tegenslagen verloren hebben. Geloof me. De meesten van jullie zijn bang voor de gevoelens die ontstaan zijn door al die tegenslagen. Jullie raken in paniek. Jullie weten niet wat je met deze gevoelens moeten doen. Het is alsof een vreemde kracht de regie van jullie overneemt. Mensen, vergeet niet: al die gevoelens zijn onderdeel van jezelf. Durf ze onder ogen te zien. Accepteer ze en ga ermee aan de slag. Het is onzinnig om ervoor weg te rennen, want dat gaat toch niet lukken. Ik herhaal: al die gevoelens zijn een onderdeel van jezelf. Je moet ze proberen te kanaliseren, waardoor je weer meer ruimte krijgt voor positieve gevoelens. Het is zonde van je tijd om in de kroeg rond te hangen om je negatieve gevoelens weg te drinken. Deze gevoelens zijn een belangrijk onderdeel van je persoonlijkheid. Door deze gevoelens te accepteren, gaan je ogen open en zie je de waarheid. Het is geen algemene waarheid, maar je persoonlijke waarheid. Als je die recht in de ogen durft te kijken, dan ontstaan er ongekende krachten in je lichaam die je weer verder op weg zullen helpen. Ik ben naar jullie gekomen om jullie deze waarheid te laten zien.'

Iedereen was stil. Een dergelijke toespraak hadden ze van de man in die veel te grote zwerverskleren niet verwacht. Sommigen keken elkaar verbaasd aan. Anderen staarden met grote ogen zijn richting op. BenIk nam een slok water uit het glas dat de ober naast hem had neergezet.

'Ik ben naar jullie gekomen omdat het bij jullie veel makkelijker is om de innerlijke waarheid naar boven te halen dan bij iemand die in rijkdom leeft. Rijke mensen zijn bedwelmd door hun geld en geluk. Zij hebben geen enkele reden om op zoek te gaan naar de waarheid. Zoals het nu gaat, zo gaat het goed. De sprookjeswereld waarin ze leven moet niet verbroken worden door innerlijke gevoelens. Hoe anders is het bij jullie. Door jullie problemen en armoede zit de waarheid dicht onder het oppervlak. Daarom zal ik bij jullie beginnen. Jullie hoeven niet bang te zijn voor de waarheid. Jullie moeten de waarheid zien als een spiegel die jullie je eigen mogelijkheden laat zien en precies vertelt wie jullie eigenlijk zijn. Iedere spiegelbeeld is anders. Daarom is er ook geen algemene waarheid. Maar ik verzeker jullie: zodra je in die spiegel hebt gekeken, zullen jullie gelukkig zijn. Jullie zullen merken dat armoede slechts een abstract iets is. Jullie innerlijke rijkdom is vele malen groter. Het allerkostbaarste wat er op de wereld bestaat, is nog steeds in jullie aanwezig. Dat is het leven. Ieders leven is meer dan de moeite waard. Daarom verzoek ik jullie. Drink je problemen niet weg en staar je niet blind op het geluk van een ander. Ga op zoek naar het geluk in jezelf. Ga op ontdekkingsreis in jezelf en ga op zoek naar de spiegel.'

De laatste woorden beklemtoonde hij en sprak hij heel langzaam uit terwijl hij iedereen probeerde aan te kijken. Het publiek had met gemengde gevoelens zijn toespraak gevolgd. Sommigen vonden het onzin wat hij vertelde, of omdat ze hem niet begrepen, of omdat ze zich aangevallen voelden. Anderen hadden vol aandacht naar hem geluisterd. Ze voelden zich aangetrokken tot die vreemde zwerver die zich BenIk noemde. Hij bleef nog even bij de bar staan, om de mensen de kans te geven om vragen te stellen. Toen niemand dat deed liep hij terug naar zijn vrienden. Hij merkte dat hij van alle kanten bekeken werd.

Toen hij ging zitten begon Oliver zachtjes in zijn handen te klappen.

'Wat een voortreffelijke toespraak. Die woorden die je sprak heb ik al mijn hele leven gezocht. Het was echt geweldig.'

Simon klopte BenIk op zijn schouder en sprak ook lovende woorden.

Ook Andreas gaf hem complimenten. 'Je hebt het doel recht in de roos geraakt,' zei hij enthousiast. Het was de eerste keer dat hij BenIk zo lang had horen praten. Tot nu toe had hij alleen maar korte raadselachtige dingen tegen hem gezegd. Hoewel hij ook dit keer niet alles begreep wat BenIk gezegd had, was er wel een gevoel van herkenning en begrip bij hem ontstaan. Hij had bewondering voor hem gekregen. Hij merkte dat hij minder aan hem was gaan twijfelen.

De ober kwam naar hun tafel gelopen. Hij had een dienblad met vier koppen koffie in zijn hand. 'Een rondje van de zaak, voor de goede toespraak,' zei hij enthousiast terwijl hij de kopjes op tafel zette.

'Dank je,' zei BenIk die hem vriendelijk aankeek. Toen de ober weg was, nam hij snel een slok koffie. Na de toespraak voelde hij zich ontzettend moe. De hoofdpijn kwam ook weer opzetten. Hij fronste zijn ogen in de hoop dat de pijn zou afzwakken.

Simon zag dat BenIk zich niet lekker voelde. 'Is er iets?' vroeg hij op bezorgde toon.

BenIk schudde zijn hoofd. 'Ik ben alleen een beetje moe, maar dat zal door de koffie snel overgaan.' Hij nam snel nog een slok. Daarna sloot hij zijn ogen. Hij hoorde hoe de drie met elkaar spraken zonder dat de woorden tot hem doordrongen.

Na een tijdje schrok hij wakker door een zware stem die vroeg: 'Excuses. Mag ik me voorstellen?'

BenIk opende zijn ogen en zag een forse man in een lange, grijze jas tegenover hem staan. Hij had zwarte haren die achterovergekamd waren. Zijn gezicht was smal en langwerpig. Onder zijn rechteroog zat een litteken van ongeveer drie centimeter dat liep van de buitenkant van het oog naar zijn mondhoek. Omdat hij niet reageerde, herhaalde hij zijn zin.

'Mag ik me voorstellen?'

Hij stak zijn rechterhand naar hem uit en stelde zich voor als Bastiaans. Hij stelde zich ook voor aan de andere drie aan tafel. Daarna ging hij tegenover BenIk zitten.

'Ik heb vol bewondering naar uw toespraak geluisterd. U heeft de spijker op de kop geslagen met uw theorie over de innerlijke waarheid. Ik wil graag meer van u leren. Ik zag dat u al drie volgers heeft. Kan ik me bij jullie aansluiten?'

BenIk bedankte hem voor al die complimenten. Hij was verrast dat iemand hem wilde volgen. Zo had hij zijn vrienden tot nu toe nog niet gezien. Hij speelde even met de lepel in zijn kopje en zei: 'We zijn geen vereniging waar je lid van kunt worden. Wie me wil volgen, die mag me volgen.'

Bastiaans keek hem verrast aan. 'Is het vrijblijvend? Ik hoef me nergens in te schrijven of contributie voor te betalen?'

BenIk schudde zijn hoofd. 'De vrije wil en het vertrouwen in mij zijn de enige voorwaarden om met ons mee te gaan.'

'Dan ben ik uw man,' antwoordde Bastiaans enthousiast. Hij stak zijn hand naar BenIk uit om zijn vriendschap te beklinken.

'Ik ben blij dat u ons vertrouwt,' zei BenIk terwijl hij zijn hand schudde.

Bastiaans riep de ober en bestelde vijf koffie. Daarna begon hij over zichzelf te vertellen. Hij had jarenlang een eigen bedrijf gehad. Op een gegeven moment kon hij niet meer concurreren met de grote bedrijven om zich heen. Binnen een paar maanden tijd was zijn zaak over de kop gegaan. Omdat hij zijn schulden niet kon aflossen, had hij zich door een lening af te sluiten verder in de nesten gewerkt. Hierdoor was hij in het criminele circuit beland. Via oplichterij probeerde hij zijn hoofd boven water te houden. Helaas werd hij opgepakt en kreeg hij een gevangenisstraf van drie jaar. Na ruim twee jaar werd hij wegens goed gedrag vrijgelaten. In de gevangenis was hij totaal veranderd. Voor het eerst in zijn leven had hij zich in de cel vrij gevoeld. Hij hoefde niet meer te piekeren over zijn bedrijf. Hij had ook ontdekt dat hij geen vrienden had. Door helemaal op te gaan in zijn werk had hij geen tijd gehad om een relatie op te bouwen of vrienden te maken. In de gevangenis waren zijn ogen opengegaan. Het was tijd om een nieuw leven te beginnen. Een leven waarin vriendschap centraal stond. Hij zou niet langer meer de man zijn die alleen maar aan geld en rijkdom dacht. Hij zou oog hebben voor de mensen om hem heen. Hij was nu zesendertig jaar. Tijd om het roer radicaal om te gooien. Vorige maand was hij ontslagen uit de gevangenis. Hij wilde meteen de koe bij de horens vatten en een nieuw leven opstarten. Maar dat viel bitter tegen. Hij merkte dat iedereen om hem heen op zoek was naar macht en rijkdom. Hij voelde zich sindsdien eenzamer dan ooit. De idealen die hij in de gevangenis ontwikkeld had pasten niet in de echte wereld. Hij had verschillende mensen gesproken en proberen te overtuigen van zijn gedachten, maar ze waren niet geïnteresseerd in hem. Vandaag, toen hij BenIk had horen spreken, had hij voor het eerst het gevoel gehad dat het mogelijk was om zijn idealen te verwezenlijken. Daarom wilde hij zich bij hen aansluiten zodat ze hem de weg naar een nieuwe toekomst konden wijzen.

Hij vertelde zijn hele verhaal zonder onderbreking op een gedreven manier. Toen hij klaar was keek hij vooral BenIk verwachtingsvol aan.

'Je hebt heel wat meegemaakt,' zei BenIk op een empathische toon: 'Je hebt met ons gemeen dat we allemaal uit een diep dal komen. We hebben allemaal een modderige, steile weg afgelegd. Laten we hopen dat we er gezamenlijk beter uitkomen.'

Bastiaans was blij met deze woorden. 'Laten we de mensen van onze ideeën overtuigen,' zei hij vol enthousiasme terwijl hij zijn koffie kopje in de lucht hield. De anderen stemden toe en hielden ook hun kopje in de lucht.

BenIk deed ook mee, maar hij was toch wat minder enthousiast als de rest. Hij moest nog wennen aan Bastiaans die zo plotseling bij hen aan tafel was komen zitten en zijn hele levensverhaal aan hen verteld had. Misschien juist door zijn openheid en loyaliteit was hij wantrouwend geworden. Misschien gaat het wantrouwen wel over als ik hem wat langer ken, dacht hij bij zichzelf.

Toen ze de koffie op hadden, besloten ze op te stappen. De ober kwam op BenIk aflopen en vroeg wanneer hij weer een toespraak kwam houden. Hij antwoordde dat hij op korte termijn nog eens langs zou komen. Een concrete afspraak maken, lukte nu nog niet, maar hij zou de komende tijd op verschillende plekken in de stad toespraken houden. Daarna verliet het vijftal het buurthuis. BenIk liep voorop. Ze verlieten de verpauperde buurt en liepen richting het centrum. De winkels waren inmiddels open en het was druk op straat.

Plotseling kwam een man in een rolstoel naar het vijftal toerijden. De jongeman die in de rolstoel zat, stak zijn handen uit en riep: 'Ik wil lopen. Help me.'

BenIk keek hem stomverbaasd aan. Hij schatte dat de man in de rolstoel ongeveer twintig jaar was. Tranen stroomden over zijn gezicht terwijl hij jammerde dat hij wilde lopen. Toen hij zag dat BenIk niet wist wat hij moest zeggen, werd hij helemaal hysterisch.

'Ik word gek. Ik word gek. Help me zodat ik weer kan lopen. Anders wil ik sterven.'

BenIk had nu medelijden met hem en legde zijn hand op zijn schouder en hij probeerde hem te kalmeren. De jongeman bleef echter huilen en schreeuwen. Toen kwamen vanachter een vrachtauto een man en een vrouw hun kant oplopen.

'Jongen, wat doe je?' jammerde de vrouw terwijl ze op hem afliep. Deze viel haar meteen om de hals.

Dat zullen zijn ouders zijn, dacht BenIk.

De vader verontschuldigde zich voor het gedrag van zijn zoon. Hij vertelde dat zijn zoon vorige maand door een ongeluk verlamd geraakt was. Hij was nog bezig met zijn verwerkingsproces.

BenIk toonde begrip en wenste hem sterkte met zijn zoon. Daarna verdwenen de ouders met hun zoon die nog steeds huilde.

'Ik zou willen dat ik hem kon genezen,' zei BenIk met een brok in zijn keel.

'Wat een ellende voor die jongen,' zei Simon.

'Inderdaad. Die jongen kan nog niet accepteren dat hij nooit meer kan lopen. Hij vraagt zich af, waarom juist hem dit moest overkomen,' merkte Bastiaans op.

Daarna keken ze naar BenIk in de hoop dat hij iets zou zeggen.

'Wat jullie net gezien hebben is een extreem voorbeeld van iemand die iets wil dat hij niet kan krijgen. Ik geef toe dat het een extreem voorbeeld is: een lamme die wil lopen. Hij moet langzaam leren om zijn nieuwe grenzen te accepteren. Hij zal zijn rolstoel als zijn redder moeten gaan zien en niet als zijn vijand. De rolstoel zal hem een gedeelte van de vrijheid teruggeven die hij na het ongeluk kwijtgeraakt is. Het is goed om je te realiseren dat hier in de stad nog duizenden mensen rondlopen die hetzelfde probleem hebben. '

'Die niet kunnen lopen?' onderbrak Simon hem.

'Nee, dat bedoel ik niet. Ik bedoel dat er nog duizenden mensen zijn die iets willen, terwijl ze weten dat dat niet kan. Het hoeven niet van die extreme dingen te zijn zoals niet meer kunnen lopen. Het kunnen ook veel subtielere zaken zijn. Kijk naar de man die koste wat kost carrière wil maken in een groot bedrijf terwijl hij daar in feite ongeschikt voor is. Of de jongen die een beroemde zanger wil worden terwijl hij geen noot zuiver kan zingen. Ze zullen koortsachtig proberen om hun doel te bereiken. Hun hele leven wordt erdoor in beslag genomen. Ze zullen veel tegenslagen te verduren krijgen. Slapeloze nachten. Depressieve gevoelens. Ruzies. Dat alles omdat ze iets willen waar ze niet geschikt voor zijn. Ze zullen zich even machteloos voelen als die jongen in de rolstoel. Veel mensen zitten gevangen in de kooi van hun beperkingen. Inwendig schreeuwen ze om eruit te komen. Hoe harder ze schreeuwen hoe nauwer de kooi zal worden. De kunst van het leven is om deze kooi te accepteren en de ruimte die het biedt zo optimaal mogelijk te gebruiken. Door je terug te trekken, niets te zeggen en je somber te voelen los je niets op. Integendeel je raakt helemaal in de knoop met jezelf en raakt bekneld in de alsmaar kleiner wordende kooi. Het probleem is dat de meeste mensen hun kooi niet kunnen accepteren en er hun hele leven aan wijden om eruit te komen, terwijl het onmogelijk is om eruit te ontsnappen.'

Tijdens zijn uitleg had BenIk naar de lucht gekeken alsof hij de woorden die hij uitsprak voorlas. Pas toen hij stopte met praten keek hij zijn vrienden één voor één aan. Ze hadden aandachtig naar hem geluisterd. Ze hadden hem begrepen, daarom stelde niemand een vraag.

'Laten we verder gaan,' zei BenIk uiteindelijk. Hij draaide zich om en liep verder. De anderen volgden hem.

Ze kwamen in een andere wijk van de stad terecht. Ook dit was een armoedige wijk waar Oliver regelmatig toespraken gehouden had. Deze wijk stond bekend om zijn hoge criminaliteit en drugsverkoop. Oliver kwam hier niet zo graag omdat het er erg gevaarlijk op straat was. Na een eerdere toespraak in deze buurt was hij op de vlucht geslagen, omdat er ruzie was ontstaan in het café waar hij gesproken had. Sindsdien liep hij met een grote boog om deze wijk heen. Hij vroeg zich af of BenIk wist dat deze buurt een kruitvat was dat elk moment kon exploderen.

BenIk liep echter zelfverzekerd de wijk in. Hij liep naar een groot gebouw met een pleintje ervoor. Het pleintje lag hoger dan de straat. Via een trap, die eigenlijk te sierlijk was voor deze wijk, liepen ze het pleintje op. Ze zagen nu dat op het gebouw allerlei noodkreten in felle kleuren geschreven stonden. Leuzen die smeekten om meer werk. Leuzen tegen vrouwengeweld en leuzen tegen een bloedige oorlog. Vreemd dat deze hartenkreten in het meest misdadige gedeelte van de stad op de muren stonden.

Oliver hoopte dat BenIk wist dat het hier gevaarlijk was. Je moest hier namelijk op je woorden passen. Je kon hier niet zomaar zeggen wat op je hart lag. Eén verkeerd woord en de hel brak los. Hij besloot niets tegen BenIk te zeggen, omdat hij ervan uitging dat hij wist wat hij deed.

Ze stonden nog maar net op het plein of er kwamen van alle kanten mensen aanlopen, alsof ze roken dat er iets ging gebeuren.

Een man die er onverzorgd uitzag en een zwarte leren jas aanhad, riep tegen Oliver: 'Hé eikel, kom je ons weer de les leren. Oprotten!'

Oliver schrok van deze intimiderende opmerking. Hij deed alsof hij de man niet gehoord had. Hij wist dat de kans groot was dat ze problemen zouden krijgen. Hij had nergens zoveel tegenstanders als in deze buurt. Hij had er spijt van dat hij BenIk niet gewaarschuwd had. Hij keek hem hulpeloos aan.

Het plein was nu volgelopen. De mensen keken het vijftal minachtend aan. Ze beschouwden hen als ongenode gasten die hier niet thuishoorden.

BenIk leek niet onder de indruk van al die mensen. Hij keek zelfverzekerd rond. Het leek alsof hij iedereen persoonlijk aankeek. Ze begrepen nu wie de leider van de groep was en keken allemaal naar BenIk. Hij merkte dat en wist dat hij nu iets moest gaan zeggen, maar de woorden ontbraken nog. Om tijd te winnen besloot hij nog eens iedereen diep in de ogen te kijken. Hij hoopte dat hij op deze manier inspiratie kreeg om een toespraak te houden. Het leek alsof hij op de gezichten van de mensen die hij bekeek de woorden las die hij zocht.

Voordat hij erg in had, hoorde hij hoe hij riep: 'Vertel ons op wie jullie kwaad zijn.'

Oliver kromp ineen. De kans was groot dat het nu uit de hand zou lopen.

De mensen op het plein keken elkaar even aan en begonnen daarna in koor te schreeuwen: 'We zijn kwaad op de rijken die ons onderdrukken.'

BenIk maakte met zijn handen een gebaar dat ze stil moesten zijn. Het verbaasde Oliver dat de groep in één keer zweeg. Toen het weer stil geworden was, ging BenIk op luide toon verder: 'Vinden jullie het niet vreemd dat degenen die onderdrukt worden ook andere mensen onderdrukken?'

Oliver begon te blozen. Dit gaat de foute kant op, dacht hij, terwijl hij de woedende blik in de ogen van de mensen zag.

Een man met een fors overgewicht stapte naar voren en schreeuwde op een agressieve manier: 'Wat bedoel je daarmee?'

BenIk maande iedereen tot stilte. 'Ik begrijp dat jullie kwaad zijn,' zei hij zo rustig mogelijk: 'Voor de meesten klinkt het als een beschuldiging. Maar denk goed na en jullie zullen tot het besef komen dat jullie niet alleen onderdrukt wórden, maar ook zelf mensen onderdrukken.'

Er klonk ontevreden gemompel in de groep. Sommigen balden hun vuisten. Oliver wist dat dit de voorbode van geweld was. Het liefst zou hij zover mogelijk hier vandaag zijn. Maar weglopen lukte niet meer. Ze waren helemaal omsingeld door woedende mensen.

BenIk ging echter onverstoord verder. 'De eigenschap van het onderdrukken is er bij jullie ongemerkt ingeslopen. Dat is het gevolg van het zelf onderdrukt worden. Jullie kunnen er in feite niets aan doen. Jullie zijn slachtoffer en tegelijk ook dader. Ik wil jullie er bewust van maken dat jullie ook de slechte eigenschap van het onderdrukken bezitten.'

Een man wiens hoofd roodgloeiend van woede was, stapte nu naar voren. Hij keek BenIk met een smerige blik aan en snauwde: 'Wil je soms zeggen dat we net zo'n gemene honden zijn als die rijke stinkerds?'

Het geroezemoes uit de menigte werd steeds luider. Op ieders gezicht was nu een woedende of ontevreden blik te lezen. Oliver vreesde dat dadelijk de bom zou barsten en dat ze in elkaar geslagen zouden worden. Hij voelde dat hij iets moest doen om dat te verhinderen. Hij herinnerde zich de woorden van een vriend dat je dergelijke mensen met hun eigen wapens moest terugslaan. Hun wapen was een grote mond. Daarom deed hij paar passen naar voren en schreeuwde uit volle borst: 'Stilte! Stilte! Als het niet stil wordt kunnen we niet verder gaan!'

Het leek alsof de menigte schrok van het verbale geweld van Oliver. Ze keken naar Oliver. Daarna keken ze elkaar hoofdschuddend aan om vervolgens weer de blik op BenIk te richten. Oliver deed tevreden een paar passen terug, omdat hij het beoogde effect bereikt had. Het was stil geworden en BenIk nam weer het woord.

'Jullie hebben inderdaad dezelfde eigenschappen als die rijke mensen die jullie zo haten. Zij zijn slachtoffer geworden van hun onverzadigde drang naar geld en jullie zijn weer slachtoffer geworden van hen. Geld is verantwoordelijk voor de onderdrukking. Hoewel jullie geen cent bezitten zijn jullie wel besmet door de kracht van het geld. We moeten oppassen dat het geld niet alle macht overneemt. We moeten het schimmige spel dat het geld met ons speelt doorzien voordat het te laat is en zowel de rijken als de armen ten onder gaan doordat ze elkaar bestrijden.'

Hij stopte even met praten en keek hoe de reactie van de mensen was. Hij zag dat de meeste mensen hem stomverbaasd aankeken. Daarom besloot hij snel verder te gaan.

'Ik zie dat jullie nog niet begrijpen dat jullie ook mensen onderdrukken. Ik kan talloze voorbeelden geven die hier het bewijs van zijn. Jullie stelen niet alleen van de rijken, maar ook van arme, hulpeloze mensen. Mensen die minder kracht dan jullie hebben, lopen jullie onder de voet. Jullie hebben dezelfde negatieve eigenschappen als de mensen van wie jullie vinden dat ze jullie onderdrukken. Het zijn eigenschappen die in iedere mens geprogrammeerd zijn. '

Er klonk nu weer veel gemompel vanuit de groep. Nu was het niet één man die naar voren stapte, maar de hele groep. Oliver nam een uitdagende houding aan en deed ook een stap naar voren.

'Stilte!,' schreeuwde hij weer. De uitwerking van zijn oproep was dit keer nihil. Met zijn stem kon hij het geluid van de menigte niet overstemmen. Hij schrok van de opstandige mensen die steeds meer lawaai maakten. Hij keek naar BenIk die ook besluiteloos naar de agressieve groep keek.

'We moeten hier zo snel mogelijk weg,' zei Oliver tegen BenIk. Oliver zag dat BenIk tranen in zijn ogen had. 'Trek het je niet aan. Laten we weggaan voordat ze ons iets aandoen.' Hij zag hoe de groep weer een stap naar voren deed.

Ook Simon, Andreas en Bastiaans zeiden dat het beter was om nu te vertrekken.

BenIk keek naar Oliver en zijn andere vrienden. Daarna draaide hij zich om naar de menigte en begon weer te praten. Zijn stem trilde omdat hij keihard moest praten om zich verstaanbaar te maken.

Oliver schrok van dit optreden van BenIk. 'Ben je gek geworden? We moeten hier weg,' schreeuwde hij tegen hem.

BenIk trok zich echter niets aan van de reactie van Oliver en ging onverstoord door met het uitschreeuwen van zijn betoog.

'Het is een normale reactie dat je, als je zelf onderdrukt wordt, de behoefte hebt om anderen te onderdrukken. Je probeert de machteloosheid die je voelt te vervangen door macht die je kunt uitoefen op degene die zwakker is dan jij zelf.'

Terwijl BenIk de woorden uitschreeuwde, trok Oliver al wat hij kon aan zijn arm om hem mee te krijgen. Maar het leek of hij bovenmenselijke krachten bezat. Hoe Oliver ook aan hem trok; hij was niet van zijn plaats te krijgen. BenIks stem klonk schor. Het lukte hem niet meer om zich verstaanbaar te maken omdat het geluid uit de groep steeds luider werd. Ze stormden nu op hem af. Terwijl Oliver, Simon, Andreas en Bastiaans wegrenden, deed BenIk een stap naar voren. Verschillende brullende mannen wierpen zich op hem. Een aantal ziedende mannen achtervolgde het viertal. Oliver bleef op een gegeven moment staan en ging tegen beter weten in zijn achtervolgers te lijf, maar een paar goedgeplaatste vuistslagen velden hem. Simon, Andreas en Bastiaans ontsnapten ternauwernood aan hun achtervolgers.

14

Oliver wist niet hoelang hij op de grond gelegen had toen hij uiteindelijk zijn ogen weer opendeed. Hij voelde hoe iemand met een koude doek over zijn gezicht wreef. In een waas zag hij drie mannen om zich heen staan. Langzaam werden de beelden duidelijker. Hij herkende de gezichten van Andreas, Simon en Bastiaans. Ze keken hem bezorgd aan. Simon zat het dichtst bij hem en wreef met een natte doek over zijn voorhoofd. Ze zeiden iets tegen hem, maar de woorden drongen nog niet tot hem door. De natte doek voelde prettig. De bonkende hoofdpijn werd hierdoor minder. Langzaam kwam zijn geheugen terug. Als in een herhaling zag hij de gebeurtenissen weer voorbijkomen. Hij herinnerde zich dat hij BenIk had proberen mee te sleuren, maar die had geen krimp gegeven en was door-gegaan met zijn toespraak. De schorre stem van BenIk sneed dwars door zijn ziel. Doordat hij in zijn gedachten de woedende mensenmassa weer voor zich zag staan, nam de hoofdpijn toe. Hij zag hoe een aantal mensen zich op BenIk gestort had en hoe zijzelf achtervolgd werden. Op een gegeven moment had hij zich schuldig gevoeld dat ze op de vlucht geslagen waren en had hij zich omgedraaid. Hij wilde BenIk gaan helpen. Hij zag de beren van kerels weer voor zich staan die hem met een aantal rake klappen uitgeschakeld hadden. Terwijl hij hieraan terugdacht hield hij zijn ogen gesloten. Toen hij ze opende, keek hij in de ogen van Simon die over hem heen gebogen zat en nog steeds met de natte doek over zijn voorhoofd wreef. Hij zag dat op de witte doek rode vlekken zaten.

Ik bloed, was het eerste dat Oliver dacht toen hij de rode vlekken zag. Er ging een rilling door zijn lichaam heen.

Simon zag de schrik in zijn ogen en verborg de doek snel achter zijn rug.

Oliver zag dat Simon zijn lippen bewoog. Langzaam kwamen de geluiden terug. Hij hoorde hoe hij zijn naam noemde.

'Oliver. Gaat het, kerel?'

Hij knikte. Met moeite mompelde hij: 'Ja, het gaat wel. Wat is er gebeurd? We moeten naar BenIk gaan. We moeten hem helpen.'

Simons gezicht klaarde op toen Oliver een teken van leven gaf. Hij klopte hem op zijn schouder. 'We zullen naar BenIk gaan. Kun jij al lopen?'

Oliver knikte. Ook al zou hij niet kunnen lopen, hij moest het proberen. BenIk had hun hulp nodig. Daarom liet hij niet merken dat hij ontzettend veel pijn had toen Simon en Andreas hem overeind hielpen.

'Gaat het?' vroeg Andreas bezorgd.

Oliver knikte. Hij had te veel pijn om te praten. Hij hield zijn mond stijf gesloten. Zodra hij zijn mond open zou doen, zou hij het uitschreeuwen van de pijn. Stapje voor stapje liepen Simon en Andreas, met Oliver hangend tussen hen in, naar het pleintje waar BenIk zijn toespraak had gehouden. Bastiaans volgde het drietal.

Vanaf een afstand zagen ze BenIk midden op het pleintje op de grond liggen.

'Sneller, sneller,' kermde Oliver die BenIk als eerste zag liggen.

Bastiaans rende snel naar BenIk toe. Hij zat naast hem geknield toen het drietal arriveerde.

'Hoe is het met hem?' vroeg Simon. Hij hijgde van vermoeidheid. De zweetdruppels gutsten van zijn gezicht af.

Het gezicht van Bastiaans sprak boekdelen. Het ging niet goed met BenIk. Dat zag Simon ook toen hij naast hem neerknielde.

Zijn gezicht was opgezwollen en zat vol bloed. Hij had zijn mond wijd open en ademde snel. Hij maakte een rochelend geluid. Het leek alsof zijn longen vol met slijm zaten. Simon zag dat BenIk een tand miste.

Hij boog zich over hem heen en zei met een trillende stem: 'Rustig aan. We zijn bij je. Kun je me horen?'

BenIk gaf geen antwoord.

Simon bewoog zijn hand voor de wijd opengesperde ogen van BenIk. Hier reageerde hij niet op.

'Is hij dood?' vroeg Andreas die naast Simon was gaan zitten.

Simon schudde van nee. 'Hij ademt nog,' antwoordde hij terwijl hij met zijn hand over het bebloede voorhoofd van BenIk wreef. 'Hij is er wel erg aan toe. Hij is in shock,' fluisterde hij zachtjes.

'Die smeerlappen. Als ik ze te pakken krijg, dan zal ik ze mores leren,' schreeuwde Andreas.

'Niet zo hard,' zei Bastiaans. 'Als ze je horen dan komen ze misschien terug en dan krijgen wij ook klappen.' Hij keek om zich heen om er zeker van te zijn dat er niemand kwam.

Andreas verbeet zich en maakte een gebaar dat hij moest zwijgen.

'We kunnen hem hier niet laten liggen. We moeten hem zo snel mogelijk wegbrengen,' zei Simon die Andreas en Bastiaans aankeek. Daarna keek hij naar Oliver. Deze was inmiddels met veel pijn en moeite half overeind gaan zitten.

'Denk je dat jij kunt lopen als Bastiaans je ondersteunt? Dan kunnen Andreas en ik BenIk ondersteunen,' zei Simon tegen Oliver.

Oliver knikte. 'Ja, het gaat wel.' Hij wist dat hij zijn pijn moest negeren. Hij moest nu sterk zijn. Het belangrijkste was dat BenIk gered werd. Zijn pijn mocht de redding van BenIk niet in de weg staan. Daarom herhaalde hij zijn antwoord nog eens met klemtoon, om aan te tonen dat het geen probleem was dat zij BenIk zouden begeleiden.

'Oké dan nemen we hem mee,' zei Simon terwijl hij naar Andreas aankeek.

'Waar brengen we hem naar toe?' vroeg Andreas.

'Laten we eerst naar het park gaan. Als hij niet wakker wordt, kunnen we hem naar het ziekenhuis brengen,' antwoordde Simon.

'Kunnen we hem niet beter direct naar het ziekenhuis brengen?' vroeg Bastiaans die Oliver ondersteunde.

'Nee. Ik voel dat het zo moet gebeuren zoals ik gezegd heb,' antwoordde Simon zelfverzekerd.

Bastiaans knikte en begon met Oliver, die op hem steunde, te lopen. Oliver moest op zijn tanden bijten om de pijn die elke beweging veroorzaakte te onderdrukken.

BenIk hing tussen de schouders van Andreas en Simon in. Stap voor stap kwamen ze in beweging. Ze hielen hem goed in de gaten. Bij elke kleine oneffenheid in de weg waarschuwde Simon Andreas dat ze voorzichtig moesten zijn.

Op een kleine afstand volgde Bastiaans met Oliver. Oliver repeteerde een zinnetje in zijn hoofd om de pijn te onderdrukken. BenIk moet gered worden. BenIk moet gered worden. BenIk moet ...

Door de straten waardoor ze stapje voor stapje vooruitschreden was niemand te bekennen. Iedereen had zich verschanst en bekeek vanachter de gordijnen stiekem hoe het vijftal zich voortsleepte.

Die laffe honden, dacht Oliver. Tegelijkertijd had hij spijt dat hij was weggelopen en BenIk aan zijn lot had overgelaten. Verschillende gedachten spookten door zijn hoofd. Zou het iets uitgemaakt hebben als ik was blijven staan? Zelfs als Simon, Andreas en Bastiaans geholpen zouden hebben, dan nog zouden ze het onderspit gedolven hebben. Hij troostte zich met de gedachte dat ze hem niet hadden kunnen redden. Hij opende zijn ogen en keek naar BenIk. Hij had nog steeds zijn mond en ogen wijd open. Het was een vreemd gezicht om hem zo te zien. Vooral die ogen zagen er vreemd uit. Het was alsof hij ergens naar keek waarvan hij erg geschrokken was. Zijn gezichtsuitdrukking was bevroren door verbijstering. Hij maakte een vreemd geluid. Het geluid van zijn reutelende ademhaling werd begeleid door een zacht jammerend geluid.

Simon kreeg medelijden met hem. Hij vroeg zich of waarom iemand als BenIk de volle laag had gekregen. Iemand die het zo goed bedoelde en de mensen wilde helpen. Op dat moment herinnerde Simon zich wat hij gezien had toen hij zijn achtervolgers afgeschud had en weer was teruggekeerd naar Oliver. Automatisch ging hij langzamer lopen. Hij herinnerde zich hoe hij via een smal straatje op de plek gekomen was waar Oliver op de grond lag. Hij had het groepje achtervolgers plotseling weer gezien. Ze liepen vloekend naar een grote zwarte auto waarna ze instapten. Het was een peperdure auto die in strijd was met de armoedige buurt waar ze zich bevonden. Die auto moest van iemand van een ander deel van de stad zijn. Waarschijnlijk van iemand die in de rijke buurt woonde. Achter het stuur meende hij de man te zien die herhaaldelijk opmerkingen had gemaakt tijdens de lezing van BenIk. Het leek alsof die groep mensen helemaal niet uit deze buurt kwam. Zouden ze zijn ingehuurd door de vader van Oliver? Hij schrok van deze gedachte. Hij schudde zijn hoofd en vond het een onlogische gedachte. Als die mannen inderdaad ingehuurd waren door Olivers vader, dan hadden ze Oliver zeker niet in elkaar geslagen. Dan zouden ze hem gespaard hebben. De tegenstrijdige gedachten vochten in zijn hoofd. Een gevecht dat geen winnaar kende. Hij werd duizelig van de onrust in zijn hoofd. Hij kreeg ook pijn in de schouder waarmee hij BenIk ondersteunde. Hij haalde een paar keer diep adem en keek naar BenIk die over zijn schouder hing en nog steeds met wijd open ogen de verte in keek.

'Zullen we het halen tot het park?' vroeg Andreas die Simon met een vuurrood hoofd aankeek.

'Als we rustig aan doen, zullen we het halen. Het ziet er nog niet naar uit dat zijn toestand verslechterd is.'

'Ik heb mijn bedenkingen. Ik hoop maar dat je gelijk hebt,' antwoordde Andreas met een frons op zijn voorhoofd.

Simon knikte en begon weer te lopen. Het leek alsof BenIk bij elke stap zwaarder werd. Ze hadden nu de armoedige wijk verlaten. Vanaf hier was het nog een heel eind lopen naar het park. Ze besloten om niet door het drukke centrum te lopen. Dat zou te veel reacties opleveren. Ze liepen door de verlaten buurten van de stad. Het domein van de zwervers. Zij schonken tenminste geen aandacht aan het vijftal. Ze dachten waarschijnlijk dat ze twee stomdronken zwervers ondersteunden. Soms zag je een groepje kinderen op straat spelen. Ze gingen zo in hun spel op dat het vijftal lucht voor hen was. Ze waren blij dat ze hier ongestoord konden lopen en vonden het niet erg dat ze een omweg naar het park genomen hadden.

'Gaat het nog?' vroeg Simon aan Bastiaans die hen met Oliver onder zijn arm volgde.

'Ja, het gaat prima. Oliver werkt goed mee.'

Simon knikte tevreden. Hij keek even naar BenIk en daarna naar Andreas. 'Gaat het met jou ook nog?'

Hij antwoordde afwezig: 'Ja, ja het gaat wel.'

Hij zei hij het op zo'n manier dat hij het voor Simon duidelijk was dat hij geen behoefte had aan een gesprek. Hij was er met zijn gedachten niet bij.

Het leek alsof de last op zijn schouders die Andreas jaren met zich meegedragen had weer terug was gekomen sinds hij met BenIk over straat sjouwde. Hoe verder ze liepen, hoe zwaarder de last werd. Zijn geweten begon weer aan hem te knagen. Hij voelde zich niet lekker. Het leek of alle oude verwijten weer de kop opstaken. Alle negatieve gevoelens waren weer ontwaakt en kwamen uit de krochten van zijn lichaam tevoorschijn en reten oude wonden open. Met hun scherpe nagels krabden ze de littekens van het leven open. De pijn was ondraaglijk. Het bloed dat uit zijn ziel stroomde, was niet te stelpen. Het liefst zou hij BenIk van zich afschudden en wegrennen en al zijn oude gevoelens bij BenIk achterlaten. Hij wist dat deze gedachte oneerlijk, maar ook onmogelijk was. Waar hij ook naar toeging, wat hij ook zou doen, zijn gevoelens zouden hem altijd volgen. Hij keek BenIk hoopvol aan. Hij dacht terug aan dat ene moment dat

BenIk hem bevrijd had van zijn negatieve gevoelens. Hij hoopte dat hij dat snel nog een keer kon doen. In deze hoop vond hij de kracht om door te gaan. Opeens had hij weer aan zijn vrouw gedacht. Hij had haar net zo kunnen ondersteunen als hij BenIk ondersteunde. Hij had haar kunnen redden. Ze was niet zwaar. Hij had haar met gemak met haar gebroken been kunnen dragen. Maar hij had haar aan haar lot overgelaten. Wat zou hij gedaan hebben als Simon, Oliver en Bastiaans er niet waren geweest? Zou hij dan BenIk ook aan zijn lot hebben overgelaten? Hij wist het niet. Een ding wist hij wel. Sinds hij hem droeg, knaagde zijn geweten harder aan hem dan ooit. Het was alsof zijn geweten versterking had gezocht en hem nu probeerde te vloeren. Daarom had hij aan Simon gevraagd of ze het zouden halen. In de hoop dat hij nee gezegd had en dat ze konden stoppen zodat hij zich van zijn zware last had kunnen ontdoen. Maar Simon had goede moed, dus hij moest BenIk zeker nog tot het park ondersteunen. Hij moest nog een lange weg bewandelen. Vol hindernissen veroorzaakt door zijn geweten. Af en toe had hij het gevoel dat hij weer in de sneeuw liep. Het gevoel dat hij moest vluchten. Hij hoorde de huilende smeekbedes van zijn vrouw gaten slaan in het betoverende maagdelijke sneeuwlandschap. De sneeuw kleurde rood. Het bloed spatte in zijn gezicht. Met zijn linkerhand veegde hij over zijn gezicht. Hij keek. Het was geen bloed. Het was zweet.

Had ze me destijds maar niet op zo'n manier aangekeken, dan was alles anders gelopen, dacht hij vertwijfeld bij zichzelf.

Hij keek naar BenIk. Hij vond dat hij met zijn wijd opengesperde ogen een angstige indruk maakte.

Zou ik er ook zo angstig uitzien, vroeg hij zich af. Hij was bang dat Simon zou merken dat hem iets dwars zat. Hij kneep zijn ogen samen en wreef met zijn linkerhand het zweet van zijn gezicht.

'Gaat het nog?' vroeg Simon die zag dat hij hevig transpireerde.

Andreas deed zijn best om er opgewekt en fit uit te zien. 'Ja. Alles goed. Ik heb alleen jeuk in mijn gezicht,' loog hij.

Simon knikte en liet hem met rust. Andreas haalde opgelucht adem. Hij keek weer voor zich uit, terwijl zijn geweten hem op een verpletterende manier uitputte.

Bastiaans en Oliver volgden op een steeds groter wordende afstand. Dat kwam doordat Oliver steeds minder kracht had door de pijn in zijn lichaam. Bastiaans vroeg herhaaldelijk of ze even moesten rusten, maar Oliver wilde daar niets van weten. Zijn ogen waren gefixeerd op BenIk die voor hen liep.

Hij moet worden gered, zei zijn inwendige stem om zodoende de pijn draaglijker te maken. Hij kon niet begrijpen dat de mensen zo wreed konden zijn. Hij wist dat ze in een gevaarlijke buurt geweest waren. Maar dat ze tot zoiets in staat waren, dat had hij nooit gedacht. Hij had er spijt van dat hij zich voor dit soort mensen inspande. Hij zou er nooit meer naar toe gaan. Nu pas begreep hij hoe moeilijk het was om mensen in nood te helpen. Ze voelden zich door iedereen bedreigd, zelfs door de mensen die hen proberen te helpen. Ze zagen de werkelijkheid niet. Ze waren achterdochtig. Ze zagen spoken die er niet waren. Terwijl zij met alle goede bedoelingen naar hen toekwamen, werden ze als vijanden beschouwd. Vijanden die uitgeschakeld moesten worden.

Hij dacht weer een de toespraak van BenIk. Hij wist dat hij gelijk gehad had. Dat wisten die mensen ook. Daarom waren ze zo kwaad geworden. Door BenIk werd hun een spiegel voorgehouden. Daar schrokken ze zo erg van dat ze in woede uitbarstten.

'Als hij sterft, dan blaas ik die hele buurt op,' mompelde Oliver. Hij voelde weer een stekende hoofdpijn opkomen. Zijn rechtervoet deed ook steeds meer pijn. Hij balde zijn rechtervuist om zo al zijn overgebleven krachten te verzamelen om door te kunnen gaan.

Ze waren nu ongeveer een kwartier van het park verwijderd.

'Zullen we even rusten?' hijgde Bastiaans. Hij was een dergelijke inspanning niet gewend.

Simon draaide zich om en antwoordde: 'Nee, laten we doorlopen. We zijn er bijna.'

Bastiaans zuchtte een aantal keren diep en liep verder. Hij merkte dat Oliver steeds zwaarder werd. In het begin kon hij nog zelf lopen, maar hij leunde steeds meer op zijn schouder. Onderweg had hij al een keer van schouder gewisseld, maar dat maakte geen verschil. Hij kon niet begrijpen waarom ze niet even konden pauzeren. Hij keek kwaad in de richting van Simon, die steeds sneller ging lopen. Daarna keek hij naar Oliver. Die plotseling in een hevige hoestbui uitbarstte. Simon en Andreas keken geschrokken om.

'Gaat het?' vroeg Bastiaans.

Door de hoestbui kon Oliver geen antwoord geven. Ze stopten even totdat Oliver tot rust was gekomen. Hij gaf uiteindelijk zelf het teken dat ze weer verder konden gaan.

'Heb je het koud?' vroeg Simon die zag dat zijn jas en hemd gescheurd waren.

Oliver was stoer en knikte van nee. Simon lette niet op Oliver en wees Bastiaans naar een krant die op een bank lag.

'Stop die krant onder zijn jas. Dan warmt hij op.' Daarna draaide hij zich om en liep hij met Andreas en BenIk verder.

'Zo beter?' vroeg Bastiaans nadat hij provisorisch de krant onder de trui van Oliver gestopt had. Oliver knikte en mompelde dat ze moesten opschieten. Bastiaans hing Oliver over zijn andere schouder en liep het drietal achterna.

Eindelijk kwamen de poorten van het park in zicht. Simon slaakte een zucht van verlichting. Het was rustig in het park. Met uitzondering van een enkeling die zijn hond uitliet en een handjevol joggers was er niemand te zien. Simon herinnerde zich weer de woorden van BenIk toen ze voor de eerste keer de poort passeerden. 'Dit is ons paleis.' Dat was toen. Toen hadden ze inderdaad het gevoel gehad dat ze een paleis in liepen. Nu was het anders. Nu leek het alsof ze een ruïne omringd door somberheid binnenwandelden.

Onder de poort stond een vrouw van middelbare leeftijd. Ze had een donkerbruine, versleten jas aan. Simon herkende haar meteen. Het was Hilde. Toen ze Simon en BenIk herkende kwam ze op hen af.

'Wat is er gebeurd?' vroeg ze terwijl ze BenIk met angstige ogen aankeek.

Andreas keek Simon vreemd aan.

'Dit is Hilde. De vrouw die ons een tijdje geleden geholpen heeft,' zei Simon die voor het eerst weer een glimlach op zijn gezicht had.

Hilde stond nu vlak voor BenIk. Ze aaide met haar hand over zijn voorhoofd. 'Wat is er gebeurd?' vroeg ze nog eens.

'Hij is in elkaar geslagen,' antwoordde Simon.

Hilde keek hem vragend aan. Hij vertelde in het kort wat er met BenIk op het pleintje in de verpauperde buurt gebeurd was.

Ze keek met een bezorgde blik naar BenIk. 'Hij is er erg aan toe. Gelukkig heb ik wat spullen bij me om hem te helpen.'

Simon vertelde haar over de plek in het park waarnaar ze op weg waren. Inmiddels waren Bastiaans en Oliver ook gearriveerd. Ze liep meteen naar Oliver toe.

'Ook in elkaar geslagen?,' vroeg ze verbaasd.

Simon legde haar uit dat ook hij het slachtoffer geworden was van de woedende menigte.

Oliver was helemaal uitgeput. Hij zag niet meer scherp. In een waas zag hij een vrouwengezicht voor zich. Op een zachte toon zei hij: 'Moeder.'

'Bent u zijn moeder?' vroeg Bastiaans verbaasd.

'Hij ijlt. Ik ben zijn moeder niet,' antwoordde Hilde terwijl ze Oliver goed bekeek om zijn toestand in te schatten. 'We krijgen hem er wel weer bovenop,' zei ze op een zelfverzekerde toon. Daarna liep ze weer naar BenIk. 'Laten we hem naar de afgesproken plek brengen.' De manier waarop ze dat zei, klonk als een bevel. Ze liep naar de poort waar ze een zwarte tas pakte die tegen een boom stond. Het vijftal was weer in beweging gekomen. Zij volgde.

Zonder iets tegen elkaar te zeggen, liepen ze naar de grote treurwilg. Onderweg werden ze vreemd aangekeken door de mensen die ze tegenkwamen. Ze trokken zich er niets van aan. Met veel pijn en moeite kwamen ze uiteindelijk bij het podium aan. Ze legde BenIk voorzichtig op het podium.

Hilde haalde allerlei verbandspullen en flesjes uit haar tas. Daarna maakte ze de wonden van BenIk schoon. Hij vertrok zijn gezicht door het bijtende spul dat ze op de wonden aanbracht. Zijn ogen bleven wijd opengesperd en keken naar het bladerendek van de treurwilg. Toen ze met hem klaar was, ging ze naar Oliver. Als een ervaren verpleegster maakte ze ook zijn wonden schoon en bedekte ze die met verband. Oliver bleef haar 'moeder' noemen. Af en toe fluisterde ze hem een paar troostende woorden in zijn oor. Toen ze klaar was, ging ze naar Simon en zei dat hij wat te eten en te drinken voor BenIk en Oliver moest halen. Simon zei dat ze geen geld hadden om eten te kopen. Hilde liep naar haar tas en haalde een portemonnee tevoorschijn.

'Wie gaat er wat halen?' vroeg ze terwijl ze met een aantal bankbiljetten in de lucht zwaaide.

Bastiaans antwoordde dat hij bereid was om dat te doen. Ze duwde hem het geld in zijn handen en zei dat hij melk, bouillon en brood moest kopen. Hij weigerde eerst haar geld aan te nemen. Hij zei dat hij zelf nog wel wat geld in zijn zak had. Daarvan zou hij de boodschappen kopen. Hilde drong aan en stopte haar geld in zijn hand. Daarna ging hij op weg naar de stad.

Simon liep naar Hilde toe. 'Bedankt dat je ons geholpen hebt.'

Ze lachte. 'Geen dank. Ik ben blij dat ik jullie weer ontmoet heb en kan helpen.'

Daarna keken ze naar BenIk. Hij lag nog steeds met wijd opengesperde ogen voor zich uit te staren. Hij maakte een vreemd geluid, alsof hij een inwendig gesprek aan het voeren was.

'Het lijkt wel of hij iets probeert te zeggen,' zei Simon. 'Wat zou hij ons duidelijk proberen te maken?'

Ze haalde haar schouders op. Ze wist het niet. 'Misschien horen we wel het geluid van zijn huilend hart.' Ze keek Simon op een geheimzinnige manier aan.

Simon draaide zich om, keek over het grasveld en zag hoe Andreas in de verte hout voor het kampvuur aan het verzamelen was. Daarna wendde hij zich weer tot Hilde.

'Hoe wist je eigenlijk dat we hier in het park waren? Dat kan toch geen toeval zijn dat je bij de ingang van het park stond?'

Ze leek geschrokken te zijn door zijn vraag. Ze keek even weg alsof ze deze voor haar pijnlijke vraag wilde omzeilen. Simon bleef haar echter, in afwachting van een antwoord, strak aankijken.

Na een korte stille keek ze hem weer aan. 'Ik ben van nature een nuchtere vrouw die niet gelooft in bijgeloof. Onder een ladder doorlopen brengt ongeluk. Schoenen op tafel zetten betekent armoede. Dat zijn spreuken die ik aan mijn laars lap. Mensen die zeggen dat dromen een betekenis hebben, neem ik niet serieus. Totdat er gisterenavond iets geks gebeurde. Ik zat in de keuken zoals gewoonlijk te breien. Plotseling werd ik overvallen door een extreme moeheid, terwijl ik het de hele dag rustig aan gedaan had. Ik dacht in eerste instantie dat ik weer last van mijn hart had. Ik besloot daarom even uit te rusten. Ik leunde voorover en legde mijn hoofd op mijn armen die op de keukentafel steunden. Ik viel meteen als een blok in slaap. Hoewel ik na tien minuten weer wakker werd, leek het alsof ik de hele dag geslapen had. Tijdens mijn slaap had ik een rare droom. Een droom die ik nooit meer zal vergeten. Het leek alsof de dingen waarover ik droomde echt gebeurden.'

Ze zuchtte een aantal keren diep en keek of Simon nog steeds luisterde.

'Ik droomde over een man die helemaal in het wit gekleed was. Ik zat in de keuken en plotseling stond hij voor me. Ik schrok niet. Integendeel, ik voelde me op mijn gemak, waarschijnlijk door de bijzondere uitstraling die hij had. Met zijn heldere blauwe ogen keek hij me aan. Hij zei dat zijn werk hier voorbij was en dat hij het huis moest verlaten en naar buiten zou gaan. Hij vertelde me dat zijn werk zou beginnen in het park en dat ik daar de volgende dag naar toe moest komen. Daarna werd ik wakker. Ik voelde me zo fit en gelukkig als ik me in jaren niet gevoeld had. De droom had een enorme impact op mijn welbevinden gehad. Ik pakte toen zonder nadenken nog diezelfde avond mijn tas en ging de volgende ochtend op weg naar het park. Toen ik daar aankwam bleef ik een hele tijd bij de poort staan wachten. Ik wist zeker dat er iemand langs zou komen die me de weg zou wijzen. Er liepen allemaal mensen voorbij die me links lieten liggen. Toch twijfelde ik geen moment aan de boodschap van mijn droom. Mede omdat hij, ze wees nu naar BenIk, tegen me gezegd had dat ik ooit elders nodig zou zijn. Toen jullie plotseling opdoken wist ik het zeker. Dat zijn de mensen op wie ik wacht. Tranen van geluk stroomden over mijn gezicht.'

Ze hield nu op met praten omdat ze merkte dat ze, overmand door emoties, een brok in haar keel kreeg.

Simon was stil geworden door haar verhaal. Hij wist dat zij niet een vrouw was die zomaar een verzonnen verhaal uit haar mouw schudde. Ze klonk oprecht en eerlijk. Ze had die droom beleefd als een echte gebeurtenis. De boodschap die ze gekregen had bleek op waarheid te berusten. Er was geen sprake van toeval. Het was alsof het lot het zo gewild had dat zij naar hen was toegekomen.

Vol ontzag keek hij haar aan. Hoewel hij het allemaal niet verklaren kon, wist hij dat je soms dingen moest accepteren die gebeurden. Niet alles was rationeel te beredeneren. Ze hoefde dan ook niet te vragen of hij haar geloofde. Dat zag ze aan zijn gezicht.

Hilde liep nu zonder iets te zeggen naar BenIk om te kijken of het inmiddels beter met hem ging. Daarna liep ze naar Oliver en stopte de spullen terug in haar tas.

'Hoe wist je dat je verband, pleisters en desinfecteermiddelen moest meenemen?,' vroeg Simon die haar volgde.

'Ik had verwacht dat ik uiteindelijk ergens in een arme wijk terecht zou komen en dat ik daar mensen moest helpen. Daarom had ik uit voorzorg allerlei spullen meegenomen.' Ze keek hem trots aan.

Simon liep naar het podium. Hij staarde voor zich uit en zag niet dat Bastiaans in de verte kwam aanlopen, zozeer was hij in gedachten verzonken. Het is een wonder dat ze hier is, dacht hij toen hij het hele verhaal van Hilde nog eens de revue liet passeren. Toen Bastiaans hem passeerde, reageerde hij niet. Bastiaans hoorde Simon prevelen: 'Het moet een wonder zijn.'

15

Twee weken later. De goede verzorging door Hilde had haar vruchten afgeworpen. Oliver was weer voor honderd procent opgeknapt. Met BenIk ging het nog wat minder, maar hij was wel weer volledig bij zijn positieven gekomen. Drie dagen geleden had hij plotseling zijn rechterhand in de lucht gestoken en Hilde bedankt voor haar hulp. Ze hadden gejuicht omdat hij weer wakker was geworden. Andreas en Simon hadden elkaar vastgepakt en hadden van vreugde in het rond gedanst. Hilde had opgelucht ademgehaald. Haar taak was volbracht. Sindsdien ging het elke dag beter met BenIk. De koorts was ook verdwenen. De enige reden dat hij nog niet liep, was omdat hij een hersenschudding had. Hilde had hem geadviseerd om nog een tijdje plat te blijven liggen. Ze had hem verteld dat ze op jonge leeftijd een aantal jaren in de verpleging gewerkt had. Die kennis kwam nu goed van pas.

Vanaf zijn liggende positie gaf BenIk zijn vrienden opdrachten. Een aantal keren had hij ze eropuit gestuurd om in bepaalde buurten van de stad gesprekken met de bewoners te voeren. De boodschap die ze moesten verkondigen werd hun verteld door BenIk. Ze leerden de woorden van BenIk uit hun hoofd, zodat ze overtuigend overkwamen. Hoewel geen van allen zo'n goede spreker was als BenIk deed iedereen zijn best. De keren dat ze eropuit getrokken waren, hadden zich geen incidenten voorgedaan. Tegen hun verwachting in was alles goed gegaan. Het leek alsof ze voortgestuwd werden door een onzichtbare kracht die BenIk aan hen had gegeven. Ze werden ook regelmatig benaderd door mensen die zich tot de groep aangetrokken voelden en die zich her-kenden in de boodschap die ze verkondigden. Hierdoor was de groep uitgegroeid tot ruim twintig personen. Het waren mannen en vrouwen die hen overdag volg-den en 's avonds weer naar huis gingen omdat ze een gezin hadden. BenIk was verheugd dat de familie zich uitgebreid had.

Kort nadat Oliver hersteld was, had zich een vreemd voorval voorgedaan. Ze zaten rond het kampvuur en Oliver bladerde door de krant. Plotseling sprong hij op en riep: 'Dat is hij. Dat is hij.'

Ze keken hem vreemd aan en dachten dat hij weer koorts had gekregen en ijlde. Maar dat veranderde snel toen Oliver hun liet zien waarom hij zo opgewonden was. Het kwam door het opschrift bij een foto in de krant. Man dood gevonden in kelder van sloophuis. Oliver had de man op de foto direct herkend.

'Dat is die man die ons gevolgd heeft,' zei hij met een bevende stem.

Ze keken hem met verbazing aan. Eerst geloofden ze hem niet, maar toen Oliver het artikel voorlas wisten ze dat hij gelijk had. In het artikel stond dat de dode man geïdentificeerd was als de eenenvijftigjarige privédetec-tive Kruisbeek. De politie tastte over het motief van de moord nog volledig in het duister. Waarschijnlijk betrof het een afrekening in het criminele circuit omdat hij door zijn werk vaak in contact was gekomen met het personen die iets op hun kerfstok hadden.

'Ik weet zeker dat hij het is,' zei Oliver nadat hij het artikel had voorgelezen.

'Dan zijn we dus vrij,' riep Simon terwijl hij de krant in de lucht gooide.

'Mijn vader kennende, niet voor lang,' antwoordde Oliver op een veelbetekenende toon. 'Als hij zich ergens in vastbijt, dan laat hij niet meer los. Hij bezit genoeg geld om een heel leger detectives in te huren.'

Hij keek daarna naar Bastiaans, omdat hem opgevallen was dat hij lijkbleek geworden was nadat hij het artikel had voorgelezen. Hij vroeg zich af wat hier de oorzaak van was. Zou hij Kruisbeek kennen? Hij vroeg het hem niet, omdat zijn gedachten alweer met iets anders bezig waren. Hij dacht aan wat Simon hem verteld had over de mannen die na de vechtpartij op het plein in een zwarte auto gesprongen waren. Zou zijn vader ook iets met die vechtpartij te maken hebben? Alleen al door die gedachten nam de haat tegen zijn vader toe. Het was een monster dat alle touwtjes in handen had en die zijn leven probeerde kapot te maken. Hij besloot om op onderzoek uit te gaan. De onderste steen moest boven komen.

Ze waren allemaal heel ontspannen en blij dat het steeds beter met BenIk ging. Op een gegeven moment dacht Oliver niet meer aan zijn vader of aan de vermoorde detective. Ze hadden een paar flessen goedkope wijn gekocht en tot 's avonds laat bij het kampvuur gezongen en genoten van de lekkere hapjes die Hilde gemaakt had. Ze hadden haar allemaal ten dans gevraagd om haar te bedanken voor alles wat ze voor hen gedaan had. Ze hadden de tango van de nacht met haar gedanst. Een dans die Simon van de zwervers onder de brug geleerd had. Hilde genoot van alle dankbaarheid en aandacht die ze kreeg.

De volgende dag had BenIk hun geïnstrueerd hoe ze zijn boodschap moesten verkondigen. Daarna waren ze naar de stad gegaan. Ze hadden daar een toespraak gehouden over het vinden van het goud in jezelf.

Ben niet nijdig om wat een ander heeft, maar ben blij met de rijkdom die je zelf bezit, had Oliver op overtuigende manier verkondigd in een klein café. Daarna waren ze als trotse leerlingen terug naar BenIk gegaan om te vertellen hoe positief de reacties van de mensen op de toespraak geweest waren.

Hij had hen trots aangekeken, maar was direct daarna vol vuur begonnen met de voorbereidingen voor de volgende dag. Zo ging het dag in dag uit. Het viertal kreeg instructies en ging op pad om 's avonds enthousiast te vertellen hoe het gegaan was.

Overdag als iedereen weg was, lag BenIk op het podium rustig voor zich uit te staren. De eerste dagen was Hilde nog gebleven, maar uiteindelijk had hij haar ook op pad gestuurd.

Overdag dacht BenIk na over wat er gebeurd was tijdens de week dat hij bewusteloos geweest was. Hoewel zijn lichaam buiten werking gesteld was, had zijn geest verder gefunctioneerd. Tijdens deze periode had hij een vreemde droom gehad. Door de vuistslagen van de groep woedende mensen was hij in een andere wereld terechtgekomen.

Hij kon zich goed herinneren dat hij plotseling in een vreemde stad stond. Het was een grote stad met drukke straten. De stad zag er op het eerste gezicht normaal uit. Toch was er iets dat anders was. Hij kon er in het begin zijn vinger niet op leggen. Hij liep een hele tijd door de stad om te ontdekken waarin deze stad zich van andere steden onderscheidde. Hij bekeek de huizen goed. Ze zagen er net zo uit als hij gewend was. Wat hem wel opviel, was het grote aantal naambordjes op de huizen. Dat betekende dat er meer gezinnen in één huis woonden. Hij besteedde er weinig aandacht aan. Hij liep verder, op zoek naar de oorzaak van de vreemde sfeer die hier overal in de stad hing. Hij ging naar een café. Het was nog vroeg. Daarom waren er nog geen gasten. Omdat hij geen geld bij zich had, ging hij snel weer naar buiten. Hij bleef even voor het café staan. Van binnen zag het er anders uit dan de cafés die hij tot nu toe bezocht had. Er stonden heel veel kleine tafeltjes met maar één stoel erbij. Het leek op een kantoortuin waar iedereen zijn eigen bureau had. Gezelligheid is in die kroeg ver te zoeken, dacht hij toen hij verder liep.

Enkele minuten later was hij getuige van een ongeval. Een oude man die de straat overstak werd aangereden door een auto. De man lag bloedend op straat. Van schrik bleef hij staan en bekeek de man van afstand. Het verwonderde hem dat niemand naar de man toeliep. De mensen op straat deden alsof er niets gebeurd was en negeerden de gewonde man die op straat voor zijn leven vocht. Zelfs de man die het ongeluk veroorzaakt had, bleef ogenschijnlijk rustig in zijn auto zitten. Toen de politie kwam, stapte hij uit en volgde hij, zonder naar de man op straat te kijken, de politie naar de politiebus. Daarna kwam een ziekenauto aanrijden. Twee ambulancebroeders stapten uit en legden de man snel op een brancard. Daarna zetten ze de brancard in de ziekenauto en reden ze met loeiende sirene weg.

Hij had verbouwereerd naar het tafereel gekeken. Hij kon niet begrijpen dat de passanten geen medeleven met de man toonden. Vanaf dat moment keek hij goed naar de mensen. Op het eerste gezicht leken ze op de mensen die hij kende. Maar toen hij beter keek zag hij dat er toch verschillen waren en dat deze verantwoordelijk waren voor de vreemde sfeer die hier in de stad hing. Iedereen liep alleen. Mensen die hand in hand liepen of een jongen en een meisje die elkaar omhelsden, zag je hier niet. Het leek alsof niemand elkaar zag en dat iedereen alleen op de wereld was. Hij schudde met zijn hoofd en liep verder. Waarschijnlijk was het toeval dat in deze wijk de mensen elkaar negeerden. Maar waar hij ook kwam, overal zag hij hetzelfde. Overal zag hij mensen die geen contact met elkaar hadden. Het waren mensen die zich teruggetrokken hadden in hun lichaam en het vertikten om contact te maken met anderen.

Hij vond het koude en afstandelijke mensen. Nu kon hij ook beter het interieur van het café plaatsen. De mensen hier gingen niet naar het café om gezellig met elkaar te kletsen. Hier zaten ze alleen aan een tafeltje en had niemand een boodschap aan een ander. Hij begreep nu ook al die naambordjes die aan de huizen hingen. Grote gezinnen bestonden hier niet. Het waren allemaal eenpersoonskamers. Elke kamer had een eigen bewoner met een eigen naam. Een stad vol einzelgängers. Een stad vol eenzaamheid. Of waren de inwoners verstokt van elke vorm van emotie en wisten ze niet eens wat eenzaamheid betekende? Hij miste de geluiden van de spelende kinderen uit de stad waar hij woonde. Nergens op straat zag je kinderen. Kinderen die zelfs de meest troosteloze buurt uit een stad kleur wisten te geven; kinderen die licht in de duisternis gaven en zelfs de meest gedeprimeerde menses uit een dal wisten te trekken. Hier was het stil. Kinderloos stil. Een stilte die hem angstig maakte.

De mensen leefden hier zo langs elkaar heen dat het onmogelijk was om kinderen te verwekken. De mensen waren hier bezig om hun eigen ondergang te creëren.

Als een radeloze man die in een uitgestrekte woestijn op zoek was naar water liep hij door de koude straten van de stad op zoek naar liefde en genegenheid. Hij bezocht verschillende kroegen. Hij liep door alle straten van de stad. Nergens vond hij liefde. Overal dezelfde kilte.

Toen hij de moed bijna opgegeven had, vond hij uiteindelijk toch een vorm van liefde. Het was aan de rand van het stadspark. Maar het was niet de liefde die hij gezocht had. Het was liefde waarvan hij schrok. Met open mond stond hij naar de mensen te kijken die zichzelf streelden en zoenden. De mensen die hun passeerden schenen zich er niet aan te storen en liepen gewoon door. Hij kon zijn ogen niet geloven. Was dit een grap? Daarom kwam hij dichterbij. Hij hoopte dat ze allemaal in lachen zouden uitbarsten en dat alles in scène was gezet. Des te dichterbij hij kwam des te harder sloeg de waarheid hem in het gezicht. De zichzelf liefkozende mensen waren echt. Hij hoorde ze nu ook hijgen en kreunen. Een geluid waarvan hij misselijk werd. Met tranen in de ogen liep hij snel weg.

Ik moet de mensen duidelijk maken dat het zo niet langer kan. Ik moet ze helpen, dacht hij toen hij naar het drukkere gedeelte van de stad liep. Hij bleef midden op een plein staan en keek hulpeloos om zich heen als een man die in een doolhof verdwaald was. De individuen liepen in steeds groter wordende cirkels om hem heen. Ze waren er wel, maar ze zagen hem niet.

Hij zocht koortsachtig naar iemand die hij wilde aanspreken. Een gezicht dat warmte uitstraalde en hem vertrouwen gaf. Hij zag alleen maar uitdrukkingsloze koude gezichten. Iedereen had dezelfde lege blik in zijn ogen. Hij raakte in paniek. Hoewel hij midden tussen de mensen stond, had zich nog nooit zo alleen gevoeld. Hij voelde zijn hart in zijn keel bonzen. Hij vroeg zich af of al die individuen ook een hart hadden. Het liefst zou hij ze willen aanraken en voelen of er een hart klopte. Maar daar zag hij vanaf. Hij besloot door te lopen in de hoop dat hij uiteindelijk iemand zou tegenkomen met wie hij contact kon krijgen.

Hij dacht aan de gewonde man die nu waarschijnlijk ergens in een eenzaam kamertje in een ziekenhuis lag. De verpleging zou hem op een afstandelijke manier verzorgen. Eerst voelde hij medelijden met de man, maar dat gevoel verdween toen hij zich realiseerde dat die man waarschijnlijk hetzelfde was als de rest. Een op zichzelf gericht wezen dat geen oog had voor een ander. Die man had waarschijnlijk op dezelfde manier gereageerd als hij iemand anders op de grond had zien liggen. Hij zou er in een grote boog omheen gelopen zijn.

Tranen rolden over zijn wangen terwijl hij verder liep. Niemand reageerde op zijn emoties. Emoties die detoneerden met de ijzige leegte die overal in de stad aanwezig was.

Op de hoek van eens straat zag hij een oudere man staan die zichzelf troostte. Terwijl hij huilde, aaide hij over zijn hoofd en klopte hij met zijn rechterhand op zijn linkerschouder. BenIk wist niet wat hij zag. Eerst mensen die zichzelf liefhebben en nu mensen die zichzelf troosten. Hij vroeg zich of hoe ze naar andere mensen keken. Zouden ze die wel zien, of zouden ze alleen zichzelf voelen en zien? Zouden ze de andere mensen als indringers beschouwen die niet welkom waren in hun eigen wereld? Misschien bezaten ze niet eens het gevoel om iemand te haten. Stel dat ze alleen zichzelf konden haten.

Hij werd duizelig van al die gedachten en vervolgde zijn weg. Hoe verder hij liep, hoe eenzamer hij zich voelde.

Het was alsof hij opgesloten zat in de gevoelloosheid die hier overal in de stad hing. Hij zat gevangen tussen al die mensen die onbereikbaar voor hem waren. Hoe moest hij met zijn eigen gevoelens omgaan? Hij voelde er niets voor om al zijn gevoelens bij zich te houden. Hij wilde ze met iemand delen. Het liefst zou hij het willen uitschreeuwen en al zijn emoties door de stad verspreiden. Maar hij wist dat ze hem toch niet zouden horen. Schreeuwen was als roepen in een woestijn. Als een echo die nooit zou terugkeren.

Plotseling gebeurde er iets, waardoor hij het eerste verbale contact met iemand had. Terwijl hij even stilstond, voelde hij een stomp in zijn rug.

'Opzij,' hoorde hij een zware mannenstem tegen hem zeggen.

Geschrokken draaide hij zich om. Hij zag hoe een man van middelbare leeftijd hem, zonder aan te kijken, passeerde.

'Wacht! Wacht!,' riep hij en liep achter de man aan. Hij hoopte dat hij een gesprek met hem kon voeren. De man luisterde echter niet naar hem en liep onverstoorbaar verder. Hij greep hem wanhopig bij zijn arm, in de hoop dat hij zou stoppen. De man draaide zich om en keek hem op een indringende manier aan. Hij schrok van de lege koude blik in zijn ogen en liet hem snel weer los. Er ging een koude rilling door zijn lichaam. Het was alsof die man alle warmte uit zijn lijf had gezogen.

'Ik mag me niet gewonnen geven. Ik mag niet een van hen worden,' zei BenIk hardop terwijl hij snel verder liep. Na een tijdje merkte hij dat hij doelloos rondliep. Waar moest hij naartoe? Hij wist niet eens hoe hij hier in deze stad terechtgekomen was. Hij had geen idee in welke richting hij moest lopen. Hij was verdwaald in de mist van het onbekende.

Uiteindelijk belandde hij in een klein park. Daar was het rustig. Hij was blij dat hij aan de egocentrische mensenmassa ontsnapt was. Hij was drijfnat van het zweet. Hij rilde van de kou. Hij was bang dat hij net zo zou afkoelen als al die mensen in de stad.

Hij ging op een bankje zitten en dacht na over de dingen die hij vandaag had meegemaakt. Hij concludeerde dat de mensen uit deze stad gewetenloze egoïstische individuen waren. Ze vonden alleen zichzelf belangrijk. Ze hadden een weg uitgestippeld waarin alleen zijzelf centraal stonden. De rest moest wijken. Het woord 'wij' werd verdrongen door het woord 'ik'. 'Samen' werd doorgestreept. Vanaf nu was iedereen alleen. Door de manier waarop de oudere man hem had aangekeken, was hij ervan overtuigd geraakt dat ze wel in staat waren om andere mensen te haten. Dat was waarschijnlijk het enige gevoel dat ze deelden met hun medemensen. Haat om de afstand te vergroten.

Toen hij al die conclusies getrokken, had voelde hij zich leeg. Het was alsof al zijn hoop en levenslust uit zijn lichaam ontsnapten. Vertwijfeld vroeg hij zich af hoe hij deze mensen kon helpen en behoeden voor hun ondergang. Hij ging door een hel bij het bedenken van een oplossing. Hij bevond zich in diepe dalen en moest steile bergen beklimmen. Met blote voeten liep hij over een veld dat bezaaid was met glasscherven. De weg naar de oplossing was onbegaanbaar. Hij was uitgeput toen hij plotseling het antwoord op zijn vragen gevonden had. Hij moest niets doen. Waarom moest hij al die mensen proberen te veranderen? Hij was het die anders was. Zij waren allemaal hetzelfde. Hij had het recht niet om zijn normen en waarden aan deze mensen op te dringen. Waarom moest hij die mensen die niet beter wisten nieuwe gevoelens aanpraten? Misschien waren ze er helemaal niet tegen bestand en zouden al die gevoelens die hij hun wilde geven leiden tot hun ondergang.

De mensen hier voelden de kou niet die hij voelde. De onverschilligheid was hier de norm. Doordat elk individu alleen met zichzelf bezig was, ontstond er ruimte voor een ander. Misschien was de afstand die ze tot elkaar hadden wel de vrijheid die ze nastreefden.

Het zou een tactische fout zijn als hij hun ging uitleggen hoe liefde en warmte voelden. Waarschijnlijk zou er dan een totale chaos in de stad uitbreken. Mensen zouden niet weten wat ze met al die gevoelens moesten doen. Ze zouden elkaar niet meer begrijpen en ontevreden worden. Hij wist het nu zeker. Hij moest niets doen en de stad zo laten als hij was. Hij zou zo snel mogelijk moeten terugkeren naar de stad waar hij vandaan kwam.

Daarna was hij wakker geworden en had hij Hilde die over hem heen gebogen stond recht in de ogen gekeken. Hij had het vuur in haar ogen zien branden. De warmte die ze uitstraalde, deed hem goed. Hij bedankte haar voor alle hulp die ze geboden had. Hij wist dat hij weer in de stad was waar hij thuishoorde.

Tot nu toe had hij niemand over zijn bizarre droom verteld. Hij was bang dat de inhoud van de droom dan zijn waarde zou verliezen. Hij dacht wel elke dag terug aan deze droom. De ijskoude stad beangstigde hem nog steeds, ook al voelde hij weer de warmte van zijn vrienden.

Hij zag het viertal komen aanlopen. Ze waren enthousiast. Simon liep als eerste naar hem toe.

'Het was weer een geweldige dag. Zoveel enthousiaste reacties als vandaag hebben we nog nooit gehad. Het lijkt alsof de mensen aan ons gewend geraakt zijn. De mensen blijven staan en luisteren naar ons. Elke dag wordt de groep die ons volgt groter. Een van onze volgers is een drukker. Hij heeft onze boodschap op papier gezet en deelt deze uit aan de mensen die naar ons komen luisteren.'

BenIk luisterde naar de enthousiaste woorden van Simon. Maar op zijn gezicht was geen enkel teken van blijdschap af te lezen. Hij wist niet of al dat succes wel goed was.

'Ben je niet blij?' vroeg Simon beduusd.

De rest van de groep was nu ook dichterbij gekomen. Ze keken hem vragend aan. Hij keek ze één voor één indringend aan. Ze wisten zich geen raad met deze reactie van BenIk en keken hulpeloos rond.

Uiteindelijk vroeg Simon op teleurgestelde toon: 'Zullen we ons dan maar gaan voorbereiden op morgen?'

BenIk schudde zijn hoofd.

'Geen voorbereiding?' vroeg Oliver verbaasd.

Simon herhaalde zijn vraag terwijl Andreas en Bastiaans elkaar verbaasd aankeken.

'Het gaat juist zo goed. Zonder voorbereiding zal het minder goed gaan. De voorbereiding hebben we echt nog nodig.' Simon sprak de woorden met klemtoon uit, in de hoop dat BenIk van gedachten zou veranderen.

'Waarom wil je ons niet helpen met de voorbereiding?' vroeg Oliver op een paniekerige toon. Het liefst zou hij BenIk willen vastpakken om zijn woorden meer kracht bij te zetten.

Deze bleef rustig en keek de vier één voor één aan toen hij antwoordde: 'Vandaag hoeven we niets voor te bereiden, omdat ik morgen weer meega.'

Ze keken elkaar verbaasd aan. Ze wisten niet wat ze hiervan moesten denken. Meende hij het serieus, of maakte hij een grap? Misschien had hij weer last van koorts en ijlde hij.

'Met ons meegaan?' vroeg Simon voorzichtig. 'Je bent toch niet ...'

BenIk maakte een gebaar met zijn hand dat hij zijn mond moest houden. 'Maak je geen zorgen om mij. Morgen ben ik fit genoeg om met jullie mee te gaan. Nu geen vragen meer. Ik heb rust nodig.'

Ze knikten en trokken zich terug. Ze ging een eindje verderop bij het kampvuur zitten. BenIk hoorde hoe ze tegen elkaar fluisterden. Hij sloot zijn ogen en ademde rustig in en uit. Het leek alsof hij zweefde. Zo licht voelde hij zich.

16

De volgende ochtend was hij tegen ieders verwachting in weer helemaal opgeknapt. Alsof er niets gebeurd was, stond hij hen met open armen op te wachten. Het licht in zijn ogen brandde weer. Hij was weer net zo strijdvaardig als voor het drama op het plein. Hilde keek hem bezorgd aan.

'Staar me niet zo aan. Je ziet toch dat ik beter ben,' zei hij tegen haar. Hij gaf haar een hand en bedankte haar nogmaals voor de goede zorg die ze aan hem gegeven had.

'Door jou ben ik beter geworden. Dat zal ik altijd onthouden.' Hij keek haar bij deze woorden indringend aan.

Hilde had tranen in haar ogen, net als die dag dat BenIk en Simon haar woning hadden verlaten. Ze voelde dat elkaars wegen weer gingen scheiden. De tranen die over haar gezicht rolden, luidden het naderende afscheid in.

BenIk liet haar hand los en zei hij: 'Je taak is hier volbracht. In de stad wachten mensen op je die je hulp hard nodig hebben. Pak daarom je spullen en ga naar het zuiden van de stad. Daar zal jij je nieuwe opdracht vinden.'

'Wanneer zal ik jullie weer zien?' vroeg ze terwijl ze de tranen uit haar gezicht wreef.

'Wees niet bang. Je bent nooit alleen. Spoedig zal je Bea weer ontmoeten. Bovendien is een mens die anderen helpt nooit alleen. '

'Maar wanneer zal ik jou weer zien?' Ze nam geen genoegen met zijn antwoord.

'Onze wegen zullen zich nu voor onbepaalde tijd scheiden, maar er komt een dag dat we weer samen zullen zijn.' Terwijl BenIk dit zei had hij zijn rechterhand op haar schouder gelegd.

Hilde keek naar de grond. Ze verborg haar tranen achter haar handen. Ze voelde zich alleen. Het was alsof hij net een vonnis over haar uitgesproken had. Het vonnis van de eenzaamheid. Al die tijd had ze het voorgevoel gehad dat hij haar zou verlaten. Wat moest ze nu doen? Terug naar haar huis gaan en zakken gaan dichtplakken? Of naar het zuiden van de stad gaan op zoek naar een nieuwe opdracht? Ze koost voor de laatste optie. Stiekem hoopte ze dat ze elkaar eerder dan BenIk gezegd had weer zouden ontmoeten.

Ze veegde de tranen uit haar gezicht en schraapte haar stem toen ze zei: 'Ik zal doen wat jij gezegd hebt.'

BenIk keek haar vrolijk aan. 'In mijn hart zal ik je voor altijd met me meedragen.'

Hilde pakte haar spullen en nam afscheid van de rest. Daar nam ze alle tijd voor. Tegen iedereen sprak ze een persoonlijk woordje.

Oliver had zichtbaar moeite met haar vertrek. 'Ik sta bij je in het krijt. Er komt een tijd dat ik het zal goedmaken.' Hij gaf haar een dikke knuffel.

Daarna vertrok ze. Ze draaide zich nog een keer om en zwaaide naar het vijftal. Ze verdween in de nevel die over het grasveld hing.

De stemming was omgeslagen. Ze misten haar nu al. De afgelopen dagen was ze echt een onderdeel van de groep geworden. Het leek alsof ze nu niet meer compleet waren.

BenIk stond uiteindelijk op. 'Volg me. We gaan op pad.'

Zonder uit te leggen waar ze naar toe gingen liep hij weg. Het viertal stond snel op en volgde hem. Ze stelden geen vragen, omdat ze wisten dat ze nu geen antwoorden zouden krijgen. Ze liepen over het nog vochtige gras en snoven de heerlijke geuren op van de ontwakende, zich uitrekkende natuur.

Toen ze bij het verharde pad kwamen, bleven ze staan. Hun aandacht werd getrokken door een jongeman die vol bewondering naar een boom keek. Daarna begon hij om de boom heen te dansen. Af en toe bukte hij zich en pakte hij een hand aarde op en begon eraan te ruiken. Daarna raapte hij een steen op. Van alle kanten bekeek hij de steen alsof het een kostbare schat was. Hij kuste de steen en stopte hem in zijn jaszak. Toen hij merkte dat hij door het vijftal bekeken werd, draaide hij zich snel om en liep weg.

'Wat was dat voor een rare snuiter?' vroeg Andreas.

'Dat is iemand die verliefd is op de natuur,' antwoordde BenIk die zich naar hem omdraaide.

'Verliefd op de natuur?' vroeg Simon op een cynische toon.

'Dat klopt. BenIk heeft gelijk,' zei Oliver die een stap naar voren deed.

Ze keken hem verbaasd aan.

'Ik ken deze jongen goed. Hij heeft vroeger bij mij op school gezeten. Hij was een intelligente jongen. Hij haalde de hoogste cijfers en had een scherp redeneringsvermogen. Tijdens onze schooltijd voerden we vaak diepgaande gesprekken met elkaar. Naarmate hij ouder werd, veranderde hij. Zijn gesprekken gingen nog maar over één onderwerp. Dat was de waarheid.'

'De waarheid?' vroeg Simon.

'Ja. Hij was op zoek naar de waarheid. Hij zette zich af tegen het gewone leven. Hij was wars van gezelligheid en luxe. Het liefst zonderde hij zich af. Wanneer mensen gezellig met elkaar kletsten, zei hij dat ze beter hun mond konden houden. Ze hadden toch niets te zeggen. Door zijn afstotende gedrag werd zijn vriendenkring steeds kleiner. Ten slotte kwam hij helemaal alleen te staan. Iedereen had zijn buik vol van zijn eindeloze zoektocht naar de waarheid. Na het eindexamen verloor ik hem een hele tijd uit het oog. Een half jaar geleden ontmoette ik hem voor in het eerst sinds lange tijd in de trein. Daar vertelde hij dat hij dacht dat hij de waarheid eindelijk gevonden had.'

'Ik ben benieuwd wat die waarheid dan wel is,' onderbrak Andreas hem.

Oliver keek hem diep in de ogen en zei: 'De natuur. Dat is zijn waarheid. Zijn gedachte is dat je de waarheid ziet als jij je volledig overgeeft aan de natuur. In de natuur vind je alle antwoorden waar je in het dagelijks leven naar op zoek bent. Hij spreekt met de bomen en ontdekt beelden in de bomen die voor de meesten van ons onzichtbaar zijn. Door al die geheime boodschappen in de natuur te ontcijferen, kun je in de oneindige diepte van de waarheid kijken.'

Oliver keek in de richting waar de jongen verdwenen was.

'Toch kan ik best begrijpen dat je verliefd kunt worden op de natuur,' zei Simon.

Hij keek naar BenIk. 'Jij noemde het park toch ook ons paleis. In feite geef je hiermee aan dat je ook de natuur verheerlijkt.'

BenIk knikte. 'Je hebt gelijk. Ik heb ook een zwak voor de natuur. Maar ik heb inmiddels ondervonden dat je niet helemaal moet opgaan in de natuur.'

'Hoe bedoel je dat?' vroeg Oliver.

'Wat ik bedoel te zeggen, is dat de natuur verslavend kan zijn. Als jij je helemaal overgeeft aan de natuur, dan is er geen weg meer terug. De natuur heeft je in de houtgreep en laat je niet meer los. Die jongen die we net zagen, is hier een schoolvoorbeeld van. '

'Maar daar kun je toch boven staan. Je kunt toch gewoon genieten van de natuur zonder er verslaafd aan te raken,' zei Oliver op een toon die duidelijk maakte dat hij het niet eens was met BenIk.

'Je moet de kracht en de macht van de natuur niet onderschatten,' antwoordde BenIk op een geheimzinnige toon. 'De natuur is niet zomaar iets waaraan wij de naam natuur gegeven hebben. De natuur is veel meer dan dat. Wij hebben het gevoel dat we de natuur kunnen beheersen, maar ik denk dat het andersom is en dat de natuur ons beheerst. De natuur is een essentieel onderdeel van ons leven. Zonder natuur houdt ons bestaan op. Wij trekken niet aan de touwtjes. Dat doet de natuur.'

Het viertal luisterde aandachtig naar BenIk.

'De techniek is anders aardig bezig om de natuur te beheersen. Ik denk dat je fout zit als je zegt dat wij de natuur niet kunnen beheersen,' zei Simon op rustige toon.

'Je hebt gelijk als je zegt dat wij de natuur proberen te beheersen. De laatste vijftig jaar zijn we met grote sprongen vooruitgegaan. Over vijftig jaar zullen we ongetwijfeld nog veel verder zijn en nog meer macht over de natuur hebben. We kunnen de natuur steeds meer laten doen wat we willen. Maar dat is alleen mogelijk als de natuur niets terug zou doen.'

'Denk je dan de natuur al onze ontwikkelingen kan verhinderen?' vroeg Oliver verbaasd. 'Hoe stel jij je dat dan voor? Zullen er rampen optreden?'

BenIk schudde zijn hoofd. 'Nee, ik heb het niet over rampen. De natuur zal er alles aan doen om te voorkomen dat wij mensen achter het geheim van de natuur komen. Hij zal hiervoor zijn sterkste wapen inzetten. Dat is geen ramp of een pandemie. Zijn sterkste wapen is zijn schoonheid. Met zijn schoonheid zal hij de mensen verblinden en op een dwaalspoor proberen te brengen. Hierdoor wordt het onmogelijk om de natuur te ontmaskeren. De mensen zullen opkomen voor zijn schoonheid en zich gaan afzetten tegen alle nieuwe ontwikkelingen die de natuur kunnen bedreigen. Alleen als je op grote afstand van de natuur staat, lukt het je om achter zijn grote geheim te komen.'

Oliver knikte. 'Misschien heb je wel gelijk.' Je zag dat hij aan de jongen dacht die helemaal opging in de natuur en het spoor bijster geworden was. Hij was met open ogen in de val van de natuur getrapt.

Ook de andere drie vonden dat hij gelijk had. Ze wisselden nog wat gedachten uit totdat BenIk aanstalten maakte om weer verder te gaan.

'De natuur probeert ons hier vast te houden,' merkte Simon op cynische toon op toen ze verder liepen.

Bij de uitgang van het park stopten ze omdat BenIk moest bellen. Ze bleven op een afstand staan en zagen hem de telefooncel binnengaan. Hij draaide een nummer en hield de hoorn tegen zijn oor. Af en toe knikte hij. Ze zagen zijn lippen bewegen, maar wisten niet wat hij zei.

'Met wie belt hij eigenlijk?' vroeg Bastiaans nieuwsgierig.

Simon en Oliver haalden hun schouders op.

'Ik weet het niet. Hij heeft me eens verteld dat hij met zijn vader belt. Misschien heeft hij nu ook weer zijn vader aan de lijn,' zei Simon.

'Zijn vader? Ik wist niet dat hij een vader had? Waar woont die dan?' Bastiaans leek steeds nieuwgieriger te worden.

'Geen idee. Ik heb het hem weleens gevraagd, maar daar gaf hij geen antwoord op.' Simon keek weer naar de telefooncel waar BenIk nog steeds in gesprek was.

'Heeft hij nog meer familie hier in de stad wonen?' Bastiaans zat vol met vragen.

'Dat weet ik niet. Dat is toch ook niet zo belangrijk,' antwoordde Simon afwezig.

'Nee, nee. Je hebt gelijk.' Bastiaans zag hoe BenIk weer hun richting op kwam lopen.

'We moeten naar de stad,' zei hij op een zelfverzekerde toon.

'Heeft degene met wie je zonet belde dat gezegd?' vroeg Bastiaans.

BenIk draaide zich naar hem om en keek hem recht in de ogen. Bastiaans sloeg zijn ogen neer. Hij wist dat BenIk met deze blik bedoelde dat hij zich er niet mee moest bemoeien. Daarna liep hij verder. Oliver, Simon en Andreas volgden. Bastiaans bleef even staan. Hij was geschrokken van de reactie van BenIk.

Ik moet weten met wie hij gesproken heeft, dacht hij bij zichzelf. Hij zag dat het viertal al een heel eind verderop was. Hij besloot daarom om ze snel te volgen. 'Ik zal erachter komen,' mompelde hij terwijl hij steeds grotere passen maakte.

Door de snelheid waarmee ze liepen waren ze in een mum van tijd in de stad. BenIk scheen precies te weten waar ze naartoe gingen. Zonder te aarzelen volgde hij de route die hij in zijn hoofd had.

Het werd Oliver al snel duidelijk dat ze naar de wijk achter de paraplufabriek gingen. Daar woonden mensen die niet alleen aan materiële, maar ook aan geestelijke armoede leden. Ze waren laaggeletterd en daardoor waren ze een speelbal van de overheid geworden. Onverwachtse huurverhogingen, gedwongen verhuizingen, opgelegde boetes waren hier schering en inslag. De mensen lieten het allemaal over zich heen komen. Niemand kwam in opstand. Ze waren bang voor de overheid. Ze waren blij als ze met rust gelaten werden en rustig in hun armoedige huisjes konden wonen.

Oliver had hier in het verleden een toespraak willen houden, maar de inwoners waren als bange dieren hun huizen ingevlucht. Revolutionaire ideeën waren hier taboe. Ze voelden zich van alle kanten bekeken. Achter elke struik waanden ze een spion van de overheid die hen in de gaten hield. Elke misstap zou teruggekoppeld worden en directe gevolgen voor hen hebben. Daarom wilden ze niets te maken hebben met buitenstaanders die hier de rust kwamen verstoren. Oliver vroeg zich af hoe het deze keer zou gaan. Zouden ze dit keer wel de ruimte krijgen om hun boodschap te verkondigen?

Het was een armoedige buurt die uit maar zes straten bestond. De straten kwamen uit op een centraal punt. Een punt dat de kwalificatie plein niet verdiende. Overal groeide onkruid. Er stond een versleten bankje op het plein. De grond lag bezaaid met afval. Niemand bekommerde zich om deze buurt. In het midden stond een roestig kunstwerk. Het kunstwerk was niet bestand tegen de armoede in deze buurt. Toen het destijds geplaatst werd, was het een prachtig object geweest, maar nu werd het opgevreten door de roest. Als een kwaadaardig gezwel breidde de roest zich over het kunstwerk uit. Het was gedoemd om langzaam maar zeker ten onder te gaan. Toen ze bij het centrale punt kwamen, bleven ze staan.

'Ongelooflijk,' prevelde BenIk.

Ook de andere schudden hun hoofd van verontwaardiging. De opengereten vuilniszakken verspreidden een smerige stank.

'De gemeente komt hier geen afval meer ophalen, omdat de mensen niet betalen,' zei Oliver die vanuit zijn ooghoek een rat zag wegspringen.

'Het is een schande dat zoiets bestaat,' zei Simon terwijl hij zijn neus dichthield.

De stank deed BenIk herinneren aan de kamer waarin hij wakker geworden was. Zijn blik viel op het roestige kunstwerk. Hij bleef stilstaan en bekeek het op een manier alsof hij in een museum een beroemd schilderij bekeek. De andere vier keken elkaar verbaasd aan toen ze zagen hoe hij het kunstwerk bewonderde. Ze konden niet begrijpen wat hij in dit roestige wrakstuk zag.

Stapje voor stapje liep BenIk dichter naar het kunstwerk toe. Toen hij vlakbij stond, stak hij zijn rechterhand uit en raakte hij het roestige ijzer aan. Hij bekeek het gevaarte van onder tot boven. Daarna maakte hij met zijn handen een gebaar alsof hij de aan erosie onderhevige creatie wilde omhelzen.

'Wat doet hij daar?' fluisterde Andreas.

Hij kreeg geen antwoord, omdat BenIk het kunstwerk losliet en zich plotseling omdraaide. Ze liepen naar hem toe. Ze keken niet naar het vervallen bouwsel, maar naar BenIk die in hun ogen het kunstwerk van dit verwaarloosde plein was.

'Wat vinden jullie hiervan?' vroeg hij terwijl hij naar het roestige gevaarte wees.

Ze lieten door hun onverschillige manier van reageren merken dat ze het niets bijzonders vonden.

'Jammer dat het zo verwaarloosd is. Waarschijnlijk is het ooit heel mooi geweest,' zei Andreas die toch nog iets positiefs probeerde te zeggen.

Op het gezicht van BenIk verscheen een triomfantelijke glimlach. Hij draaide zich weer om en zei op enthousiaste toon: 'Ik begrijp jullie reactie. Jullie zullen het wel afschuwelijk vinden. Op het eerste oog is het een hoop roest dat op vier poten staat. Maar bekijk het eens goed en aandachtig.'

Hij laste even een pauze in om het viertal de gelegenheid te geven om het gevaarte goed in zich op te kunnen nemen.

'Hebben jullie het goed bekeken en hebben jullie gezien wat de kern van het kunstwerk is? Of hebben jullie nog steeds alleen maar een hoop roest gezien?'

Hij draaide zich naar hen om, omdat hij wist dat ze elkaar schouderophalend aankeken.

'Jullie zullen wel vreemd opkijken als ik jullie vertel dat dit het meest aangrijpende kunstwerk is dat ik ooit gezien heb.'

Er klonk nu gemompel achter zijn rug. Hij trok zich er niets van aan en ging onverstoorbaar door: 'Nog nooit heeft een kunstwerk zoveel emoties bij mij losgemaakt. Door zijn eerlijkheid en zijn realistische elementen bewonder ik het.'

De vier konden de bewondering die BenIk voor het kunstwerk had niet plaatsen. Het deed ze niets. Het was een stuk afval dat onderdeel was van de puinhopen uit deze buurt.

'Hoewel er maar één naam onder het kunstwerk staat, is het gemaakt door twee kunstenaars. De man wiens naam hieronder staat heeft het beeld gemaakt. Daarna is er een tweede kunstenaar aan te pas gekomen die het werk gemaakt heeft tot wat het nu is. Hij heeft het kunstwerk karakter en emotie gegeven. Het is het hart van deze buurt geworden.'

Er klonk wederom gemompel.

'Wie is die tweede kunstenaar dan wel?' vroeg Simon op ongeduldige toon.

BenIk draaide zich weer naar hen om. Hij keek ze één voor één aan. Ze wisten dat hij het verlossende antwoord zou geven.

'Die tweede kunstenaar is de ellende die in deze buurt heerst.' Met grote ogen die vuur spuwden ging hij verder: 'De ellende heeft niet alleen de inwoners van deze wijk aangetast, maar heeft zich ook meester gemaakt van dit eens zo prachtige kunstwerk. beetje bij beetje is de ellende onderdeel van dit werk geworden. Uiteindelijk zal er niet meer dan een hoopje schroot overblijven. Maar voordat het zover is zullen ze nog een hevige strijd met elkaar uitvechten. De kunst geeft zich niet zomaar gewonnen en zal terugslaan. De kunst zal door middel van zijn kracht zo lang mogelijk zijn kop boven water proberen te houden'

BenIk keek zijn vrienden aan. Ze keken ongemakkelijk naar de grond. Hij zag dat ze hem nog steeds niet begrepen. Hij draaide zich om en terwijl hij naar het kunstwerk keek, zuchtte hij een aantal keren diep, zoals een leraar doet als de leerlingen uit zijn klas een formule niet begrijpen zie hij zojuist uitgelegd heeft. Toch gaf hij niet op. Op geduldige toon ging hij verder: 'Laten we eens kijken wat die kunstenaar eigenlijk wilde uitbeelden.' Hij liep naar het kunstwerk toe en las voor wat op het bordje aan de voet van het kunstwerk stond: 'Vis in water.'

'Vis in water,' herhaalde hij. Waarbij hij de woorden extra beklemtoonde.

'Is een vis in het water niet blij en gezond? De vis heeft een oneindige hoeveelheid water waarin hij kan zwemmen. Hij kan alle kanten op zwemmen die hij wil. Hij kan van alle vrijheid genieten die het water hem biedt. Dit beeld is waarschijnlijk geplaatst toen de eerste bewoners in deze buurt kwamen wonen. Het beeld gaf de inwoners moed. Ze waren jong en zaten vol met plannen en ideeën. De oneindige ruimte die de jeugd biedt, is te vergelijken met het water waarin deze vis zwemt. Ze hadden nog geen problemen of schulden. Totdat op een gegeven moment de ellende de kop opstak in deze buurt. Niet alleen het beeld, maar ook de mensen werden hierdoor aangetast. Niet alleen de vis zag dat het water steeds troebeler werd en dat de hoeveelheid water afnam: de bewoners zagen dat het pad naar hun toekomst steeds steiler en nauwer werd. Ze kregen schulden. De woningen waren minder goed dan ze gedacht hadden. Hun werk bleek niet aan hun verwachtingen te voldoen. Ze moesten steeds harder werken om de alsmaar oplopende schulden te kunnen afbetalen. Maar het langer werken hielp op den duur ook niet meer omdat de lonen steeds lager werden. Door de toenemende automatisering in de fabrieken verloren ze uiteindelijk ook nog eens hun baan. De bewoners kwamen in opstand, maar de overheid wist ze met een kluitje in het riet te sturen door allerlei valse beloftes te doen. Mensen die door hun frustraties overtredingen begingen, werden streng gestraft, waardoor iedereen uiteindelijk terug in zijn schulp kroop.'

Oliver was de eerste die opkeek. Het verhaal van BenIk maakte diepe indruk op hem. Automatisch keek hij naar het beeld. Hij zag nu een vis die vocht om in leven te blij-ven. Hij zag dat de zee waarin hij zwom steeds kleiner en ondieper werd. Het beeld was een schreeuw om hulp. Hij vroeg zich af hoe BenIk dit allemaal wist. Hij wist dat hij gelijk had. Hier woonden bange, onderdrukte mensen die hun frustraties niet durfden te uiten. Ze zwegen om zich voor nog grotere ellende te beschermen. Hij keek vol bewondering naar BenIk. Hij voelde een gelukzalige rilling door zijn lichaam gaan. Hij vond dat BenIk een groot man was. Hij deed een pas naar voren om te laten zien dat hij hem begreep.

BenIk had zich niet omgedraaid en zag de reactie van Oliver niet. Hij ging verder met zijn verhaal.

'Dit kunstwerk is van onschatbare waarde. Het laat zien wat de bewoners van deze wijk angstvallig verborgen houden. Dit beeld is eerlijk. Het draagt geen masker om zijn pijn te verbergen. Het lacht niet vriendelijk, terwijl zijn hart huilt. Het beeld zwijgt niet. '

BenIk verhief zijn stem. De zinnen werden steeds fel-ler. Hoewel er, met uitzondering van zijn vier vrienden, niemand op straat was, leek het alsof hij alle bewoners van de buurt nu toesprak.

'Nee, zwijgen doet het niet. Kijk goed naar het beeld en zie hoe het om hulp schreeuwt. Zelfs iemand die niet kan praten, kan om hulp schreeuwen. Kijk naar de vis. Kijk naar zijn kop. Kijk naar zijn lichaam. Harder dan deze vis kan niemand om hulp schreeuwen. Maar in deze buurt is het tonen van je gevoelens taboe. De mensen staan niet open om hulp te ontvangen omdat ze hun gevoelens weggestopt hebben. Ze spelen mooi weer, terwijl het in feite dondert en stormt. De bewoners verstoppen zich in hun huizen zodra er iemand komt om hen te helpen.'

Hij stopte even om op adem te komen.

Simon, Andreas en Bastiaans keken hem geschrokken aan. Zo'n felle toon hadden ze nog nooit van hem gehoord. Ze keken elkaar bezorgd aan, omdat ze bang waren dat er dadelijk allerlei woedende mensen uit de huizen zouden stormen om hun een lesje te leren.

De enige die niet bezorgd was, dat was Oliver. Hij wist dat BenIk gelijk had. De bewoners hier waren angsthazen die hun lot aanvaardden zonder ertegen in opstand te komen.

Nadat BenIk op adem gekomen was, ging hij verder. Zijn toon was nu weer wat milder geworden.

'Ik hoop dat jullie nu begrijpen waarom ik dit kunstwerk als geen ander bewonder. '

Er klonk gemompel. Alleen Oliver antwoordde: 'Ja, ik begrijp het.'

BenIk knikte en wachtte op de reactie van de andere drie.

Simon zei na een tijdje: 'Ik begrijp ook wat je gezegd hebt, maar ik kan niet begrijpen dat je die lelijke hoop roest mooi vindt. '

BenIk draaide zich met een ruk om en keek Simon geïrriteerd aan.

'Ik heb niet gezegd dat ik het mooi vind, maar dat ik het bewonder. Dat is heel iets anders dan mooi vinden. '

Simon schrok van deze onverwachtse reactie van BenIk. Hij was even met stomheid geslagen.

'Een kunstwerk hoeft niet mooi te zijn om goed te zijn. Een kunstwerk moet een boodschap hebben. Het moet karkater uitstralen. Schoonheid is slechts een oppervlakkig laagje vernis dat geen diepgang heeft. De roest van dit kunstwerk is puur en raakt de kern van de waarheid.'

BenIk draaide zich weer om en pakte met zijn rechterhand de vis vast.

'Kijk naar dit prachtige werk. Kijk hoe alle ellende van deze wijk hierin weerspiegeld wordt. Kijk naar de roest en de deuken. Hierdoor krijgt het karakter.'

Hij liet de vis los en draaide zich weer om naar het viertal dat dichterbij was komen staan.

'Begrijpen jullie me nu, of zien jullie nog steeds maar een hoop roest voor jullie staan?'

Vol verwachting keek hij het viertal aan. Het was even stil, terwijl ze gebiologeerd naar het kunstwerk keken.

'Misschien heb je toch gelijk,' antwoordde Simon terwijl hij op zijn hoofd krabde. 'Begrijp ik het goed dat je het kunstwerk niet alleen goed vindt om zijn vorm, maar ook om zijn plaats in deze buurt?'

BenIk knikte. 'Ja, je hebt gelijk Simon. Deze buurt vormt een belangrijke basis voor dit kunstwerk. Sterker nog. Deze buurt heeft het kunstwerk gemaakt tot wat het is. Zoals een kunstwerk niet zonder kunstenaar kan ontstaan, zo kan dit kunstwerk niet zonder deze buurt bestaan. Het is een onderdeel van deze buurt geworden. Zou het destijds ergens anders zijn geplaatst, dan zou het er heel anders hebben uitgezien.'

Simon liet hem merken dat hij het met hem eens was. De anderen stonden nu rondom het kunstwerk en wreven er met hun hand overheen. Door contact met het kunstwerk te maken, hoopten ze nog beter zijn diepere betekenis te begrijpen.

BenIk was bij een overvolle vuilnisbak gaan staan. Die herinnerde hem weer aan het kleine kamertje waar hij wakker geworden was. Het was dezelfde stank die hij hier rook. Net zoals hij zich toen met een ruk aan de deur bevrijd had uit dat kamertje, liep hij nu met grote passen weg. Het viertal had moeite om hem bij te houden. Hij had maar één doel. Zo snel mogelijk uit deze buurt verdwijnen.

'Was dit alles?,' vroeg Andreas verbaasd aan Simon.

'Ja, ik denk het wel. Laten we hem snel volgen, anders raken we hem kwijt.'

Oliver volgde als laatste. Het was alsof zijn ogen waren opengegaan. BenIk had hem veel duidelijk gemaakt. Voordat hij de wijk verliet, draaide hij zich om en schreeuwde uit volle borst: 'Stelletje lamzakken. Worden jullie dan nooit wakker?'

Bastiaans greep Oliver bij zijn arm en trok hem mee.

'Ben je helemaal belazerd? Door zo te schreeuwen komen ze dadelijk naar buiten en slaan ze je weer in elkaar. Dan zijn we weer helemaal terug bij af. Het is niet verstandig om zoiets te schreeuwen.' Hij keek Oliver kwaad aan.

'Maak je niet ongerust. Deze mensen zijn te laf om hun huis uit te komen en geweld te gebruiken.' Hij keek Bastiaans recht in de ogen toen hij dat zei. Hij kreeg een vreemd gevoel. Het was alsof hij Bastiaans even niet vertrouwde. Hij wist niet waar dat gevoel vandaan kwam. Hij was even van slag, maar besloot om niets te laten merken. Hij haalde een keer diep adem en liep door. Hij was trots dat hij geprobeerd had om deze slapende mensen wakker te schudden.

BenIk deed alsof hij niets gehoord had en liep stoïcijns verder.

Oliver keek nog eens achterom en zag dat de angst van Bastiaans ongegrond geweest was. De straten waren leeg. Niemand kwam zijn huis uit. Hij zag wel hoe een zwarte auto aan de andere kant van het pleintje wegreed in de tegenovergestelde richting waarin zijn liepen.

BenIk stopte bij een telefooncel en ging naar binnen om te bellen.

Simon en Andreas hadden ook gemerkt dat de sfeer tussen Oliver en Bastiaans gespannen was. Ze wisten niet hoe dat kwam en vroegen er ook niet naar. Hun aandacht ging uit naar BenIk die druk gebaren makend aan het bellen was.

Terwijl ze daar bij de telefooncel stonden, dacht Oliver na over dat vreemde gevoel dat hij zonet bij zichzelf bemerkt had. Vanuit zijn ooghoeken keek hij naar Bastiaans die rustig naar de grond staarde.

Waarom had ik plotseling dat vreemde gevoel? dacht Oliver. Ik was kwaad op hem. Kwam dat door de toon die hij aansloeg, of door zijn nieuwsgierigheid die achter zijn vraag schuilging?

Plotseling wist hij waarom hij zo kwaad op hem geworden was. Het was door de manier waarop hij hem verbood om te zeggen wat hij wilde. Het was alsof hij zijn eigen vader had horen praten. Zijn vader had hem van jongs af aan verboden om dingen te zeggen die hij niet wilde horen. De belerende toon van Bastiaans had alle haat die hij tegen zijn vader voelde weer in hem losgemaakt. Op een gegeven moment was het een sport geworden om dingen tegen zijn vader te zeggen waarmee hij hem op de stang kon jagen. Soms deed hij dat onverwachts als er bezoek was. Hij zag dan hoe zijn vader zijn vuisten balden en kookte van woede. Hij genoot van zijn macht om met de gevoelens van zijn vader te kunnen spelen. Zijn vader was een klootzak met een kort lontje. Hij had een manier gevonden om dat lontje aan te steken. Als zijn vader dan een woede-uitbarsting kreeg en hem verrot schold, vluchtte hij zijn kamer in. Soms rende hij ook naar buiten en kwam hij pas 's avonds laat weer thuis als zijn vader afgekoeld was. Als zijn moeder er niet geweest was, was hij waarschijnlijk nooit meer teruggekomen. Maar dat kon hij haar niet aandoen.

Oliver keek strak voor zich uit. Al die herinneringen gaven hem een somber gevoel. Het kostte hem veel moeit om die negatieve gevoelens waarmee hij dagelijks geconfronteerd werd los te laten. Ze waren een last die hij dag in dag uit met zich meedroeg. Hij keek op toen hij de deur van de telefooncel hoorde opengaan. BenIk liep naar hen toe.

'Wat gaan we doen?' vroeg Simon.

'We moeten vandaag nog naar een aantal buurten in de stad gaan. Daar zullen mensen aanwezig zijn die wel naar ons willen luisteren,' antwoordde BenIk op een rustige toon. Hij draaide zich om en zei: 'Volg me.'

Oliver liep helemaal achteraan. Hij was moe en had loodzware spieren. Het was alsof al die oude herinneringen alle kracht uit zijn lichaam gezogen hadden. Hij probeerde zijn vreselijke vader te vergeten, maar hoe meer hij dat probeerde hoe duidelijker de beelden van vroeger zichtbaar werden. Duistere demonen die zijn geest geen rust gaven.

17

De dagen vlogen voorbij. Ze waren dag en nacht in de weer om het steeds groter wordende aantal aanhangers toe te spreken. Al die mensen die naar hen luisterden en hen volgden, gaven voldoende energie om dit alles te kunnen doen. Na een maand moest echter één iemand afhaken. Dat was uitgerekend BenIk. Voor hem werd het plotseling allemaal te veel. Steeds vaker ging hij overdag eerder terug naar het park om uit te rusten. Sommige dagen ging hij zelfs niet meer mee. Ze dachten dat het nog te maken had met de verwondingen die hij destijds had opgelopen.

'Hij had niet zo snel aan de slag moeten gaan. Dat wreekt zich nu,' zei Simon tegen de rest toen ze op een regenachtige dag naar het park terugkeerden.

Daar troffen ze BenIk aan. Hij zat op het podium met zijn hoofd voorovergebogen. Zijn handen had hij om zijn hoofd geslagen alsof hij zich wilde verstoppen.

'Hoe gaat het met je?' vroeg Simon bezorgd.

Hij gaf hem geen antwoord.

'Wat is er aan de hand? Waardoor ben je zo terneergeslagen?'

BenIk keek hem met een vertwijfelende blik aan. Het leek alsof hij het zelf ook niet begreep.

Daarna had niemand meer een vraag gesteld en geaccepteerd dat BenIk zich anders gedroeg. Ze hoopten dat hij vanzelf zou bijtrekken.

Gelukkig hadden ze inmiddels allemaal voldoende ervaring opgedaan om zelf een toespraak te houden. Ze hadden veel van hem geleerd en wisten nu goed hoe ze een menigte moesten toespreken. Door de eindeloze gesprekken die ze met hem gehad hadden, bezaten ze voldoende bagage om een inhoudelijk verhaal te kunnen houden. Terwijl ze samen rondom het kampvuur druk discussieerden over hetgeen ze de volgende dag zouden zeggen, zat BenIk aan de andere kant van het vuur alleen voor zich uit te staren. Ze accepteerden deze situatie. Ze hoopten dat hij, doordat ze hem met rust lieten, sneller zou opknappen.

In zijn sombere toestand scheen echter geen verbetering te komen. Hij bleef steeds vaker alleen in het park achter en zei bijna niets meer tegen de rest. Het leek alsof hij een inwendige strijd met zichzelf voerde. Door zijn introverte gedrag wist hij het viertal op afstand te houden. Alle vragen die ze hem stelden, interesseerde hem niet. De goedbedoelde opmerkingen die ze maakten, landden niet bij hem. Hij had momenteel andere dingen aan zijn hoofd.

Eerst was hij blij geweest dat er steeds meer mensen naar zijn ideeën kwamen luisteren. Later kreeg hij hier juist een bedroefd gevoel door. Hij had ontdekt dat hij steeds meer begon te betekenen voor al die mensen die hem volgden. Dit bracht automatisch een steeds grotere verantwoordelijkheid en druk met zich mee. Hij was geschrokken toen hij merkte dat hij door al die mensen een bepaalde rol kreeg opgedrongen. Een rol waar hij waarschijnlijk niet meer vanaf kon komen. Hij kon ze nu niet meer in de steek laten. Ze waren afhankelijk van hem geworden. Ze verwachtten dat hij hen zou helpen.

De twijfel sloeg toe. Was hij wel in staat om al die mensen te helpen? Het was waarschijnlijk nu te laat om een andere weg in te slaan. Wat zou het een bevrijding zijn om al die verantwoordelijkheden die nu op zijn schouders lagen van zich af te schudden. Maar hij wist dat hij dat niet kon maken. Hij betekende te veel voor zijn volgers. Toch vroeg hij zich af, of ze zijn boodschap wel echt begrepen. Misschien volgden ze hem wel uit onwetendheid.

De twijfel tussen stoppen of doorgaan knaagde steeds sterker aan hem. Nog nooit had hij zich zo eenzaam gevoeld. Hoewel hij omringd werd door zijn vrienden voelde hij zich alleen. Hij moest een keuze maken. Die kon niemand anders voor hem maken.

Door zijn twijfels kwam hij in een soort roes terecht. Alles om hem heen leek veranderd te zijn. De dingen waarvan hij eerder kon genieten, deden hem nu niets meer. De prachtige kleuren van de natuur waren dof geworden. Het gezang van de vogels was verstomd. Hij zag tegen de dag op. Het leek alsof hij uitdoofde. Daarom bleef hij het liefst alleen in het park achter als het viertal eropuit trok. Op die manier probeerde hij over de periode van zijn leven waarin hij zich nu bevond na te denken. Hij voelde dat hij snel een keuze moest maken, omdat zijn krachten steeds verder afnamen.

De enige aan wie hij raad kon vragen, dat was zijn vader. Maar die had het contact verbroken sinds hij hem over zijn twijfels verteld had.

Je hoort van me, als je weer kunt horen, had hij tegen hem gezegd. Sindsdien hadden ze geen contact meer gehad. Hij stond er nu helemaal alleen voor.

's Nachts werd hij regelmatig badend in het zweet wakker. Hij droomde dat hij door zichzelf achtervolgd werd. Hij probeerde zichzelf in te halen, maar dat lukte nooit. Verwarrende kreten klonken in zijn dromen. De twijfels die hij overdag had, werden hierin uitvergroot. Hij hoorde stemmen die zeiden dat hij moest vluchten, maar ook stemmen die riepen dat hij zijn volgers trouw moest blijven. Hij zag zichzelf in dure kleding door het park lopen, omringd door de mooiste vrouwen die hij ooit gezien had. Bij een oude man in zwerverskleding bleef hij staan. Hij fluisterde de vrouwen iets toe. Ze begonnen allemaal te giechelen. Hij begon keihard te lachen. Toen hij merkte dat hij zichzelf uitlachte, werd hij wakker. Dergelijke dromen maakten hem nog onzekerder dan hij al was. Het leek alsof zijn hoofd uit elkaar barstte. Een gevoel van onmacht maakte zich van hem meester. Hij keek in een zwart gat dat steeds donkerder en dieper werd. Hij moest zich met beide handen stevig aan het leven vasthouden om te voorkomen dat hij in het oneindige gat zou vallen. Hoewel hij voelde dat hij vol energie zat, ontbrak die ene vonk om hem op te starten. Het lukte hem niet meer om op gang te komen. Hij was geketend door al zijn twijfels en onzekerheid.

Hij stond op en besloot een rondje door het park te gaan lopen. Hopelijk kwam hij dan op andere gedachten. Het leek alsof de natuur in het park die dag ook twijfelde. Het ene moment scheen de zon. Het andere moment verzamelden zich donkere wolken boven het park. Deze wispelturigheid van de natuur gaf hem een verstikkend gevoel. Hij voelde zich eenzamer dan ooit.

Terwijl hij verder liep, probeerde hij na te denken. Het zweet brak hem uit, zoveel energie kostte dat. Hij zat vol met ideeën, maar ze kwamen er niet uit. Als wilde paarden raasden ze door zijn hoofd. Ze waren klaar om losgelaten te worden, maar ze vonden de uitgang niet. De ideeën waren ook ongeordend. Hij kon de verbanden niet meer zien. Door de razernij in zijn hoofd werd hij duizelig. Alles om hem heen begon te draaien. Hij begon te kokhalzen omdat hij misselijk werd. De perceptie van wat hij zag, was veranderd. Het leek alsof de bomen veel groter waren dan normaal. De stammen van sommige bomen leken gebogen te zijn, terwijl ze een aantal minuten geleden nog recht waren. De bomen maakten een hels lawaai. Hij hield met beide handen zijn oren dicht. Hij begon sneller te ademen. Hij begon te rennen. De natuur had zicht tegen hem gekeerd. Hijgend ging hij even later op een bank zitten. Het leek nu alsof alle ideeën verdwenen waren. Hij voelde zich leeg. Geen lawaai. Geen rennende paarden. Niets. IJzige stilte. Hij had het koud en begon te rillen. Het lukte hem niet meer om na te denken. Hij zocht naar woorden die er niet meer waren.

Strompelend liep hij terug naar het podium onder de treurwilg. Toen hij daar aankwam, moest hij direct gaan zitten. Hij was volkomen uitgeput. Hij had rust nodig. Hij ging zitten en sloot zijn ogen. Voordat hij er erg in had, viel hij in slaap.

Tegen de avond kwamen zijn volgers terug uit de stad. Ze troffen BenIk slapend aan. Zijn gezichtsuitdrukking zag er angstig uit.

'Wat zou hij dromen?' vroeg Simon op bezorgde toon aan Oliver die naast hem stond.

'Ik weet het niet. Maar zo te zien is hij een inwendige strijd aan het voeren.'

Beiden zagen dat het zweet van het voorhoofd van BenIk liep en dat hij onregelmatig ademde.

'Het lijk wel alsof hij door iemand achtervolgd wordt,' zei Simon.

'Het gaat niet goed met hem. Wist ik maar wat ik voor hem kon doen.' Oliver staarde naar de grond. Hij wist zich geen raad met de toestand waarin BenIk zich bevond.

Andreas was er inmiddels ook bij komen staan. 'Wat ziet hij er beroerd uit,' zei hij fluisterend om te voorkomen dat BenIk wakker werd.

Simon knikte. 'Was Hilde maar hier. Zij zou hem wel kunnen helpen.'

Oliver zuchtte diep. 'Ik heb de hele stad afgezocht. Maar ze is nergens meer te bekennen.'

'Wij kunnen hem niet helpen,' zei Andreas wanhopig. 'We kunnen alleen maar hopen dat hij kracht genoeg heeft om er zelf weer bovenop te komen.'

Simon en Oliver knikten instemmend.

Ze draaiden zich om en liepen naar de anderen die aan de overkant van het podium zaten. De groep bestond nu uit elf man. BenIk had bewust voor elf man gekozen omdat er in elf wijken van de stad iets mis was. Hij had de groep laatst nog toegesproken en gezegd dat als er iets met hem zou gebeuren ze door moesten gaan met het verspreiden van hun boodschap in de elf wijken.

De jongste van de groep had gevraagd of ze altijd in deze stad moesten blijven. Zijn naam was Robert. Hij had zijn studie opgegeven omdat hij het vertrouwen in de mensheid verloren had. BenIk had hem strak aangekeken en verteld dat ze hun werkzaamheden niet alleen tot deze stad moesten beperken. Deze stad vormde de springplank naar de rest van de wereld. De elf wijken die hij hun toegewezen had, waren niet alleen kenmerkend voor deze stad, maar voor de hele wereld. De wijken werden geplaagd door universele problemen die in elke stad terug te vinden waren.

Toen Oliver en Simon de groep naderden, waren ze juist met elkaar in gesprek over de toestand van BenIk. De groep vroeg zich af of de dag nabij was dat hij afscheid van hen zou nemen.

Toen Oliver dit hoorde zei hij enigszins geïrriteerd: 'Hebben jullie nu al het vertrouwen in hem verloren?'

'Het gaat niet om vertrouwen, maar om bezorgdheid. Hij lijkt uitgeput. Is het niet beter dat hij zich terugtrekt en tot rust komt?' antwoordde Robert.

Oliver keek hem nijdig aan en schudde zijn hoofd. 'Jullie hoeven niet bezorgd om hem te zijn. Hij heeft nog steeds last van zijn verwondingen. Hij is te snel aan de slag gegaan. Dat wreekt zich nu. Hij heeft tijd nodig om te herstellen.'

'Je doet net alsof wij de schuld van zijn huidige toestand zijn. Wij kunnen er toch ook niets aan doen,' antwoordde een man met een grote baard, terwijl hij met zijn rechterhand door zijn zwarte krullen wreef. Hij was zeeman geweest. Op een dag was hij thuisgekomen en had hij zijn vrouw en kinderen niet aangetroffen. Ze waren tijdens zijn afwezigheid bij een auto-ongeluk om het leven gekomen. Op dat moment was zijn leven ineengestort. BenIk had hem, toen ze elkaar ontmoet hadden, moed ingesproken en hem aangeboden zich bij de groep aan te sluiten. Die kans had hij met beide handen aangegrepen. Voor het eerst sinds lange tijd had hij weer het gevoel dat hij iets betekende in deze wereld. Het uitzichtloze perspectief had plaatsgemaakt voor een doel in zijn leven.

Iedereen begon te mompelen en Oliver voelde zich aangevallen. Hij werd rood van woede. Robert was het uiteindelijk die de boel wist te sussen. Hij maakte een gebaar met zijn handen dat ze niet te hard moesten praten, anders zou BenIk wakker worden. Daarna zei hij op kalme toon: 'Rustig mensen. Zo heeft Oliver het niet bedoeld. Hij is net zoals wij bezorgd om BenIk. Daarom heeft hij momenteel een korter lontje.'

Ze keken elkaar begrijpend aan en begonnen weer zachtjes met elkaar te praten. Oliver wist niet wat hij van de toelichting van Robert moest denken. In feite was hij door hem op zijn plaats gezet. Was hij daarom kwaad op Robert, of was hij juist kwaad op zichzelf omdat hij niet in staat was geweest om zelf zijn excuses aan te beiden? Hij kwam uiteindelijk tot de conclusie dat het laatste het geval was. Hij schaamde zich voor zijn gedrag. Hij wist dat Robert gelijk had. Hij maakte zich ernstige zorgen om BenIk. Hij was de laatste tijd zijn grote voorbeeld geweest. Hij was hem als een tweede vader gaan beschouwen. Nadat hij afstand had gedaan van zijn eigen vader was hij hem als zijn vervanger gaan zien. Hij was een vader zoals hij zijn hele leven gewenst had. Bij hem voelde hij zich veilig. Daarom was hij ontzettend bang om voor de tweede keer een vader te gaan verliezen. Hij wist dat hij een dergelijke klap niet te boven zou komen. BenIk mocht hem niet in de steek laten.

Terwijl hij hierover nadacht, kwam Robert naast hem zitten. Het was een magere jongen. Aan de blik in zijn ogen kon je zien dat hij veel meegemaakt had. Reden tot lachen had hij niet. Het meest opvallende aan zijn gezicht waren de twee donkerbruine ogen die niet bang waren om de wereld te zien zoals hij was. Hij was de jongste van het gezelschap. Ongeveer één jaar jonger dan Oliver. Terwijl je op grond van hun leeftijd zou verwachten dat ze met elkaar zouden optrekken, was dat niet het geval. De oorzaak hiervan lag bij Oliver. Robert had diverse keren geprobeerd om met Oliver een gesprek aan te gaan, maar hij had het altijd afgehouden. Dat kwam doordat Oliver zich wijzer dan zijn leeftijdsgenoten voelde. Hij vond ze kinderachtig en oppervlakkig. Hij was meer van de inhoud en niet van het gezwets over koetjes en kalfjes.

Robert was zo verstandig om zich niets van Olivers houding aan te trekken. Hij was nu naast hem gaan zitten omdat hij zag dat hij heel erg bezorgd was om de gezondheidstoestand van BenIk. Daarom besloot hij hem iets te vertellen wat BenIk hem een aantal weken gelden had toevertrouwd. Hij sprak op een fluisterende toon, zodat de rest het niet kon horen. Eerst keek Oliver ongeïnteresseerd naar de grond. Maar naarmate Robert vorderde, werd zijn interesse gewekt.

BenIk had tegen Robert gezegd dat er een dag zou komen dat hij hen zou verlaten. Robert had hem gevraagd wanneer deze dag zou aanbreken. BenIk had hem indringend aangekeken en gezegd dat de dag dat hij weg zou gaan op een moment zou plaatsvinden dat niemand dat zou verwachten. Hij zou verdwijnen op de dag dat hun succes het hoogtepunt bereikt had. De reden dat hij hen zou verlaten zou berusten op een misverstand. Een van de vele misverstanden die bij het leven horen.

Oliver keek hem nu recht in de ogen. Voor het eerst beschouwde hij hem niet meer als een onwetende student, maar als zijn gelijke. Hij had ontzag voor hem gekregen, want BenIk had hem iets toevertrouwd dat hij aan niemand anders verteld had.

'Denk je dat de dag nu is aangebroken?' fluisterde hij tegen Robert terwijl hij op een bezorgde manier naar BenIk wees.

Robert wist het niet. Hij haalde zijn schouders op. Hij vond het moeilijk om hier een antwoord op te geven. Hij vroeg zich af of ze nu al de top van hun succes bereikt hadden. Mogelijk dat ze nog veel meer aanhangers zouden krijgen. Voor hem stond het wel vast dat het aantal volgers alleen zou toenemen als BenIk zelf weer toepraken ging houden. Hoewel iedereen van hen momenteel een goede toespraak kon houden, misten ze toch het charisma dat BenIk had. Hij wist de mensen te imponeren zonder iets te zeggen. Als hij ergens binnenkwam, dan vulde hij met zijn uitstraling de ruimte. Zonder hem zouden ze niet verder groeien. In die zin kon je zeggen dat ze nu hun top bereikt hadden. Robert deelde zijn gedachten met Oliver.

Hij trok een bedenkelijk gezicht. 'Hij mag ons nog niet verlaten,' mompelde Oliver. 'Heeft hij je die dag nog meer verteld?' vroeg hij nieuwsgierig.

'Nee. Dat is het enige wat hij me verteld heeft. Ik zou ook graag meer informatie willen hebben. Maar je kent hem. Hij vertelt ons alleen het hoognodige. '

Oliver knikte begrijpend. Hij kende BenIk maar al te goed. Toch wilde hij nog meer te weten komen over het gesprek dat ze met elkaar gehad hadden. Maar daar kreeg hij niet de gelegenheid toe, omdat Robert door iemand uit het gezelschap geroepen werd.

Oliver bleef alleen achter. Hij keek op een afstand naar de groep en zag dat iedereen met elkaar in gesprek was. Waarschijnlijk vertelden ze elkaar wat ze die dag hadden meegemaakt en wat de plannen voor morgen waren. Hij wist wat hij morgen zou gaan doen. Hij zou opnieuw op zoek gaan naar Hilde. Hij moest haar vinden. Zij was de enige die BenIk kon redden. Vandaag had Simon haar tevergeefs gezocht. Hij hoopte dat hij meer geluk zou hebben. Hij keek naar BenIk die nog steeds aan de andere kant van het podium lag te slapen. Kon ik maar in zijn dromen stappen en al die demonen uit zijn hoofd verjagen, dacht Oliver. Een weemoedig gevoel maakte zich van hem meester.

Plotseling werd zijn aandacht getrokken door iets dat bewoog achter de pilaar waar BenIk tegenaan zat.

Hij voelde hoe zijn hart ineens sneller begon te kloppen. Meteen schoot de gedachte door zijn hoofd dat ze weer bespied werden. Hij dacht weer terug aan die man die hen destijds achtervolgd had. Wat was hij naïef geweest door te denken dat ze niet meer in de gaten gehouden werden. Zijn vader zou de strijd nooit opgeven en er alles aan doen om hem terug te krijgen. Hij voelde de woede in zich losbarsten. Zodra hij aan het woord vader dacht, ontwaakten al zijn negatieve gevoelens in hem. Het enige wat hij nu kon doen was die persoon die daar bij de pilaar stond te grazen te nemen en hem kenbaar maken dat ze niet gediend waren van dit achterbakse gedrag. Gedreven door de adrenaline die door zijn bloedvaten stroomde, sprong hij op en rende naar de pilaar. Blind van woede stortte hij zich op de persoon die naast de pilaar stond en hem verschrikt aankeek.

'Ben je helemaal gek geworden, Oliver,' hoorde hij de man zeggen die hij tegen de grond gewerkt had.

Tegelijkertijd voelde hij hoe een paar sterke handen hem bij zijn kraag grepen. Met een ruk werd hij overeind getrokken. Toen hij opkeek zag hij dat de hele groep zich rondom hem verzameld had. Daarna keek hij naar de grond waar de man die hij aangevallen had lag. Hij schrok toen hij het gezicht van Bastiaans herkende. Hij zag hoe zijn neus bloedde en hoe hij beefde van de schrik.

'Ben je helemaal gek geworden,' herhaalde hij met een trillende stem terwijl hij met zijn rechterhand het bloed van zijn lippen veegde.

Oliver was sprakeloos. Hij begon aan zichzelf te twijfelen. Hij voelde hoe iedereen hem op een beschuldigende manier aankeek. De paar stevige handen hielden hem nog steeds vast. Hij draaide zich om en keek in de woeste ogen van de zeeman. Terwijl die hem uiteindelijk losliet, gaf hij hem een klein duwtje waardoor hij bijna struikelde.

'Ik geloof dat jij een beetje overspannen bent en rust nodig hebt,' zei hij terwijl hij zijn grote sterke handen aan zijn versleten broek afveegde.

Oliver realiseerde zich dat hij nu wat moest zeggen, anders zou hij gezichtsverlies leiden. Hij draaide zich om naar Bastiaans die nog steeds op de grond lag. Hij stak zijn hand naar hem uit.

'Sorry. Ik had je voor iemand anders aangezien,' zei hij op een gespeelde, kalme toon terwijl hij hem over-eind hielp.

Daarna wendde hij zich tot de rest van de groep. Zijn toon veranderde. Hij had geen behoefte om de dader te spelen.

'Vinden jullie het gek dat ik iemand die verdekt ach-ter de pilaar staat, beschouw als iemand die ons aan het bespieden is? Ik heb jullie al heel vaak het verhaal ver-teld van die man die ons achtervolgde. Ik heb jullie ook verteld dat ik bijna zeker weet dat die man destijds door mijn vader was ingehuurd. Daarom ben ik op mijn hoe-de. Toen ik iemand achter die pilaar zag staan dacht ik onmiddellijk dat het weer iemand was die mijn vader op ons afgestuurd had. Ik was bang dat hij BenIk iets zou aandoen. Zonder na te denken heb ik me op hem gestort zonder te weten dat het Bastiaans was. Ik was blind van woede. Ik was mezelf niet. Achteraf had ik het beter niet kunnen doen en eerst kunnen kijken wie die persoon was.'

Hij keek Bastiaans weer aan. 'Sorry kerel,' zei hij ter-wijl hij hem een hand gaf.

Iedereen uit de groep was nu stil. Ze waren overrom-peld door het verhaal dat Oliver verteld had. Hij merkte dat zijn woorden een positieve uitwerking hadden. Hij haalde opgelucht adem en vervolgde zijn verhaal:

'Ik bied nogmaals mijn verontschuldigingen aan dat ik Bastiaans heb aangezien voor iemand die ons aan het bespieden was.'

Daarna keek hij iedereen aan.

'Maar stel dat ik gelijk gehad had, dan waren jullie het die jullie verontschuldigingen moesten aanbieden omdat jullie niet zagen wat er aan de hand was en BenIk alleen gelaten hadden.'

Hij vond dat hij nu genoeg gezegd had en draaide zich om zonder de reacties uit de groep af te wachten. Hij ging een eind verderop op de grond zitten met de rug naar de groep gekeerd. Hij had een voldaan gevoel. Hij was blij dat hij dit keer Robert niet nodig gehad had om zich te verdedigen. Hij was trots dat hij van zijn eigen kracht uitgegaan was.

'Praten is voor mij de manier om van mijn problemen af te komen. Zwijgen is fout,' mompelde hij terwijl hij een plattegrond uit zijn jas haalde. Hij ging de route voor morgen uitstippelen. Zijn doel was om Hilde te vinden.

De volgende dag kon Oliver haar echter niet vinden. Ook de daaropvolgende dagen zouden zijn zoekacties tevergeefs blijken te zijn. De laatste dagen distantieerde hij zich steeds meer van de groep. Hij stond eerder op om al vroeg op pad te gaan en kwam later dan de rest terug in het park. Alleen tegen Simon had hij uitgelegd waar hij mee bezig was. Deze had hem bemoedigend op zijn schouder geklopt. De uitleg aan Simon was er de oorzaak van dat de rest van de groep hem zijn gang liet gaan en hem niet ter verantwoording riep voor zijn gedrag.

Al die tijd was de toestand van BenIk niet veranderd. Af en toe stond hij op en liep hij een klein rondje door het park om daarna weer in een diepe slaap te vallen. Oliver had diverse keren geprobeerd om met hem te praten, maar dat was niet gelukt. Hij voelde zich gefrustreerd omdat zijn helpende woorden BenIk niet leken te bereiken. BenIk had hem met open ogen aangekeken zonder iets terug te zeggen. Zijn ogen hadden hem bang gemaakt. Was hij bang om de gezondheidstoestand van BenIk of zag hij in die ogen zijn eigen angst geprojecteerd? De drang om Hilde te vinden werd door de onveranderde toestand van BenIk steeds groter.

BenIk voelde zelf dat zijn toestand steeds verder achteruitging. Hoewel zijn lichaam steeds zwakker werd en zijn geest steeds meer in de war raakte had hij toch enkele momenten waarop hij kritisch naar zichzelf kon kijken. Op die momenten leek het alsof er een andere persoon in hem wakker werd. Een neutrale persoon zonder twijfels. Die persoon had als taak om zo nu en dan zijn kop op te steken om te controleren hoe de zaak erbij stond. Het was de persoon die zich om zijn toestand bekommerde. Terwijl zich er een tweestrijd, gevoed door twijfels, in zijn lichaam afspeelde, probeerde deze persoon hem te leiden naar de uitgang van het doolhof. Op de momenten dat hij aanwezig was, voelde BenIk zich weer even opbloeien. Hij vroeg zich dan af waar hij nu eigenlijk mee bezig was. Deze heldere momenten werden echter weer snel verdreven door de demonen die in zijn hoofd tekeergingen. Soms leek het alsof zijn hoofd uiteenspatte. Met beide handen duwde hij stevig tegen zijn hoofd om tegendruk te bieden.

Het was alweer drie dagen gelden dat hij zo'n helder moment beleefd had. Dat was ook de reden dat hij zich ontzettend uitgeput voelde. Toen hij wakker werd, was het stil in het park. Hoewel het middag was, leek het alsof het bijna avond werd. Een dik grijs wolkenpakket dat boven het park hing, verdreef de zonnestralen. Het park zag er troosteloos uit, waardoor zijn eenzaamheid vergroot werd. Een rilling ging door zijn lijf. Deze rilling werd niet veroorzaakt door de kou, maar door angst. Hij besefte zich dat er niets was dat hem meer angst kon inboezemen dan de eenzaamheid die hij nu voelde. Hij had het gevoel dat hij niet meer bestond. Hij keek naar zijn handen en zag twee vreemde voorwerpen.

Ben ik? Ben ik? vroeg hij zich bevend van angst af terwijl er allerlei onsamenhangende gedachten door zijn hoofd spookten. In een reflex balde hij zijn vuisten. Hij wilde vechten, maar hij wist niet meer hoe hij dat moest doen.

De paniek sloeg toe. Hij stond op en begon te rennen. Hij was op de vlucht. Op de vlucht voor zichzelf. Hij wist niet waar hij naartoe moest gaan. Daarom stopte hij hijgend op een tiental meters voor het podium. Hij was helemaal bezweet. Hij voelde zijn hart in zijn keel kloppen. Hij haalde een paar keer diep adem.

'Zo ellendig heb ik me nog nooit gevoeld,' mompelde hij zachtjes. Hij hoorde ergens in de verte zijn innerlijke stem roepen dat hij snel een keuze moest maken voordat het te laat was. Het was kiezen of kapotgaan. Gedesoriënteerd keek hij om zich heen. Hij was duizelig. Alles om hem heen draaide. De bomen en de struiken zager er vervormd uit. Hij stond te trillen op zijn benen en moest moeite doen om niet om te vallen. Hij had het gevoel dat hij een toeschouwer was in een andere dimensie op een tijdloze afstand ver van hem vandaan.

Plotseling zag hij tegenover zich twee mannen staan. Ze zwaaiden dat hij naar hen toe moest komen. Hij keek om zich heen om er zeker van te zijn dat ze hem bedoelden. Toen hij zag dat er niemand anders was liep hij naar de mannen toe. Toen hij dichterbij kwam bleef hij plotseling staan. Zijn mond viel open van verbazing.

Langzaam keek hij van de linker naar de rechter man. Ze waren verschillend gekleed. De linker man was, net zoals hij, gekleed in oude, versleten kleren. De rechter man droeg een driedelig pak. Toch bezaten beide mannen iets gemeenschappelijks. Ze hadden hetzelfde gezicht. Zijn gezicht. Dat was de reden dat BenIk als versteend bleef staan. De twee mannen bleven hem onverstoord aankijken. Ze maakte gebaren dat hij dichterbij moest komen. BenIk dacht na. Het werd hem duidelijk dat hij naar ze toe moest lopen. Hij kwam steeds dichterbij. Plotseling draaiden ze zich om en liepen ze weg.

'Wacht. Blijf staan,' riep hij wanhopig.

Maar ze leken hem niet te horen. Ze liepen door. BenIk bleef even staan, om ze daarna te volgen. De twee mannen waren inmiddels bij een driesprong aangekomen. Eén pad liep naar links, één naar rechts en één rechtdoor. Toen BenIk bij dat punt was aangekomen, zag hij dat de man in de oude kleding het linker pad was opgelopen; de man in het kostuum de rechter afslag had genomen. BenIk twijfelde wie van de twee hij moest volgen. Omdat hij geen keuze kon maken besloot hij rechtdoor te lopen. Op deze manier kon hij beiden in de gaten houden. Als een roofdier keek hij met opengesperde ogen van links naar rechts. Hij wilde zijn prooien niet uit het oog verliezen. De man op het linker pad was stil, terwijl de man op het rechter pad een liedje floot en uitbundig lachte. Na een tijdje merkte BenIk dat zijn pad steeds meer in de buurt van het linker pad kwam. Het gelach en gefluit klonk steeds zachter. Toch bleef hij de man op het rechter pad scherp in de gaten houden.

Ze waren inmiddels in een deel van het park beland waar veel bomen stonden. Aan de linkerkant stonden kleinere bomen dan rechts van hem. Daarom verloor hij de goedgeklede man steeds meer uit het oog.

Plotseling bleef hij staan. Een schok ging door zijn lichaam, veroorzaakt door het gekraak van een omvallende boom gevolgd door een luide schreeuw. Automatisch keek hij naar rechts.

Zou hij het zijn? vroeg hij zich af. Hij bleef staan en luisterde aandachtig. Het was nu helemaal stil. Hij kon geen gefluit of gelach meer horen. Vertwijfeld keek hij naar de man die links van hem stond. De man keek hem recht aan en zwaaide dat hij naar hem moest komen. BenIk wist niet wat hij moest doen. Hij keek naar rechts en vroeg zich af of hij die andere man moest helpen. Van het een op het andere moment kreeg hij een bevrijd gevoel. Het was alsof in één keer al zijn uitputtende negatieve gedachten uit zijn lichaam gezogen werden. Verbaasd keek hij om zich heen. Hij wist niet waar hij was. Hij draaide zijn hoofd van links naar rechts. Hij schudde zijn hoofd. Hij wreef door zijn ogen. Hij stond hier helemaal alleen tussen de bomen die als trouwe wachters om hem heen stonden. Op zijn gezicht verscheen uit het niets een glimlach. Hij was blij dat hij zich weer goed voelde. Hij draaide zich om en liep terug naar het podium.

'Ik zal doorgaan waarmee ik bezig ben,' zei hij op strijdvaardige toon tegen zichzelf. Hij wist dat hij een keuze gemaakt had. Hij had gekozen voor de man op het linker pad. Hij voelde dat het gevecht tussen die twee personen in hem gestreden was. Zijn innerlijke leven was weer in evenwicht. Toen hij bij het podium gekomen was, ging hij niet zitten, maar liep hij door naar de uitgang van het park. Voor het eerst sinds lange tijd genoot hij weer van de schoonheid van de natuur. De zon scheen fel. De wolken die boven het park hingen, waren verdwenen.

Hij was inmiddels bij de uitgang van het park gekomen. Er was niemand te bekennen. Plotseling werd zijn aandacht getrokken door een geluid dat uit de telefooncel kwam die verderop stond. Automatisch schoten de woorden van zijn vader door zijn hoofd. Hij had namelijk gezegd dat er een tijd zou komen dat hij hem weer zou kunnen horen. Die tijd was nu aangebroken. Verlangend om zijn stem weer te kunnen horen, liep hij snel naar de telefooncel van waaruit uit het gerinkel van de telefoon steeds harder en dwingender klonk. Met een ruk trok hij de deur open en pakte hij de hoorn van de haak. Nog voordat hij iets kon zeggen, hoorde hij hoe zijn vader hem welkom heette en hem feliciteerde met de keuze die hij gemaakt had. Hij had het juiste pad gevolgd en was weer bij zichzelf terechtgekomen. BenIk was opgelucht en had weer hetzelfde gevoel als die dag dat de telefoon overgegaan was in het bedompte kamertje waarin hij wakker geworden was.

18

Een jaar later. BenIk en zijn volgers waren nu ontzettend populair geworden in de stad. Steeds meer mensen kwamen op de bijeenkomsten af en waren bereid om naar hun boodschap te luisteren. Ze waren van een kleine groep mensen die moesten vechten voor hun bestaan veranderd in een zeer gewaardeerde groepering die overal met open armen werd ontvangen. Iedereen was blij met deze ontwikkeling behalve BenIk. Hij vond dat er te veel mensen van buitenaf zich met hen begonnen te bemoeien. Naast de volgers waren er ook mensen die misbruik van hen wilde maken.

Als eerste was de pers verschenen. Na een klein artikeltje in de lokale krant verscheen er al snel een groot artikel in het dagblad. Hoe groter hun succes werd, hoe meer last ze van de pers kregen. Ze werden bijna dag en nacht gevolgd. Ze moesten hun woorden op een weegschaal leggen om niet verkeerd begrepen te worden.

In het begon vond BenIk het een goede ontwikkeling dat er bijna dagelijks een artikel over hun boodschap in het dagblad verscheen. Op deze manier zou hun zienswijze tot een groter publiek doordringen. Maar na een tijdje begon hij een zekere afkeer van de pers te krijgen. Vooral toen hij merkte dat hun uitspraken verdraaid werden, waardoor de boodschap die ze verkondigden niet meer goed overkwam.

De pers is als een chronische ziekte, waar je niet meer vanaf komt, had hij zijn volgers toevertrouwd. Uiteindelijk had hij besloten om geen interviews meer te geven. Op die manier hoopte hij dat de aandacht van de pers zou afnemen. Dat bleek echter niet het geval te zijn. Integendeel. De pers begon met speculeren. Ze wisten hun informatie aan anderen te ontfutselen. Soms was het vertrouwelijke informatie of informatie die helemaal uit zijn verband gerukt was. Soms verzonnen ze gewoon dingen om de artikels in de kranten vol te krijgen. BenIk sprak dan over de giftige letters van de krant.

Behalve de pers hadden zich ook allerlei mensen uit het bedrijfsleven op hen gestort. Winkeliers verkochten allerlei producten met het portret van BenIk erop vergezeld met oneliners die hij ooit gezegd had.

Hij werd ook belaagd door schrijvers die zijn biografie wilden schrijven. Er waren zelfs songwriters die liedjes over hem maakten. Hij was een product geworden waar iedereen aan wilde verdienen. BenIk met zijn volgers waren de sensatie van de stad geworden. Van al het geld dat ze hiermee verdienden hadden ze het duurste hotel van de stad kunnen huren. Maar dat hadden ze niet gedaan. Ze hadden een eenvoudig huis gehuurd waarin hij samen met zijn elf vaste volgers leefde. Verder hadden ze een zaal tot hun beschikking gekregen waar ze op vaste tijden hun toespraken konden houden. Voortaan hoefden ze niet meer naar de mensen te gaan, maar kwamen de mensen naar hen.

BenIk sliep zelden in het huis. Wanner hij 's avonds laat klaar was met zijn werk ging hij naar het park waar hij de nacht doorbracht bij het podium. Niemand, behalve zijn vaste volgers, kende deze plek. Hierdoor kon hij op zijn vertrouwde plek volledig tot rust komen. De stilte die hier 's nachts heerste, voelde als een warme deken. Meestal sliep hij maar een paar uurtjes. Het grootste gedeelte van de nacht lag hij te piekeren. Hoewel hij destijds had besloten om door te gaan, vroeg hij zich nu dikwijls af of hij wel de juiste beslissing genomen had. De twijfeldemonen raasden weer door zijn hoofd. Vooral de commercie die nu aan hun groep kleefde, vond hij een groot bezwaar. Hij vond dat je een goede boodschap gratis moest geven. Zijn overtuiging was niet iets dat te koop was; hij deelde die graag met de mensen. Door de bemoeienis van het bedrijfsleven verloren zijn denkbeelden aan kracht. Hij voelde zich misbruikt. Hij was, zonder dat hij er erg in gehad had, een product geworden. Een product waar hij niet achter stond. Als hij in een overvolle zaal zijn verhaal hield, dan realiseerde hij zich dat een groot deel van de aanwezigen alleen maar voor de sensatie kwam. Ze zagen hem, zonder naar hem te luisteren. De mensen maakten foto's van hem en zagen iemand die ze eigenlijk helemaal niet kenden.

Al deze gedachten besprak hij met zijn volgers. Ze schenen hem niet te begrijpen. Zij waren verblind door het succes dat ze hadden.

Oliver was dag en nacht bezig met het schrijven van toespraken. Het was altijd zijn grote wens geweest om voor overvolle zalen te spreken.

Andreas had het razend druk en had nergens meer tijd voor. Hij fungeerde als een soort manager van de groep. Zijn ervaringen uit het bedrijfsleven kon hij nu goed gebruiken.

Simon was gehypnotiseerd door het succes. Hij hielp Andreas met het beleggen van geld. Een nieuwe verslaving lag op de loer. Dit keer niet het gokken, maar het beleggen.

Bastiaans leek de enige te zijn die tijd voor BenIk leek te hebben. Hij wilde precies weten wat hij deed.

Op een dag had BenIk hem diep in de ogen gekeken en gezegd: 'Bijna zul je me vinden.'

Bastiaans was geschrokken door zijn woorden. Hij had zich omgedraaid en was vertrokken.

Zodra BenIk 's avonds alleen in het park zat, zag hij alle gebeurtenissen voorbijkomen. Af en toe zag hij de waarheid tussen alle door elkaar lopende gedachten die hij had. Het was alsof hij door een dicht begroeid, verwilderd bos liep waar hij af en toe een straaltje zon zag tussen het dikke bladerdek. Op een dag kwam hij tot de conclusie dat zijn volgers hem niet meer volgden, maar het succes achternaliepen. Zijn ideeën werden door hen gebruikt als een formule om meer succes te oogsten. Bij deze gedachte voelde hij zich ontzettend eenzaam. Hij bevond zich tussen een groep mensen die niet meer dezelfde taal spraken.

Was er maar één iemand die me begreep, dacht hij bij zichzelf. Dat was voor hem veel belangrijker dan al die dwazen die de sensatie zochten die ze in hun eigen saaie leven niet konden vinden. Hij was een entertainer geworden en niet meer de verkondiger van de waarheid.

BenIk zuchtte een aantal keer diep door al deze gedachten. Het was vanavond een donkere en stille nacht. Het leek alsof hij gevangen zat onder de zwarte deken die over het park uitgespreid was. Niemand had vanavond opgemerkt dat hij naar het park gegaan was, zo druk had iedereen het met zichzelf gehad.

Wat hem nog het meest teleurgesteld had, was niet het onbegrip van zijn volgers, maar het onbegrip van zijn vader. Hij had hem diverse keren in de telefooncel proberen uit te leggen hoe hij over de huidige situatie dacht, maar zelfs zijn vader leek hem niet te begrijpen. Hij bleef hem maar aanmoedigen om door te gaan waarmee hij bezig was. Alleen op deze manier zou hij nog meer bekendheid krijgen. Hij was ontzettend geschrokken toen hij merkte dat hij het voor het eerst oneens was met zijn vader. Tot nu toe had hij hem blindelings gevolgd. Zijn vader was zijn voorbeeld. Hij volgde zijn vader in alles wat hij zei. Nu was er het grote keerpunt. Zijn ogen gingen open. Hij zag dat hij door het blindelings volgen van zijn vader in deze onwenselijke situatie beland was. Hij verweet zichzelf dat hij kritischer had moeten zijn. De waarheid van zijn vader was niet de absolute waarheid. Er waren verschillende wegen die naar Rome leidden. Hij had het doodlopende pad gevolgd dat zijn vader voor hem aangelegd had. Nu werd het tijd om zijn eigen pad aan te leggen en te bewandelen.

Hij besloot vanaf die dag om geen contact meer op te nemen met zijn vader. Hij zou alleen nog maar doen wat hijzelf wilde. Het was een ontzettend gevecht voor hem geweest om deze stap te nemen. Uiteindelijk was hij opgelucht dat hij de knoop had doorgehakt. Zijn vader had nog een paar keer geprobeerd om telefonisch contact met hem te krijgen, maar hij had nooit meer opgenomen.

Ik heb hem niet meer nodig. Ik kan het nu alleen aan, zei hij vaak tegen zichzelf ter aanmoediging om door te gaan en de rinkelende telefoon te negeren.

Maar vanavond werd hij weer overvallen door twijfels. Had hij een goede beslissing genomen om zijn vader te negeren? Kwam het allemaal nog wel goed? Was het niet te laat om het tij te keren? Hij probeerde ook de positieve punten van zijn vader te benoemen. Hij was immers de schepper van de ideeën die hij verkondigde. Hij had allerlei dingen voorspeld die uitgekomen waren. Het leek alsof zijn vader voor hem zijn hele route had uitgestippeld en al bij voorbaat wist wat er ging gebeuren. Maar als hij alles geweten had, dan had hij ook de benarde situatie moeten zien aankomen waarin hij zich nu bevond. Zou hij hem bewust in deze situatie hebben laten belanden? Hij kon het zich bijna niet voorstellen. De ideeën die hij van zijn vader moest verkondigen die waren goed, maar de uitwerking op de mensen was fout. Hoe had zijn vader zo blind kunnen zijn om dat niet te zien? Of had zijn vader hem slechts losse woorden gegeven die in zijn lichaam zinnen werden die uiteindelijk zijn eigen boodschap werden? Misschien hadden die losse woorden voor zijn vader geen betekenis gehad en was het enige doel van zijn vader geweest om de woorden aan hem door te geven zodat hij ze kon samenvoegen tot de waarheid. Hij had geen nieuwe woorden meer nodig. Hij had zijn vader niet meer nodig. Bij die gedachte ging er een rilling door zijn lijf. De gedachte dat hij hem niet meer nodig had, gaf hem het gevoel dat hij hem verraadde. Hij had de behoefte om zijn vader nog eens te spreken en hem uit te leggen waarom hij het contact met hem verbroken had. Morgen zou hij hem proberen te bellen. Deze gedachte gaf hem rust en kracht om door te gaan.

Even voelde hij de zware last die op zijn schouders lag niet meer. Het was inmiddels laat geworden. Hij zocht een beschutte plek naast het podium en ging liggen. Hij kroop onder een paar oude dekens die hij meegenomen had en viel in slaap. Morgen zou hij zijn vader bellen.

De volgende dag werd hij al vroeg wakker. Hij had een zenuwachtig gevoel. Hij doodde de tijd door een wandeling door het park te maken. Na lang wikken en wegen besloot hij naar de telefooncel bij de ingang van het park te gaan om zijn vader te bellen. Tijdens de wandeling bedacht hij wat hij tegen hem zou gaan zeggen. Terwijl hij er nog steeds over nadacht, was hij bij de telefooncel aangekomen. Hij ging naar binnen en draaide langzaam het nummer. Zijn hart bonkte in zijn keel. Het draaide het laatste cijfer en wachtte totdat de telefoon overging. Hij schrok door de toon die hij aan de nadere kant van de lijn hoorde. Het was niet de toon die hij gewend was. Het klonk in zijn oren als een alarm. Hij wist maar al te goed wat dat geluid betekende. Het nummer dat hij draaide, bestond niet meer. Toch wilde hij het niet geloven. Misschien had hij het foute nummer gedraaid. Behoedzaam draaide hij nog eens het nummer van zijn vader. Met ingehouden adem wachtte hij op het geluid aan de andere kant van de lijn. De teleurstelling was van zijn gezicht af te lezen toen hij weer het geluid van een niet-bestaand nummer hoorde. Het zweet brak hem uit. Met zijn rechterhand wreef hij over zijn voorhoofd. Allerlei gedachten explodeerden in zijn hoofd. Met beide handen hield hij zijn hoofd vast en oefende tegendruk uit om zijn plotselinge hoofdpijnaanval af te remmen. Versuft stapte hij de telefooncel uit. Hij vergat de hoorn op de haak te hangen. Hij begon te lopen. Hij wist niet waar naartoe. Hij wilde zijn vader spreken, maar dat was onmogelijk. Het nummer bestond niet meer. Hij probeerde een andere manier te bedenken waarmee hij met hem in contact kon komen. Maar die was er niet. Hij kon hem alleen telefonisch bereiken. Hij wist niet waar hij woonde. Dat had hij hem nooit gevraagd. Zijn laatste hoop was dat het misschien aan de telefooncel lag. Dat de lijn defect was. Daarom besloot hij op zoek te gaan naar een andere telefooncel.

Na een hele tijd lopen, zag hij in de stad een telefooncel. Snel ging hij naar binnen. Met een ruk trok hij de hoorn van de haak. Hij draaide het nummer terwijl hij de cijfers hardop zei. Hij hield zijn adem in en verzamelde al zijn moed toen hij wachtte op het geluid aan de andere kant van de lijn. Hij schreeuwde het bijna uit van wanhoop toen hij het vreselijke geluid van het niet-bestaande nummer hoorde. Hij wist nu zeker dat hij geen contact met zijn vader zou krijgen. Hij duwde zijn pijnlijke hoofd tegen de koele ruit van de telefooncel. Zo bleef hij een tijdje onbeweeglijk staan. Hij probeerde na te denken, maar dat lukte niet. Diep zuchtend verliet hij de telefooncel. Zonder doel liep hij verder.

Hij bevond zich in een buitenwijk van de stad. De straten waren leeg, omdat iedereen rond deze tijd aan het werk was. Met gebogen hoofd liep hij verder. Plotseling hoorde hij dat iemand zijn naam riep. Verbaasd keek hij in de richting waar het geluid vandaan kwam. Hij keek in de ogen van een man die in een dure zwarte auto zat. De auto detoneerde met de armoede die bij deze wijk hoorde. Zover hij kon zien was de man keurig gekleed. Hij zwaaide naar hem met zijn linkerarm. Hij lachte toen hij riep: 'BenIk. Ben jij dat?'

BenIk dacht diep na. Hij had moeite om de man te herkennen. Plotseling herinnerde hij zich zijn gezicht weer. Het was het gezicht van een van de zwervers uit de groep waar hij Andreas destijds had ontmoet. Langzaam liep hij naar hem toe.

De man in de auto zag zijn verbazing. 'Dat had je niet gedacht, dat deze jongen in zo'n dure kar zou rondrijden.' Een brede grijns verscheen op zijn gezicht.

BenIk bleef op een paar passen van de auto staan. Pas toen de man zijn hand naar hem uitstak kwam hij dichterbij.

'Ik herkende je meteen. Je hebt nog steeds van die vreemde kleren aan,' zei de man op een spottende toon terwijl hij hem stevig de hand schudde.

Op het moment dat hij hem een hand gaf, ging er een schok door BenIk heen. Waarom wist hij niet.

'Ben jij je tong verloren of zo? Waarom zeg je niets?' vroeg de man lachend.

BenIk schudde zijn hoofd. 'Ik kan mijn ogen niet geloven,' antwoordde hij terwijl hij de man goed bekeek.

De man vond de reactie van BenIk grappig en zei: 'Dat had je niet verwacht van deze oude rot. Als zwerver voelde ik me altijd al verheven boven de rest. Ik wist dat ik ooit rijk zou worden en alles zou kunnen kopen wat ik wilde.' Hij lachte uitbundig. Zijn ogen fonkelden van geluk.

'Waarom loop jij nog in die oude kleding rond?' ging hij verder. 'In de hele stad zie ik je portret hangen. Je zult toch zeker geld genoeg verdienen met die groep van jou.'

BenIk bleef hem strak aankijken, maar gaf geen antwoord.

Hij trok zich er niets van aan en ging gewoon door. 'Toen ik voor het eerst die kop van jou op al die pamfletten zag afgebeeld, wist ik dat jij bijzondere kwaliteiten bezat. Ik wist toen ook al dat je het ver zou schoppen. Ik kreeg gelijk. Je bent nu een van de populairste mannen van de stad.'

BenIk hield zijn mond terwijl hij naar de man keek.

Deze liet zich niet van zijn stuk brengen. Hij peuterde in zijn neus op een manier zoals een man in een driedelig kostuum zittend in een dure auto nooit zou doen.

'Als ik jou was, dan kocht ik ook zo'n pak en auto zoals ik nu heb. Je gelooft niet wat dat voor een verschil maakt. Vroeger liet iedereen me links liggen. Ik was een stuk afval dat op de grond lag. Nu weten de mensen niet hoe ze zich moeten uitsloven als ze me zien.' Hij maakte mijn zijn armen grootse gebaren om zijn verhaal kracht bij te zetten.

'En vrouwen. Ik kan zo vaak naar de hoeren gaan als ik wil. Dat is pas het echte leven. Ik geniet er elke dag van. Volg mijn voorbeeld voordat het te laat is.' Met zijn rechterhand maakte hij een gebaar dat hij dichterbij moest komen.

Hij hield plotseling op met praten omdat hij zag dat de blik in de ogen van BenIk veranderde. BenIk keek hem nu op een ijzige, afstandelijke manier aan.

Hij deed een aantal stappen achteruit en zei op een minachtende toon: 'Noem je dit leven? Volgens mij ben je al lang dood.'

Hij keek BenIk verbaasd aan. Hij keek in de binnenspiegel van zijn auto en zei bulderend van het lachen: 'Hoor je dat, Casper? Volgens BenIk zijn we al lang dood.' Hij stikte bijna van het lachen.

BenIk was nu naar de auto toegelopen. Hij boog zich voorover en pakte Casper stevig bij zijn linkerarm vast.

Hij stopte met lachen. Hij kreeg een agressieve uitdrukking. 'Hou je vieze poten thuis. Je maakt mijn pak vies.' Hij balde zijn rechtervuist. 'Snel een beetje. Anders duw ik je gezicht in de stront. Dan zullen we eens zien wie hier dood is. '

BenIk schrok van zijn reactie en liet hem los. Toch liet hij niet merken dat hij geschrokken was. Hij bleef Casper doordringend aankijken. Casper veegde zijn linkermouw schoon om te laten zien dat hij vies van BenIk was.

BenIk schudde zijn hoofd en haalde zijn neus op. 'Ik heb medelijden met jou.'

'Heb medelijden met jezelf. Stuk ongeluk,' schreeuwde Casper. 'Ik durf tenminste te leven. Het leven is er om van te genieten. Wat kan me de rest schelen? Als ik het maar goed heb.'

'Weet je waarom ik deze kleren nog aan heb?' vroeg BenIk terwijl hij Casper strak aankeek.

Casper maakte een gebaar dat hij niet geïnteresseerd was in zijn verhaal. BenIk trok zich er niets van aan en ging door:

'Ik heb deze kleren nog aan, omdat ik geen duur pak nodig heb. Het enige wat ik nodig heb is mijn gezond verstand. Ik zie hoe geld en dure auto's mensen veranderen. Onschuldige mensen worden criminelen. Zwervers worden mensen die ze voorheen verachtten. Geld is het gevaarlijkste wapen dat er op aarde is. Ik weiger me aan de macht van het geld over te leveren. Nooit zal ik mijn idealen inruilen voor geld. Ik zal altijd blijven strijden voor mijn gelijk en ik zal mezelf nooit verloochenen. '

De ogen van BenIk spuwden vuur terwijl hij zijn betoog hield.

Casper maakte een wegwerpgebaar. 'BenIk, je bent stapelgek. Je zult het niet redden in deze wereld. Kapot zal je gaan.'

Op zijn gezicht verscheen een ironische glimlach. Hij gaf gas en reed met grote snelheid weg. BenIk keek de auto achterna totdat die uit de straat verdwenen was.

'Waarom bestaan er zoveel mensen die net zo zijn als Casper?' mompelde hij op droevige toon toen hij gebukt onder de last van zijn leven verder liep.

19

Het was vandaag maandag. Het was voor BenIk en zijn
volgers een rustdag. Voordat BenIk naar het park ging,
besloot hij nog even langs het huis te gaan waar hij met zijn
volgers woonde. Hij trof daar alleen Simon en Oliver aan.
Oliver was bezig met het voorbereiden van zijn toespraak
voor de volgende dag. Simon zat aan een grote tafel. Hij
was tegen zichzelf aan het kaarten. Alleen Oliver merkte dat BenIk binnenkwam. Zonder op te kijken, groette
hij hem. BenIk ging tegenover hem zitten. Oliver keek
hem nu wel aan en merkte op dat hij er vandaag beroerd
uitzag. BenIk vertelde wat hij die dag had meegemaakt.
Oliver en Simon luisterden maar half naar wat BenIk zei.
Ze gingen gewoon door met de dingen waar ze mee bezig
waren. Toen hij klaar was met zijn verhaal en merkte hij
dat ze niet geluisterd hadden, werd hij kwaad. Hij moest
zich inhouden om niet in woede uit te barsten. Daarna
stond hij op en ging hij eerst naar Simon toe. Hij zat nog
steeds te staren naar het kaartspel dat voor hem lag. BenIk
stond nu vlak naast hem en vroeg wat hij aan het doen
was. Simon mompelde afwezig dat hij een nieuw kaartspel
aan het uitproberen was. BenIk legde zijn rechterhand op
Simons schouder, waarop deze BenIk verbaasd aankeek.

'Je ben tegen jezelf aan het spelen. Pas op, dat je niet
verliest,' zei BenIk op een vermanende toon terwijl hij
Simon strak aankeek.

Simon was overrompeld door de toon die BenIk tegen
hem aansloeg. Hoewel BenIk Simons verbazing zag, vond
hij het niet nodig om zijn woorden verder toe te lichten.
Hij liet hem los en draaide zich om naar Oliver die een

eindje verderop ook verbaasd naar hem keek. Hij liep nu naar hem toe en stelde hem dezelfde vraag die hij aan Simon gesteld had. Oliver antwoordde dat hij bezig was met het voorbereiden van een toespraak die hij morgen zou geven. BenIk boog zich over de vellen papier die voor Oliver lagen en las een paar zinnen. Het waren allemaal prachtige volzinnen. Daarna keek hij Oliver met een woeste blik aan.

'Je zinnen zijn goed geformuleerd, maar waar is de kracht gebleven die eens in je woorden zat?' zei hij op een verwijtende toon.

Oliver keek verbouwereerd van de vellen papier die voor hem op de tafel lagen naar BenIk. Hij wist zo gauw geen antwoord te geven.

'De kracht komt voort uit het spontane woord, want dat komt recht uit je hart. Het geschreven woord is een uitvloeisel van je verstand. Voordat het na veel wikken en wegen op papier verschijnt, heeft het zijn kracht al verloren.'

Toen hij dit gezegd had, draaide hij zich om en verliet hij de kamer. Hij gunde Oliver niet de kans om wat terug te zeggen. Als versteend keek Oliver naar de deur waardoor BenIk zojuist verdwenen was.

'Waarom reageert hij op deze manier? Zou hij ergens mee zitten?' hoorde hij Simon vragen.

Oliver gaf geen antwoord. Hij bleef maar naar de deur kijken terwijl hij een stekend gevoel in zijn hoofd kreeg. Hij hoorde Simon nog iets zeggen, maar de woorden drongen niet tot hem door, zozeer was hij met zijn eigen gedachten bezig. Het was alsof het onweerde in zijn hoofd. Alsof er een vulkaan uitbarstte. Hij sloot zijn ogen en haalde een paar keer diep adem.

Simon, die merkte dat Oliver niet naar hem luisterde, stond op. Hij stak het spel kaarten in zijn zak en verliet hoofdschuddend de kamer. Hij had behoefte aan frisse lucht na dit bizarre optreden van BenIk.

Oliver zat nu alleen in de kamer. De pijn in zijn hoofd werd steeds erger. Daarom stond hij op en begon hij rondjes door de kamer te lopen. Hij hoopte dat op deze manier de pijn snel zou afzakken. Hij mompelde allerlei verwijten tegen zichzelf terwijl hij met zijn handen over zijn hoofd wreef.

Op luide toon sprak hij tegen zichzelf: 'Hij heeft gelijk. Waar ben ik eigenlijk mee bezig? De mensen klappen alleen om mijn toespraken omdat ze uit prachtige volzinnen bestaan. Ze horen alleen de klanken en het ritme van de woorden. De boodschap die erin verborgen ligt, verstaan ze niet. BenIk heeft gelijk.'

Met een ruk pakte hij de papieren die op tafel lagen en scheurde ze in stukken.

'Voortaan zal ik weer zeggen wat ik voel,' zei hij op triomfantelijke toon terwijl hij het laatste velletje papier verscheurde. Daarna haalde hij een aantal keren diep adem. Op zijn gezicht verscheen een bevrijdende glimlach. Het was alsof BenIk een blinddoek van hem had afgedaan. Hij begon na te denken over de positie waarin ze zich nu bevonden. Hij herinnerde zich ook de eerdere verwijten die BenIk gemaakt had over hun huidige manier van werken. Hij realiseerde zich nu dat hij toen helemaal niet gereageerd had op BenIk.

Ik was veel te veel met mezelf bezig. Ik heb zijn woorden wel gehoord, maar niet begrepen, dacht hij terwijl het zweet hem uitbrak.

Hij stond op. 'Ik moet hem vinden om hem duidelijk te maken dat ik hem nu begrijp,' mompelde hij terwijl zijn jas aandeed. Daarna ging hij op weg naar het park, omdat hij wist dat BenIk daar meestal de nacht doorbracht.

Na een half uur lopen kwam Oliver bij het park aan. Het park had 's avonds altijd een geheimzinnige uitstraling. Maar vandaag voelde het anders dan normaal. Het was zo stil dat hij bijna zijn eigen hartslag kon horen. Bij de poort bleef hij even stil staan. Hij kreeg altijd een raar gevoel als hij onder de poort door liep. Door de stilte aarzelde hij even of hij verder moest lopen. Uiteindelijk waagde hij de stap in het diepe en liep hij door. Hij dacht terug aan de eerste keer dat ze hier gekomen waren. Hier was in feite alles begonnen. Hier hadden ze de plannen gemaakt die ze nu ten uitvoer brachten. Hij kon zich nog goed herinneren hoe hij BenIk voor het eerst door het park had zien lopen na zijn lange ziekbed. Toen hij BenIk vroeg wat hem mankeerde, antwoordde hij dat hij de weg kwijtgeraakt was, maar dat hij hem nu weer teruggevonden had. Daarna had hij BenIk omarmd en stevig tegen zich aangedrukt.

Vanaf dat moment was het in een sneltrein vaart gegaan. Ze waren met de dag populairder geworden. Oliver vroeg zich af of ze wel de goede weg bewandeld hadden. Hij wilde zo snel mogelijk bij het podium komen, waardoor hij sneller ging lopen. Hij wilde BenIk onder de treurwilg ontmoeten en met hem zijn gedachten delen. Hij wilde hem deelgenoot maken van zijn tegenstrijdige gevoelens. Plotseling bleef hij staan. Dat kwam door een man die uit het donker verscheen en om hem af kwam lopen. Hij herkende de man. Het was Bastiaans. Deze herkende Oliver ook en bleef op een paar passen afstand van hem staan. Oliver zag dat hij geschrokken was doordat hij hem hier tegenkwam.

'Wat doe jij hier nog zo laat?' vroeg hij op een vreemde manier aan Oliver. Het leek alsof hij kortademig was.

'Dat kan ik ook aan jou vragen,' antwoorde Oliver kortaf, terwijl hij Bastiaans wantrouwend aankeek. Waarom hij hem ineens zo wantrouwde, wist hij niet.

'Als je BenIk zoekt, die is er niet,' zei Bastiaans terwijl hij zijn keel schraapte. Hij hield Oliver goed in de gaten.

'Hoe weet je dat?' Oliver was teleurgesteld dat BenIk er waarschijnlijk niet was, terwijl hij zich er helemaal op ingesteld had om vanavond met hem te praten.

'Ik ben zojuist bij het podium geweest. Daar heb ik hem niet aangetroffen. Ik heb ruim een half uur gewacht, maar hij is niet komen opdagen. Hij is er echt niet,' antwoordde Bastiaans terwijl hij Oliver niet aankeek.

Oliver trok zich niets van hem aan en liep door. 'Tot morgen,' zei hij toen hij hem passeerde. Bastiaans haalde zijn schouders op en liep de andere kant op.

Terwijl Oliver verder liep, vroeg hij zich af wat Bastiaans op dit tijdstip in het park deed. Hij had het gevoel dat hij iets voor hem verborgen hield. Hij had er spijt van dat hij hem dat niet op de man af gevraagd had. Hij had er ook spijt van dat hij hem niet verteld had dat hij vond dat de twijfels van BenIk terecht waren. Als hij Simon of Andreas was tegengekomen, dan had hij dat hoogstwaarschijnlijk wel gezegd. Tegenover Bastiaans had hij altijd een mate van gereserveerdheid gevoeld. Eigenlijk mocht hij hem niet. Hij vond dat hij niet echt bij de groep paste. Hij had het er een aantal keren met Simon en Andreas over gehad. Omdat zij zich volstrekt niet herkenden in het gevoel van Oliver had hij het er uiteindelijk maar bij gelaten. De klik tussen hem en Bastiaans ontbrak. Hij merkte dat hij Bastiaans altijd probeerde te ontwijken.

Hij was inmiddels in de buurt van het podium gekomen. De treurwilg zag er vanavond uit als een grote draak die over het podium waakte. Hij verliet het pad om via het grasveld het podium te bereiken. Hij zag weer voor zich hoe hij vorig jaar BenIk tegemoet gerend was en hoe ze elkaar omarmd hadden. Hij kneep zijn ogen samen en keek om zich heen in de hoop dat hij BenIk zou zien. Maar zijn hoop was tevergeefs. Bastiaans had gelijk. BenIk was nergens te bekennen.

Oliver ging op de plek zitten waar BenIk altijd sliep. Hij hoopte dat hij snel zou komen opdagen. Hij maakte zich zo klein mogelijk om het warm te krijgen. Terwijl hij wachtte, werd hij overvallen door een hevige angst. Hij was bang dat hij BenIk nooit meer zou zien en dat hij te laat was gaan inzien dat hij fout zat. Het zweet brak hem uit. De stilte van de nacht maakte de angst nog heviger. Het liefst zou hij opstaan en keihard de naam van BenIk roepen, maar hij miste de kracht om dat te doen. Rillend van de kou bleef hij zitten. Hij voelde zich als een zoon die zijn vader verloren had. Hij probeerde de gedachte dat hij BenIk nooit meer zou zien te verjagen, maar dat lukte niet. Deze gedachte was als een gezwel dat zich in zijn lichaam genesteld had en steeds groter werd. Door deze explosieve groei was hij niet meer in staat om na te denken. Zijn ogen werden steeds zwaarder. Uiteindelijk viel hij in slaap.

De volgende dag werd hij met pijn in zijn hele lichaam wakker. Hij was stijf van de kou. Het duurde even voordat hij wist waar hij was. Toen hij zich realiseerde dat hij bij het podium lag, keek hij snel rond of hij BenIk ergens zag.

'Hij is toch niet gekomen,' mompelde hij teleurgesteld.

Toen hij opstond was hij duizelig. Hij moest even een pas op de plaats maken om te voorkomen dat hij flauw zou vallen. Zijn hoofd voelde alsof hij te veel gedronken had. Hij liep een paar keer rond het podium en scande de omgeving af in de hoop dat hij BenIk ergens zou zien. Toen dat niet het geval bleek te zijn, ging hij op weg naar het huis waar zijn vrienden waren. Stiekem hoopte hij dat BenIk daar zou zijn.

Het was nog vroeg. Hij dacht dat hij de enige bezoeker in het park was, totdat hij in de verte drie mannen zag staan. Hij bleef even staan, maar liep uiteindelijk verder. Hij zag hoe de drie mannen zich omdraaiden en naar een grote zwarte auto liepen die naast de telefooncel bij de ingang van het park stond. De mannen stapten één voor één in en daarna reed de auto langzaam weg. Toen Oliver bij de telefooncel aankwam, zag hij dat de auto een eindje verderop stil stond. Even vroeg hij zich af wie die drie mannen waren die daar in de auto zaten. Daarna liep hij rillend van de kou verder richting stad.

Een half uur nadat Oliver het park verlaten had, liep BenIk richting het park. Hij was de vorige avond naar het huis gegaan waar hij destijds Bea ontmoet had. Tot zijn teleurstelling was het huis afgebroken. Slechts een hoop stenen begroeid met onkruid was getuige van het mooie huis dat hier ooit gestaan had. Hij was over de stenen geklommen en had een beschutte plek gevonden waar hij de avond en nacht had doorgebracht. Op die plek had hij zich thuis gevoeld. Het was net alsof hij hier de aanwezigheid van Bea voelde. Die hele nacht had hij aan haar gedacht. Hij vroeg zich af wat er van haar terechtgekomen was. Van Hilde had hij gehoord dat ze in een andere stad werkte. Ze zette zich in voor zieken en ouderen die hulp nodig hadden. Hilde had één keer een brief van Bea gekregen waarin ze vertelde dat het goed met haar ging. Ze had ook gevraagd om aan hem de groeten te doen. Na die ene brief had Hilde niets meer van haar gehoord.

Hij besefte dat Bea de enige geweest was die hem pure liefde gegeven had. Hij kreeg een vreemd gevoel in zijn lichaam toen hij aan die nacht terugdacht. Hij had er nooit met iemand over gesproken. Hij hoopte dat ooit de dag zou aanbreken dat hij haar nog een keer in haar donkerbruine ogen kon kijken. Hij dacht ook aan Hilde die hem destijds zo gastvrij ontvangen had. Tijdens zijn ziekte had ze als een moeder voor hem gezorgd. Als zij er niet geweest was, dan was het hoogstwaarschijnlijk fout afgelopen. Van haar had hij ook al een hele tijd niets meer gehoord. Hij had haar naar een wijk in de stad gestuurd waar ze haar hulp nodig hadden. Hij zou haar snel moeten opzoeken. Misschien had ze inmiddels wel weer een nieuw bericht van Bea ontvangen. Terwijl hij aan beide vrouwen dacht, viel hij uiteindelijk in slaap.

De volgende dag besloot hij op zoek te gaan naar Hilde. Toen hij in de wijk aankwam en aan de mensen vroeg of ze wisten waar Hilde was, kreeg hij te horen dat ze een paar maanden geleden vertrokken was. Hij had geprobeerd om meer details los te krijgen van de mensen uit de buurt, maar niemand wist waar ze naartoe gegaan was. Ze was gewoon weggegaan. Meer wisten ze niet. Toen hij teleurgesteld wilde vertrekken, werd hij door een klein oud vrouwtje aan zijn arm vastgepakt. Zij fluisterde in zijn oor dat Hilde tegen haar verteld had dat haar vroegere man haar was komen ophalen. Hij zou helemaal veranderd zijn. Hij was rijk en had beloofd om voortaan goed voor haar te zorgen. Toen was ze van de een op de andere dag weggegaan. Ze had aan haar een brief gegeven en gevraagd om die te overhandigen aan een man in veel te grote kleren die op zoek naar haar was. Ze pakte een kleine brief uit de binnenzak van haar jas en gaf die aan BenIk. Hij bedankte haar dat ze de boodschap had overgebracht en ging weg.

De bewoners van de wijk hadden hem met ontzag nagekeken. Het gebeurde immers niet vaak dat BenIk zomaar langskwam. Toen hij wegliep, voelde hij zich mistroostig. Hij had drie mensen gezocht: zijn vader, Bea en Hilde. Hij had niemand gevonden. Hij voelde zich ontzettend eenzaam. Daarna herinnerde hij zich dat hij een brief van het oude vrouwtje had gekregen. Hij ging op een bank zitten om de brief te lezen. Voorzichtig opende hij de enveloppe. Er zat een klein briefje in waarop een aantal haastig geschreven zinnen stonden. Hij las ze aandachtig door. Ze schreef dat ze haar geluk had gevonden en dat ze een verstandig besluit had genomen door met haar ex-man mee te gaan. Ze had ook weer een berichtje van Bea gekregen waarin stond dat het goed met haar ging. BenIk las de zin over Bea nog een paar keer door in de hoop dat hij er nog een geheime boodschap in zou ontdekken. Daarna stopte hij het briefje in de binnenzak van zijn jas en stond op. Er verschenen tranen in zijn ogen toen hij zich realiseerde dat zelfs Hilde gezwicht was voor het grote geld.

'Geld maakt iedereen kapot,' mompelde hij gefrustreerd.

Het was inmiddels drukker geworden op straat. Omdat steeds meer mensen hem herkenden en hem probeerden aan te klampen, besloot hij een kleine zijstraat in te slaan om terug te gaan naar het park.

Het park lag er verlaten bij. Bij de ingang zag hij een zwarte auto staan waar drie mannen naast stonden. De auto deed hem denken aan een begrafenisauto. Toen hij onder de poort bij de ingang van het park door liep, vroeg hij zich af hoelang het zou duren voordat de smet van het geld ook de natuur van het park zou aantasten. Hij stak het gazon over om bij het podium te komen. Nog nooit had de grote treurwilg zo'n indruk op hem gemaakt als vandaag. Misschien kwam dat wel omdat hij innerlijk huilde.

20

'We moeten onze ogen openen. De weg die we ingeslagen zijn is fout. We moeten ons dit goed realiseren, voordat het te laat is. Zien jullie dan niet dat we gebruikt worden? We worden betaald voor de mooie woorden die we zeggen. Maar we moeten geen mooie woorden zeggen. We moeten de waarheid vertellen. De waarheid is meestal keihard en kent geen mooie woorden.'

Oliver stond op een stoel in het midden van de gemeenschappelijke kamer van het huis, terwijl hij de groep toesprak. Zijn woorden waren vuriger als ooit tevoren. Terwijl hij sprak, balde hij zijn vuisten en keek hij iedereen één voor één aan.

'We zijn veel te veel met onszelf bezig geweest. Daarom hebben we niet naar BenIk geluisterd, terwijl hij ons juist probeerde te waarschuwen. We moeten hem zo snel mogelijk proberen te vinden en hem om raad vragen. Zonder hem zijn we hopeloos verloren.'

De anderen keken elkaar verontwaardigd aan. In het begin waren ze verbaasd over de toon die Oliver tegen hen aansloeg, maar daarna realiseerden ze zich steeds meer dat hij weleens gelijk kon hebben. Nadat Oliver uitgesproken was, begonnen ze met elkaar te discussiëren. Oliver zag tot zijn opluchting dat zijn woorden effect hadden. Ze waren recht uit zijn hart gekomen, net zoals BenIk hem dat geadviseerd had. Het leek alsof hij voor het eerst in lange tijd weer adem kon halen. Door zijn toespraak was een zware last van zijn schouders gevallen. Hij haalde opgelucht adem.

Simon kwam naast hem staan. Hij keek bedroefd.

'Wat is er?' vroeg Oliver

Hij zweeg even en antwoordde daarna op sombere toon: 'Ik ben een stommeling geweest. Ik kan me wel voor mijn kop slaan.' Hij zuchtte diep terwijl Oliver hem begripvol aankeek.

'Het scheelde niets, of ik was weer verslaafd geraakt aan het gokken. Hij heeft me destijds gewaarschuwd dat ik mezelf niet moest verliezen. Ik begreep hem niet en heb zijn waarschuwing in de wind geslagen. Nu begrijp ik hem. Hij wilde voorkomen dat mijn gokverslaving zich weer zou openbaren.'

Hij stopte even met spreken en keek rond om er zeker van te zijn dat de rest niet meeluisterde. Toen hij zag dat iedereen met elkaar in gesprek was, ging hij verder.

'Oliver, kun je begrijpen hoe ik me nu voel? Ik voel me als een verrader. Hij wilde me helpen, maar ik heb zijn hulp niet aangenomen. Ik heb me gedragen zoals al die mensen in de verschillende wijken van de stad die we bezoeken. De mensen die ik vervloekt heb, omdat ze onze hulp niet aannamen. Ik ben net zoals zij.'

De laatste zin sprak hij met een brok in zijn keel uit. Oliver keek Simon aan en klopte hem een aantal keren troostend op zijn schouder. Simon schaamde zich en keek naar de grond. Pas toen hij Oliver hoorde zeggen dat hij dezelfde fout had gemaakt keek hij hem weer aan. Hij voelde zich getroost door de gedachte dat hij niet de enige was die gefaald had.

Oliver vertelde dat hij ook op het verkeerde pad beland was en dat BenIk hem had willen helpen. Ook hij had niet naar hem geluisterd en was zijn eigen weg gegaan.

'We waren verblind door ons succes en te veel met onszelf bezig. Daarom zagen we de uitgestoken hand van

BenIk niet. We waren niet in staat om zijn hulp aan te nemen omdat we niet zagen wat zijn bedoelingen waren. '

Simon voelde zich door deze uitleg van Oliver enigszins gerustgesteld. Hij keek Oliver dankbaar aan.

'Jij ben een beste vent, Oliver.' Hij gaf hem een ferme handdruk.

Oliver maakte een gebaar dat hij hem graag wilde helpen. Plotseling leek hij even te schrikken. Robert was namelijk naar hen toe gelopen. Oliver wist eerst niet wat er gebeurde, maar toen Robert plotseling naast hem stond, had hij een vreemd gevoel gekregen. Snel probeerde hij een andere uitdrukking op zijn gezicht te toveren om zijn emotie niet te tonen.

'Ik maak me zorgen,' zei Robert op geheimzinnige toon tegen Oliver. Deze woorden sloegen in als een bom. Hij voelde zich als aan de grond genageld. Het was alsof er iets in hem brak. Het zweet brak hem uit. Onbewust was hij altijd bang geweest dat Robert iets van deze strekking zou zeggen. 'Ik maak me zorgen. Ik maak me zorgen.' Deze vier woorden bonkten in zijn hoofd.

Tegen Robert had BenIk gezegd dat hij hen ooit zou verlaten. Wanneer dat zou zijn, had hij in het midden gelaten. Hij had gezegd dat hij hen om een misverstand zou verlaten en dat dit zou gebeuren op het moment dat ze de top van hun succes bereikt hadden. Hij voelde hoe zijn lichaam begon te rillen. Alleen Robert en hij waren op de hoogte van deze voorspelling van BenIk. Robert had niemand anders ingelicht. Hij keek Robert aan. Hij zag aan hem dat hij hetzelfde dacht als hij. Is de dag dat hij ons gaat verlaten nu aangebroken? Hij nam Robert bij zijn hand en zei op een gespeelde, rustige toon: 'Kom, we gaan hem zoeken.'

Robert keek niet op van deze reactie van Oliver. Het was ook van plan om op zoek te gaan naar BenIk.

Voordat ze wegliepen, zeiden ze tegen Simon dat ze samen op zoek gingen naar BenIk en dat ze niet op hen hoefden te wachten. Daarna liepen ze weg en lieten Simon met een vragend gezicht achter.

Buiten haalde Simon Oliver en Robert in. Ze vroegen niet waarom hij hen achterna was gekomen. Ze liepen onverstoord verder. Simon had al snel in de gaten dat ze naar het park liepen. Het was alsof ze er naartoe gezogen werden. Hoe dichterbij ze kwamen, hoe sneller ze gingen lopen. Onderweg sprak niemand. Simon had duizenden vragen, maar de sfeer die er heerste weerhield hem ervan om ze te stellen. Voordat ze het wisten waren ze bij de ingang van het park gekomen. Oliver was de eerste die bleef staan. Zijn gezicht was vuurrood door het snelle lopen. Zijn gezicht was bezweet. Met een zakdoek wreef hij het droog. Daarna draaide hij zich naar Robert die links van hem stond.

'Zou hij er nog zijn?'

Robert haalde zijn schouders op. Terwijl hij met zijn rechterhand door zijn haren wreef, zei hij half verstaanbaar: 'Ik weet het niet.'

Toen ze verder wilden lopen, ging Simon voor hen staan, alsof hij hun de doorgang wilde versperren. Oliver keek geïrriteerd en deed een pas opzij om langs hem heen te lopen, maar Simon greep hem vast. Hij trok hem naar hem toe en keek hem boos aan.

'Wat is hier eigenlijk aan de hand? Waarom doen jullie zo geheimzinnig?'

Robert legde zijn hand op Simons schouder om hem te kalmeren.

'Rustig aan, Simon. Ik zal het je uitleggen.'

Hij liet Oliver los en draaide zich naar Robert toe.

Robert vertelde hem van het gesprek dat hij met BenIk gehad had. Daarna legde hij uit dat Oliver en hij zich zorgen maakten om de toestand van BenIk. Ze vroegen zich af of de dag was aangebroken dat hij hen zou verlaten. Terwijl Robert dit vertelde, voelde Simon dat hij duizelig werd.

'Dit mag niet waar zijn,' zie hij met overslaande stem.

Oliver werd ongeduldig en liep verder. 'We moeten opschieten. Misschien treffen we hem nog bij het podium aan.'

Robert trok Simon voorzichtig aan zijn mouw om hem aan te sporen om mee te gaan. Ze liepen achter elkaar naar het podium toe. Oliver voorop. Robert in het midden en Simon, diep verzonken in zijn gedachten, achteraan. Oliver was de eerste die bij het podium aankwam. Robert hoorde hoe hij begon te vloeken. Hij wist wat dit betekende.

'Waar kan hij toch zijn?' riep Robert wanhopig.

Oliver liep als een kip zonder kop rond het podium.

'Ik weet het niet. Ik weet het niet. We zijn te laat. Hij is verdwenen. Waarom zou hij ook bij zo'n stelletje blinde sukkels als wij blijven?' '

Hij ging tegen een pilaar zitten en drukte zijn handen tegen zijn hoofd.

Toen Simon hoorde dat BenIk er niet was, bleef hij als versteend op een afstand van het podium staan. Als een wild dier keek hij om zich heen, in de hoop dat hij BenIk ergens zou zien. Omdat hij hem nergens zag, liep hij verder. Hij besloot in het park op zoek te gaan naar hem. Hij schreeuwde tegen Robert en Oliver wat hij van plan was en liep verder. Hij draaide alle kanten op om op deze manier elk gedeelte van het park te kunnen zien. Zoals hij bewoog, leek het alsof hij danste. Oliver moest aan de dansende zwervers onder de brug denken toen hij Simon over het grasveld zag verdwijnen.

Robert vroeg zich af wat ze moesten doen. Hij zou natuurlijk overal in de stad kunnen zijn. Misschien had hij zelfs de stad al verlaten. Toch was dat vreemd, omdat BenIk zelden zonder zijn volgers alleen naar de stad ging. Meestal was hij hier in het park. Robert liep naar Oliver die nog steeds ineengedoken tegen de pilaar zat. Robert vertelde hem zijn plan. Hij zou iedereen optrommelen en een grote zoekactie naar BenIk opzetten. Alle volgers zouden een deel van de stad uitkammen. Ze zouden net zolang blijven zoeken totdat ze hem gevonden hadden. Hij zei dat Oliver het beste bij het podium kon blijven. Misschien dat BenIk in de loop van de dag hier wel zou verschijnen. Dan kon hij de rest inlichten. Oliver knikte dat hij hem begreep terwijl hij Robert niet aankeek. Hij staarde naar de grond alsof hij daar de oplossing van het raadsel van de verdwijning van BenIk zou ontdekken. Robert keek nog een keer om zich heen en liep weg.

Oliver bleef nog een tijdje ineengedoken tegen de pilaar zitten. Daarna stond hij op. Hij staarde over het grasveld. Het zag er somber uit. Door het zware wolkendek leek het later dan het in feite was. Het begon zachtjes te regenen. Oliver had zijn blik op oneindig gezet. Hij keek zonder te zien. Hij voelde zijn hart in zijn keel kloppen. Een onbestemd gevoel maakte zich van hem meester. Hij had het gevoel dat hij iets kostbaars verloren had. Het was hetzelfde gevoel dat hij op tienjarige leeftijd ervaren had toen zijn opa plotseling was overleden. Zijn onbezorgde jeugd spatte uiteen door de dood. Hij was het bos in gerend en had zich daar de hele dag verstopt. Aan het begin van de avond had zijn vader hem uiteindelijk gevonden. Hij had een pak slaag gekregen. Dat herinnerde hij zich nog goed. Dat was iets wat hij zijn vader nooit vergeven had. Een pak slaag krijgen terwijl hij die dag kennis gemaakt had met de dood, was voor hem altijd iets onrechtvaardigs geweest. Ook nu voelde hij weer de behoefte om te vluchten naar een plaats waar niemand hem kon vinden. Hij wilde onzichtbaar worden. Oplossen in het niets. Hij wilde niet meer langer deel uitmaken van het verhaal waarin hij zich bevond. Hoewel hij alleen was, wist hij dat Robert en Simon dadelijk weer terug zouden komen. Misschien hadden ze wel nieuws over BenIk. Daarom besloot hij niet weg te rennen. De hoop om BenIk terug te zien, was sterker dan de drang om te vluchten.

De gedachten vlogen door zijn hoofd terwijl hij voor zich uit staarde. Plotseling hoorde hij een geluid van iemand achter zich. Met een ruk draaide hij zich om. Het was niet BenIk die daar aan kwam lopen. Het waren Simon en Robert. Ze hadden elkaar bij de ingang van het park ontmoet. Teleurgesteld draaide Oliver zich terug. Hij stond tegen de pilaar en staarde weer voor zich uit.

'Onze vrienden heb ik over de stad verspreid. Ze zoeken met man en macht naar BenIk. Zodra ze hem vinden zullen ze contact met ons opnemen,' zei Robert op rustige toon.

De kalme manier van praten irriteerde Oliver. Hoe kon iemand zo kalm zijn terwijl BenIk zoek was? Hij moest moeite doen om een woede-uitbarsting te voorkomen.

'In het park is hij zeker niet. Ik ben drie keer rondge-lopen en heb alle hoeken en gaten van het park bekeken,' zei Simon teleurgesteld.

Het werd Oliver allemaal te veel. Door de aanwezigheid van het tweetal had hij niet de rust om na te denken. De drang om te vluchten stak zijn kop weer op. Hij begreep dat hij niet zomaar kon wegrennen. Daarom besloot hij om het op een andere manier aan te pakken. Hij zei dat hij ook een rondje door het park ging lopen en dat hij daarna weer terug zou komen. Simon en Robert knik-ten goedkeurend. Oliver stond op en liep de richting op waarnaar hij de hele tijd had zitten staren.

21

Met een schok werd hij wakker. Hij keek even om zich heen. Hij was nog versuft, maar toen hij het dak van het podium zag herinnerde hij zich alles weer. Hoe hij naar het huis van Hilde was gegaan. Hoe hij het briefje van de oude vrouw had gekregen. Meteen voelde hij weer dat verlammende gevoel waarmee hij in slaap was gevallen. Het was nog niet donker. Waarschijnlijk had hij slechts een uur of twee geslapen. Langzaam stond hij op. Hij had geen zin meer om te blijven liggen. Slapen kon hij toch niet meer. Hij realiseerde zich nu dat hij zich nog nooit zo eenzaam gevoeld had. De mistroostige uitstraling van het park op deze regenachtige dag versterkten zijn negatieve gevoelens.

Ik moet gaan bewegen anders val ik om, dacht hij bij zichzelf. Hij voelde hoe zijn benen trilden. Hij vermande zich en begon aan zijn wandeling door het park. Hij had geen idee waar hij naar toe liep. Hij volgde zijn lichaam. Plotseling werd hij opgeschrikt door twee kinderen die met veel lawaai uit de struiken sprongen. Geschrokken bleef hij staan. De twee kinderen van ongeveer tien jaar waren gekleed in een legeruitrusting. Ze droegen beiden een nepwapen dat bijna net zo groot was als ze zelf waren. Er kwamen allerlei vonken uit, vergezeld door het geluid van een mitrailleur.

'Je bent dood, schoft. Ik heb je kapotgeschoten,' riep één van de jongens.

BenIk keek de jongen verbouwereerd aan.

'Je moet omvallen, idioot. We hebben je geraakt,' schreeuwde de andere jongen.

Toen ze zagen dat hij niet reageerde, draaiden zij zich om en liepen ze luid lachend weg.

Met open mond keek BenIk de wegrennende jongens na. Ze hadden hem voor schut gezet. Hij voelde zich vernederd. Hij realiseerde zich dat alles wat hij tot nu toe gedaan had volkomen nutteloos geweest was. De twee kinderen hadden hem de ogen geopend. Als zelfs de jeugd verdorven was, wat had het dan voor zin om nog langer de wijze man uit te hangen die de wereld probeert te verbeteren? Kinderen zijn de volwassenen van de toekomst. Hij wist nu zeker dat de toekomst verdorven was. De kinderen wisten niet beter. Ze kopieerden het gedrag van hun ouders. De mensen in deze stad waren zijn hulp niet waardig. Iedereen dacht alleen maar aan zichzelf. De twee kinderen met hun wapens symboliseerden het gedrag van de volwassenen in deze stad. Iedereen droeg in feite dezelfde wapens waarmee ze elkaar het leven zuur maakten. Hun wapens waren geen geweren, maar negatieve eigenschappen zoals egoïsme, haat en nijd. Het werd hem nu duidelijk dat de wereld uit zijn droom waarvoor hij zo bang geweest was in feite niets anders was dan een karikatuur van de wereld waarin hij zich bevond.

Ze leefden in een wereld waarin iedereen zijn eigen geluk nastreefde over de rug van de anderen. Alleen de sterksten bleven over ten koste van de zwaksten. De aarde hier was onvruchtbaar. De liefde die hij hier gezaaid had zou hij nooit kunnen oogsten. Hij had gehoopt dat de hulp die hij aan de mensen gegeven had doorgegeven zou worden aan anderen die hulp nodig hadden. Maar het tegendeel was waar. Ze gebruikten die hulp alleen maar om er zelf beter van te worden. Zelfs in Hilde, die hij zo bewonderde, was zijn hulp niet ontkiemd. Voor zijn volgers gold hetzelfde. Hij had ze één voor één geholpen met hun problemen. Het enige wat ze nu deden was genieten van het succes dat ze behaald hadden.

'Ik heb een grote fout gemaakt,' mompelde BenIk. Hij besloot het roer om te gooien en de mensen in deze stad niet meer te helpen. Hij wist dat hij niet in staat was om deze mensen te veranderen. Een mens kon zich alleen zelf veranderen. Daarvoor moest hij wel gemotiveerd zijn. Als die motivatie er niet was dan schoot elke vorm van hulp tekort. Veranderen was een actief proces, geen passief proces dat door anderen gedaan werd. Hij had gedacht dat zijn mooie woorden een positieve invloed op de mensen zouden hebben, maar het was slechts een schertsvertoning geweest. Hij had al die passieve mensen zijn woorden gevoerd. Ze kauwden erop zonder te proeven hoe ze smaakten. De woorden hadden slechts een kortdurend effect gehad waarna ze in het niets waren verdwenen.

'Alle moeite voor niets,' vloekte hij.

Hij voelde zich bevrijd en desolaat tegelijkertijd. Al zijn idealen stortten nu als een kaarthuis in elkaar. Al zijn briljante ideeën ontsnapten uit zijn hoofd. Er bleef een angstaanjagende leegte over. Hij voelde zich uitgeput. Zijn innerlijke krachten waren uitgedoofd.

Hij dacht na wat hij moest doen. Maar de toekomst zag er somber uit. Hij keek in een uitzichtloze, zwarte, oneindige diepte. De dag van morgen had geen betekenis meer voor hem. Hij schrok hiervan. Hij wilde verder, maar hij wist niet waarnaartoe.

Doelloos keek hij rond toen hij voelde hoe iemand hem vastgreep. Het was alsof hij uit een droom ontwaakte. Verschrikt draaide hij zich om. Hij keek in de ogen van twee voor hem onbekende mannen. Het waren twee stevig gebouwde kerels die een kop groter waren dan hij. De een droeg een zwarte, korte leren jas. Hij zag er onverzorgd uit en had vette, zwarte haren die achter zijn oren gekamd waren. De andere man, die het werk door de man in de leren jas liet doen, zag er verzorgder uit. Hij droeg een halflange, stoffen jas. Een grijze pet bedekte een gedeelte van zijn gezicht.

BenIk wilde iets zeggen, maar tot zijn verbazing was hij niet in staat om iets te zeggen. De man met de pet maakte een gebaar tegen de man in de leren jas dat ze hem moesten volgen. Deze pakte BenIk stevig vast en trok hem met zich mee. Ze liepen in de richting van de uitgang van het park. De weg was uitgestorven. De omgeving zag er mistroostig uit. Het hele park leek zijn kracht te verliezen. Zelfs de vogels zwegen.

BenIk probeerde te bedenken wat dit te betekenen had, maar dat lukte niet. Het enige wat hij zag was een dik wolkenpakket dat zich samenpakte boven het park. Het was alsof het park huilde om zijn vertrek. Regendruppels rolden als tranen over zijn wangen. Zijn arm deed pijn door de stevige greep waarmee de man hem vasthield. Toen ze bij de uitgang van het park aangekomen waren, probeerde hij nog eens de geur van het park op te snuiven. De geur waarvan hij altijd zo genoten had, gaf hem nu een misselijk gevoel. Het was de geur van zwavel. BenIk draaide zich nog een keer om naar het park en wierp het een laatste blik toe. Zijn wangen werden steeds natter, terwijl het niet meer regende.

De man in de leren jas werd ongeduldig en trok harder aan zijn arm. Ze liepen naar een grote, zwarte auto die een eindje verderop stond. BenIk herkende de auto. Hij had hem al eerder hier zien staan. Hij dacht hetzelfde als toe. Net een begrafenisauto.

BenIk voelde opeens dat hij in paniek raakte. Hij wilde niet in die auto stappen. Hij had het gevoel dat hij, als hij in die auto zou stappen, er nooit meer uit zou komen. Hij begon zich te verzetten. Hij probeerde de andere kant op te lopen.

'Kom mee, klootzak,' zei de man die hem vasthield geïrriteerd, waardoor hij nog harder aan zijn arm trok.

BenIk verzette zich met alle kracht die hij had. Hij liet zich op de grond vallen. Hij moest koste wat kost voorkomen dat ze hem in die auto stopten. Maar hij was niet opgewassen tegen de kracht van beide kerels. De man in de stoffen jas had hem nu ook vastgegrepen. Ze sleepten BenIk naar de auto. Voordat ze hem op de achterbank duwden, haalde de man in de stoffen jas een voorwerp tevoorschijn waarmee hij BenIk bewusteloos sloeg.

In de auto zat nog iemand. Hij stak zijn hoofd uit het raam en zei: 'Goed gedaan, jongens.' Hij had een dikke sigaar in zijn mond. Hij blies de rook uit en sloot het raampje. De man met de leren jas ging naast BenIk op de achterbank zitten. De andere kerel was achter het stuur gekropen. Terwijl hij wegreed, mompelde hij iets tegen de man die naast hem zat en waarschijnlijk hun baas was.

'Alles is volgens plan verlopen. Niemand heeft ons gezien. '

Er verscheen een tevreden glimlach op het gezicht van de baas. Hij draaide zich om en keek naar BenIk die bewusteloos op de achterbank zag. Zijn gezicht was lijkbleek. Hij haalde onregelmatig adem.

'Daar zult u geen last meer van hebben, mijnheer Zuyderberg,' zei de man in de leren jas met een smerige grijns op zijn gezicht terwijl hij BenIk minachtend aankeek.

Zuyderberg maakte een goedkeurend gebaar en draaide zich tevreden om.

'Op naar de vuilnisplaats, zoals afgesproken?' vroeg de man achter het stuur.

Zuyderberg knikte. Hij had alles goed geregeld. Dadelijk zou niemand die gekke man in die veel te grote kleren terugvinden. Hij was ervan overtuigd dat iedereen hem over een aantal weken vergeten zou zijn. Alles was tot nu toe volgens plan verlopen. Hij had iemand ingehuurd die geïnfiltreerd was in de volgers van die rare vent. Deze had hem dagelijks een gedetailleerde terugkoppeling gegeven over alle stappen die hij maakte. Vandaag leek hem de beste dag om toe te slaan en hem voor eens en altijd van de aardbodem te laten verdwijnen. Het was de eerste keer in zijn leven dat hij zo'n resolute beslissing genomen had. Tijdens zijn werk had hij heel wat mensen in de pan gehakt, maar hij had nog nooit iemand laten vermoorden. Dat een aantal van zijn concurrenten zelfmoord gepleegd hadden nadat hij hen financieel uitgekleed had, beschouwde hij niet als zijn schuld.

'Waarom moest Oliver zich ook bij die gek aansluiten,' prevelde hij.

'Is er iets?' vroeg de man achter het stuur.

Zuyderberg schudde nee en ging verder met zijn overpeinzingen. Hij was een man die macht nodig had. Van jongs af aan was hij altijd met iedereen de strijd aangegaan. Hij wilde van iedereen ten koste van alles winnen. Hij was ook altijd als winnaar uit de strijd gekomen. Behalve van één iemand kon hij niet winnen. Dat was van zijn zoon Oliver. Hij had de grip op hem verloren. Oliver had hem verlaten en voor de gek op de achterbank gekozen.

'Naar hem wilde hij wel luisteren,' mompelde hij. Toen hij zag dat de bestuurder hem weer aankeek, zei hij kortaf: 'Nee, er is niets. Rij nu maar gewoon door.'

De man achter het stuur trok verbaasd zijn wenkbrauwen op en keek strak voor zich uit.

Zuyderberg haalde diep adem. Ze waren nu bijna bij de stortplaats. Hij stak nog een sigaar op. Bij de eerste trek kuchte hij even. Daarna keek hij door het zijraampje naar buiten. Hij keek naar de omgeving om niet te hoeven nadenken. Maar dat lukte niet. Hij vroeg zich af of zijn plan wel waterdicht was. Stel dat iemand zou ontdekken dat hij verantwoordelijk was voor de verdwijning van die vreemde snuiter. Dan zou zijn hele carrière verwoest zijn. Hij kwam uiteindelijk, nadat hij alles tegen elkaar afgewogen had, tot de conclusie dat zijn plan perfect was. Zijn lichaam zouden ze nooit vinden. Op de stortplaats stond een bulldozer klaar die hem onder een grote berg vuilnis zou laten verdwijnen.

'Op de stortplaats hoort dat stuk vuilnis thuis. Opgeruimd staat netjes,' mompelde hij. Dit keer hield de man achter het stuur zijn ogen strak op de weg gericht.

De mensen die hem hielpen, zouden hem niet verraden. Ze kregen een enorm bedrag op hun rekening overgemaakt en bovendien hadden ze allemaal een enorm strafblad. Dat zou hen ervan weerhouden om naar de politie te gaan.

Hij kwam wederom tot de conclusie dat op zijn plan niets aan te merken viel. Tevreden trok hij aan zijn sigaar. Zelfs zijn zoon zou niet vermoeden dat hij er iets mee te maken had. Hij zou denken dat hij door die rare vent in de steek was gelaten. Hij zou zich door hem bedrogen voelen. Misschien zou hij wel naar hem terugkomen en dit keer wel naar hem willen luisteren. Het zou een goede les voor Oliver zijn.

Een euforisch overwinningsgevoel maakte zich van hem meester. Ze waren nu buiten de stad gekomen. In de verte zag hij de vuilnisplaats al liggen. Vandaag was het niet druk. Ze zouden hem naar de meest afgelegen plek brengen. Daar stond iemand hen op te wachten. Ze zouden hem op de grond smijten en bedelven onder een berg vuilnis. Er ging een korte rilling door zijn lichaam terwijl hij zich probeerde te verplaatsen in de positie van BenIk. Daarna troostte hij zich met de gedachte dat hij toch bewusteloos was en er niets van zou merken. Automatisch keek hij achterom om er zeker van te zijn dat hij inderdaad nog steeds bewusteloos was. Tot zijn genoegen zag hij dat BenIk met halfopen mond snurkend op de achterbank lag. Het leek alsof hij hem verwijtend aankeek, daarom draaide hij zich snel weer om.

'Kun je niet wat sneller rijden?' vroeg hij op gehaast aan de man achter het stuur.

'We zijn er bijna,' antwoordde hij, terwijl hij in hetzelfde tempo doorreed.

Zuyderberg reageerde niet. Hij was van zijn stuk gebracht door die vreemde uitdrukking op het gezicht van die rare vent. Ondanks het feit dat hij bewusteloos was, leek het alsof hij hem een boodschap wilde overbrengen. Dat beangstigde hem. Hij zou blij zijn als die charlatan dadelijk onder het afval van de stad bedolven zou worden.

Ze waren inmiddels op de stortplaats aangekomen. Zuyderberg vroeg de bestuurder om te stoppen. Hij bracht de auto tot stilstand.

'Ik loop het laatste stuk wel,' zei hij terwijl hij uitstapte. Hij gooide het portier achter zich dicht. De zwarte

276

auto reed verder. Hij haalde opgelucht adem. De geur in de auto had hem misselijk gemaakt. Terwijl hij aan zijn sigaar trok, keek hij de auto na.

'Net een begrafenisauto,' mompelde hij.

Even bleef hij stilstaan. Daarna liep hij naar de plek waar ze hem zouden laten verdwijnen. Hij liep over een pad dat alleen te voet te volgen was; midden door de bergen afval. De rotzooi lag hier meters hoog opgestapeld. Misschien lagen hier wel meer mensen onder het puin. Hij was er zo goed als zeker van dat dit zo was.

'De stortplaats is de beste plaats om een slachtoffer van een misdrijf van de aardbodem te laten verdwijnen,' zei hij om zijn laatste twijfels te verdrijven. Hij kreeg zin om in het puin te gaan zoeken naar andere lijken. Hij voelde zich gesteund door de gedachte dat hij niet de enige was die mensen op een stortplaats liet verdwijnen. Hij haalde diep adem. Hij genoot van de geur van het rottende afval. Hij ademde diep in en uit. Hij raakte zelfs opgewonden van de geur van de vergankelijkheid. Hoe dichter hij bij de afgesproken plek kwam, hoe meer hij bedwelmd werd door de geur van het kwaad. Zijn hart ging steeds sneller kloppen. Zijn bloed werd door zijn lichaam gejaagd. Hij maakte de bovenste knoop van zijn hemd los. Door de adrenaline die in zijn lichaam vrijkwam, voelde hij zich onoverwinnelijk. Hij ging sneller lopen. Hij was er bijna. Hij moest nog één berg met puin beklimmen. Dan zou hij alles goed kunnen overzien en het verlossende teken kunnen geven om de man die zijn zoon van hem afgenomen had voorgoed te laten verdwijnen. Op handen en voeten beklom hij de berg puin. Af en toe gleed hij uit, maar dat kon hem niets schelen. De weg naar de top kostte moeite. Dat was hij gewend. Als een beest begon hij te hijgen. Hij kon niet wachten om het verlossende teken te geven en de bulldozer zijn werk te laten doen.

Buiten adem bereikte hij de top van de berg afval. De berg die uitzag over de hele vuilnisplaats. Hij bleef een tijdje zitten totdat hij weer op adem was gekomen. Er ging een aparte sfeer uit van de enorme hoop vuilnis. Sommige bergen leken op vulkanen van waaruit dampen vrijkwamen. Op andere bergen brandde vuur. Op verschillende plaatsen reden grote, gele bulldozers rond. Ze leken op draken die op zoek waren naar hun prooi. Hij genoot van het uitzicht. Hij voelde zich de grote heerser die alle touwtjes in handen had. Hij had de macht over het leven van die vreselijke zwerver. Met slechts één gebaar zou hij er een einde aan kunnen maken.

Hij voelde dat hij steeds meer opgewonden raakte. Langzaam liet hij zijn ogen afdwalen naar de afgesproken plek. Hij zag de zwarte auto staan. De deuren waren open. Hij keek naar rechts en zag daar de grote bulldozer staan. Een monster dat klaar was om toe te slaan. Uit de grote pijp op het dak kwam grauwe rook tevoorschijn.

Ik kan die draak met één beweging tot leven brengen, dacht hij terwijl hij verder naar rechts keek. Zijn hart begon sneller te kloppen. Daar op de grond tussen het puin zag hij hem liggen. Hij zag er nietig uit. Toch ging er weer een siddering door zijn lijf. Het leek alsof hij hem aankeek. Het zweet brak hem uit. 'Die idioten hadden hem toch met het gezicht naar de grond gericht kunnen neerleggen,' mompelde hij terwijl hij met een zakdoek zijn voorhoofd schoon wreef. Gebiologeerd bleef hij kijken naar de man die op de grond lag.

'Godverdomme. Hij beweegt,' vloekte hij. Hij keek snel naar de bulldozer die nog steeds op dezelfde plaats stond.

De zwarte auto was inmiddels weggereden. Hij keek van de bulldozer naar de nietige man en omgekeerd. Het leek alsof hij een spel speelde. Eerst wilde hij het teken geven dat de bulldozer in beweging zou brengen, maar hij bedacht zich. Hij werd opgewonden door de bewegingen van de zwerver. Hij zou hem nog even laten spartelen om daarna genadeloos toe te slaan. Hij stond te trillen op zijn benen. Hij kreeg een vreemd gevoel in zijn buik. Hij zag dat die man zijn hoofd op en neer bewoog. Zuyderberg haalde nu snel en diep adem. Hij maakte verkrampte bewegingen met zijn handen. Plotseling voelde hij dat zijn hele lichaam begon te trillen. Het werd wazig voor zijn ogen. Terwijl hij het uitschreeuwde, gaf hij met zijn rechterhand het afgesproken teken. Daarna sloot hij zijn ogen, draaide hij zich om en begon te rennen. Terwijl hij rennend de berg afdaalde, hoorde hij in de verte dat de bulldozer in beweging kwam. Het verschrikkelijke monster was ontwaakt. Hij werd gek van het geluid. Hij hield zijn beide handen tegen zijn oren. Pas toen hij onder aan de berg gekomen was, kwam hij weer bij zinnen. Hijgend bleef hij staan. Hij wreef met zijn handen door zijn natte gezicht. Zijn kostuum zat helemaal onder de vlekken. Met wilde gebaren probeerde hij het schoon te vegen. Daarna keek hij naar de top van de berg en luisterde hij naar het meedogenloze geluid van de bulldozer die bezig was om zijn opponent voorgoed te laten verdwijnen. Hij begon zenuwachtig te lachen terwijl hij zich omdraaide en verder liep. Nu pas merkte hij dat zijn onderbroek nat geworden was. Als iemand die op heterdaad betrapt was, keek hij schuldig om zich heen terwijl hij zich een weg baande tussen het afval door. In de verte zag hij de zwarte auto staan die bij de uitgang van de vuilnisbelt op hem stond te wachten.

22

Waar ben ik? vroeg hij zich af toen hij met een schok wakker werd. Zijn ogen waren naar de lucht gericht. Ze brandden alsof er zand in zat. Langzaam keek hij van links naar rechts om erachter te komen waar hij was. Overal zag hij rotzooi en afval liggen. De geur van rottende gassen maakte hem misselijk. Hij probeerde overeind te komen, maar dat lukte niet. Zijn hoofd deed pijn. Hij had het gevoel dat hij moest braken. Hij voelde zich verward. Waar was hij? Hij wist het niet. Deze plaats deed hem herinneren aan de kamer waar hij destijds wakker was geworden. Hij vroeg zich af of hij de kans zou krijgen om alles nog eens over te doen. Hij wist niet of hij alles nog eens kon doorstaan. Hij wist wel dat hij, als hij nog een nieuwe kans zou krijgen, het helemaal anders zou aanpakken. Maar hij geloofde niet in een tweede kans. Hij dacht aan die twee mannen die hem meegesleurd hadden naar de zwarte auto. Daarna kon hij zich niets meer herinneren. Waarschijnlijk hadden ze hem bewusteloos geslagen en met de auto hierheen gebracht. Wat zouden ze met hem gaan doen? Terwijl hij zich dat afvroeg zag hij in de verte iemand op een vuilnisberg staan. Hij kneep zijn ogen een beetje samen om te kunnen zien wie die man was, maar hij herkende hem niet. Hij zag wel dat die man zijn richting op keek. Daarna draaide hij zich om en keek de andere kant op. Hij zag op ongeveer twintig meter afstand een groot geel gevaarte staan. Een pluim van grauwe rook kwam uit de schoorsteen die op het dak van het voertuig stond. Het zweet brak hem uit. Zonder te weten wat ze precies van plan waren, realiseerde hij zich dat er een groot verschil bestond tussen de kamer waar hij destijds wakker geworden was en de plek waar hij zich nu bevond. Toen was het zijn begin geweest. Nu was zijn einde aangebroken. Tevergeefs probeerde hij op te staan, maar dat lukte niet. Hij miste de kracht in zijn benen om overeind te komen. In paniek keek hij van het gevaarte naar de onbekende man op de berg.

'Wie is die man? Wat wil hij van me?' kermde hij.

Hij kreeg een bittere smaak in zijn mond. Hij begon te hoesten. Hij voelde dat er iets uit zijn mond liep.

'Als ik geweten had dat dit sterven is, dan had ik nooit willen leven,' stamelde hij. Het was alsof hij tegen iemand sprak. Iemand die er niet was.

Hij voelde hoe zijn krachten hem in de steek lieten. Al die twijfels en gedachten waren te veel voor hem geweest.

'De hele stad is een grote vuilnisbelt. Ik heb geleefd in een vuilnisbelt en ik zal er ook in sterven. Kotsend en alleen lig ik hier tussen het afval.' Terwijl hij dit dacht liep er braaksel uit zijn mond. Langzaam draaide hij zijn hoofd naar de man op de berg. Hij zag hoe hij plotse-ling een gebaar maakte met zijn rechterarm en daarna wegrende. Daarna brak er een oorverdovend lawaai uit. Verstijfd van schrik keek hij naar het gele gevaarte dat in beweging was gekomen en langzaam zijn kant opreed. Hij voelde dat hij door de angst in zijn broek plaste. Het gevaarte hield een grote berg afval vast en kwam steeds dichterbij. De schaduw van het gele monster had hem al bereikt. Hij duwde zich instinctief naar achteren in de hoop dat hij de berg afval die over hem heen zou wor-den gestort kon ontwijken. Maar het had geen zin. Hij kon geen kant meer op. Hij sloot zijn ogen en begon te schreeuwen toen het gevaarte tot stilstand kwam en de berg afval over hem heen stortte.

23

Oliver was de eerste die sprak. De hele groep zat op het podium bij elkaar. Ze hadden bijna een maand naar BenIk gezocht, maar zonder resultaat. Ze hadden diverse keren de hele stad uitgekamd, maar hij was als van de aardbodem verdwenen. Hij was ook niet naar het park teruggekomen. Oliver, Robert en Simon hadden hier dag en nacht doorgebracht. Er heerste verbijstering in de groep. Het gevoel dat ze door BenIk in de steek gelaten waren, zorgde voor woede.

Al na de eerste week afwezigheid hadden de eerste volgers de groep verlaten. Zoals het er nu naar uitzag, zou binnenkort de hele groep uit elkaar vallen. Bastiaans was de eerste die uit de kerngroep verdwenen was. Zonder afscheid te nemen, was hij kort na de verdwijning van BenIk ook verdwenen. Oliver was de eerste die de afwezigheid van Bastiaans had opgemerkt. Hij had hem altijd goed in de gaten gehouden omdat hij hem niet vertrouwde. Hij had hem eigenlijk nooit gemogen. Hij had ook niet anders verwacht dan dat hij op een gegeven moment zou verdwijnen. Een tweede opvallende persoon die de groep verlaten had, was Andreas. Hij had wel afscheid genomen. Schoorvoetend had hij hun verteld dat hij ergens een nieuwe baan had aangeboden gekregen die niet te combineren was met zijn verdere aanwezigheid in de groep. Hij kon directeur worden van een klein bedrijf met groeipotentie. Hij moest deze kans met beide handen aangrijpen.

Oliver was de eerste die deze avond sprak. Het was een hele lange tijd stil geweest. Ze zaten bij elkaar op het

282

podium. De radeloosheid was van ieders gezicht af te lezen. Ze waren volgers die een leider nodig hadden. Zonder leider waren het hulpeloze wezens die in de vallen van het leven trapten. Ze zaten als een stelletje blinden bij elkaar. Oliver was de enige die zijn gezichtsvermogen nog bezat. Hij had een dubbel gevoel. Hij voelde zich zowel aangeslagen als sterk. Hij rouwde om het verdwijnen van BenIk, maar hij had het gevoel dat hij het leiderschap van hem moest overnemen. Hij had het gevoel dat de woorden van BenIk in hem voortleefden. Hij moest hen ervoor behouden dat ze weer zouden terugvallen in hun oude leven; het leven waar BenIk hen van bevrijd had. Even hadden ze het licht van de waarheid gezien. Nu keken ze weer in de eindeloze duisternis van hun mislukte levens. Toch had Oliver geen medelijden met de overgebleven volgers. Het was hun eigen schuld. Daarom doorbrak hij de stilte. Hij kon niet langer aanzien hoe ze daar zo doelloos bij elkaar zaten.

Op luide toon sprak hij de groep toe alsof hij iedereen wilde wakker schudden.

'Ik geloof dat BenIk niet meer terug zal komen. Hij is nu al een aantal maanden verdwenen, zonder dat hij een bericht heeft achtergelaten. Misschien is hij wel naar een andere stad gegaan, waar ze hem meer nodig hebben dan hier. Ik weet het niet. Maar één ding is zeker. Hij is er niet en we moeten zonder hem verder gaan. We moeten afmaken waarmee we begonnen zijn. Hij heeft ons de juiste weg gewezen en nu moeten we doen wat hij van ons gevraagd heeft. Hij heeft ons de ogen geopend en de waarheid laten zien. De boodschap van de waarheid moeten wij verder verspreiden.'

Oliver sprak vol vuur. Hij keek met grote ogen rond als een roofdier dat op zoek was naar een prooi. Niemand keek op. Het was alsof zijn woorden hen niet bereikten. Hij voelde hoe zijn bloed begon te koken van woede. Op geïrriteerde toon ging hij verder:

'Ik vind dat we met zijn allen een beslissing moeten nemen. We moeten niet langer afwachten, maar handelen. Ik stel voor dat degenen die niet meer in zijn boodschap geloven nu opstaan en weggaan zodat we met de mensen die nog wel in hem geloven verder kunnen gaan.'

Oliver merkte dat nu alle ogen op hem gericht waren. Langzaam keek hij rond. Hij zag tot zijn ontzetting dat iedereen hem aankeek alsof ze hem veroordeelden. Een brede kerel stond op. Hij zag er verwilderd uit. Hij droeg oude kleren en zijn ogen waren rooddoorlopen. Hij ging in het midden van de groep staan terwijl hij naar Oliver keek.

'Zal ik jou eens wat zeggen?' zei hij op snauwende toon terwijl hij Oliver met een vernietigende blik aankeek. 'Onze keuze is al gemaakt. Hoe kunnen we kiezen voor iemand die ons in de steek gelaten heeft? Hoe kunnen we zijn woorden langer geloven als hij zelf wegrent voor zijn eigen woorden? Hij heeft ons op een laffe manier ver-laten. Hij heeft ons verraden. Het enige wat we kunnen doen, is opstappen en ons eigen leven weer gaan leiden.' Hij sprak bevlogen. Elk woord benadrukte hij als of hij iedereen wilde wakker schudden uit de droom waarin ze met BenIk geleefd hadden.

Oliver keek naar de reactie van de groep. Hij had niet verwacht dat deze man zo'n goede spreker was. Hij zag dat iedereen liet merken dat ze het met hem eens waren.

'Maar luister toch naar mij,' probeerde hij in een laatste poging om de groep van zijn gelijk te overtuigen. Maar hij kreeg de kans niet. Iedereen begon hem uit te joelen. Het gejoel stak als messteken in zijn hoofd. Het koude zweet brak hem uit. Met grote, lede ogen keek hij rond. Hij zag hoe iedereen hem honend aankeek. Ze wezen naar hem en maakten wegwerpgebaren. Ze hadden het vuur in hem gedoofd. Hij kon het niet meer aanzien. Opeens verafschuwde hij al die mensen die hier op het podium zaten. Hij beschouwde hun reactie als verraad tegen BenIk. Hij wilde zo snel mogelijk weg van hier. Hij had zijn keuze gemaakt. Hij koos voor BenIk.

Met beide handen tegen zijn oren gedrukt, om het steeds luider klinkende gejoel niet meer te hoeven horen, draaide hij zich om en liep met grote passen weg.

'Ik zal je trouw blijven. Ik zal je trouw blijven,' riep hij half huilend en half lachend. Hij rende en rende. Pas bij de uitgang van het park bleef hij stilstaan. Bij de poort bij de uitgang probeerde hij weer op adem te komen. Hij wiste het zweet van zijn gezicht en draaide zich om en keek nog één keer naar het park. Het park was voor hem altijd het symbool van hoop geweest. Hier had hij de waarheid gevonden die hij elders niet gevonden had. Maar dit alles zag hij nu niet meer. Het park lag er als een vervallen kasteel bij. Het straalde geen hoop meer uit. Hij keek naar de grijze, woeste wolken. Hij keek naar de vallende bladeren. De hoge bomen bogen op een vijandige manier heen en weer. Dit park was een val. Een van de vele vallen die het leven rijk was. Zijn hart begon te bonzen toen hij zich dit realiseerde.

Terwijl hij diep zuchtte, draaide hij zich om. Hij wist dat hij zo snel mogelijk van deze plek weg moest gaan. Er lag een nieuwe wereld voor hem open. De gedachte aan een nieuwe wereld met een nieuwe toekomst maakte dat hij sneller ging lopen. Met zijn handen maakte hij een triomfantelijk gebaar. Hij voelde zich als iemand die verdwaald was en na lang zoeken eindelijk de weg gevonden had. Die weg zou hem naar een andere toekomst leiden. Hij besefte nu ook dat het BenIk geweest was die hem de juiste weg gewezen had. Wat zou hij hem nu graag ontmoeten en in zijn armen sluiten om hem te bedanken voor alles wat hij voor hem gedaan had. Even voelde hij zich weer bedroefd omdat hij BenIk miste. Maar dat gevoel werd al snel vervangen door een intens bevrijdend gevoel dat een enorme indruk op hem maakte. Hij realiseerde zich dat hij zijn hele leven in een gevangenis gezeten had. Eerst in de gevangenis van zijn familie en daarna in de gevangenis van deze stad. Het was alsof er een frisse wind door zijn hoofd waaide. Alsof hij na jarenlang worstelen eindelijk bevrijd was uit een kluwen garen dat hem probeerde te verstikken. Hij voelde zich sterker dan ooit. Er waren geen twijfels meer die hem probeerden tegen te houden. Er waren geen sentimentele gevoelens meer die hem deden omkeren. De weg was vrij. Vol zelfvertrouwen liep hij verder. Het was alsof hij zweefde. Het modderige pad vol met tegenslagen lag achter hem. Hij hoefde niet na te denken waar hij naar toe moest lopen. Zijn lichaam wees hem de weg.

Nadat hij een hele tijd gelopen had, bleef hij plotseling staan. Alsof hij in een vreemde plaats wakker werd, keek hij om zich heen om zich te oriënteren. Hij herkende de plaats waar hij stond. Hij bevond zich op een klein marktpleintje ergens in de stad. De markt was al afgebroken. Overal lagen papieren zakken en afval op de grond. Her en der was men nog bezig met het opruimen van lege kratten en het inladen van overgebleven kisten met fruit. Oliver keek aandachtig rond, totdat zijn oog viel op iemand die in het midden op het plein op de rand van een fontein zat. Hij zag een vrouw zitten. Voordat hij er erg in had, liep hij in de richting van de fontein. De vrouw droeg een lange donkere jas en een hoofddoek. Ze scheen niet te merken dat hij haar richting op liep en haar aandachtig bekeek, want ze staarde naar de grond. Zelfs toen Oliver pal naast haar stond, bleef ze naar de grond kijken. Omdat ze niet reageerde op zijn aanwezigheid wilde hij zich omdraaien en weglopen.

Zonder dat hij zich ervan bewust was, hoorde hij zichzelf vragen: 'Kan ik iets voor u doen?' Hij keek de vrouw onderzoekend aan. Hij was benieuwd of en hoe ze zou reageren.

Langzaam hief de vrouw haar hoofd en keek hem aan. Oliver verwonderde zich over het gezicht van de vrouw. Ze was jonger dan hij gedacht had. Ze had een klein gezicht en vanonder haar hoofddoek kwamen een paar plukjes pikzwarte haren tevoorschijn. Ze zag er bedroefd uit. Aan de wallen rondom haar ogen kon hij zien dat ze de laatste tijd veel gehuild had. Omdat ze hem zo hulpeloos aanstaarde, herhaalde hij zijn vraag.

'Kan ik iets voor je doen?' Hij maakte met zijn hoofd een aanmoedigend gebaar om te antwoorden.

Op het mysterieuze gezicht van de vrouw verscheen nu een melancholische glimlach. Ze maakte een uitnodigend gebaar dat hij naast haar moest komen zitten. Oliver aarzelde even, maar nam haar uitnodiging aan en ging naast haar op de rand van het fontein zitten. Niemand zei in het begin iets. Ze keken beiden naar de marktmensen die hun spullen aan het inpakken waren. Juist op het moment dat Oliver de stilte wilde doorbreken door een aantal keren diep te zuchten, begon de vrouw te praten. Ze sprak zacht en voorzichtig, met een stem die precies bij haar fijngebouwde lichaam paste.

'Ik weet niet waarom ik tegen je begin te praten. Ik ken je niet eens.'

Oliver stond op en stelde zich voor. 'Mijn naam is Oliver. Aangenaam,' zei hij op een zich verontschuldigende toon.

'Mijn naam is Bea,' zei de vrouw terwijl ze moest lachen om het stuntelige gedrag van Oliver. Daarna kreeg haar gezicht weer een serieuze uitdrukking.

'Ik denk dat ik de behoefte heb om tegen een wildvreemde te praten, omdat ik me zo eenzaam voel.'

Er viel even een stilte. Oliver en Bea keken elkaar niet aan. Na een korte pauze ging ze weer verder.

'Ik heb iemand verloren die me zeer na aan het hart lag,' zei ze fluisterend. Snikkende geluiden maakten Oliver duidelijk dat ze zeer verdrietig was om het verlies van degene waar ze over sprak. Oliver keek haar diep in de ogen. Hij kreeg een vertrouwd gevoel toen hij haar aankeek. Ze kampten met hetzelfde probleem. Beiden hadden ze een dierbare verloren. Dat schepte een band. Hij wist maar al te goed hoe het voelde als je iemand verloor van wie je hield. Het knagende, lege gevoel. De hulpeloosheid. De neerslachtigheid. Gevoelens waar hij nog dagelijks last van had. Hij kreeg de drang om zijn hand over haar schouder te slaan en haar stevig tegen zich aan te drukken, maar daar was hij te bescheiden voor. Door een paar keer te knikken en zijn ogen neer te slaan, probeerde hij zijn gevoelens van medeleven duidelijk te maken.

Ze voelde zich door dat gebaar veilig bij hem en vertelde hem haar verhaal over een man die ze slechts één keer ontmoet had en die haar de mooiste nacht van haar leven bezorgd had. Daarna had ze hem nooit meer gezien. Elke dag was ze hem meer gaan missen. Toch had ze altijd gehoopt dat ze hem op een dag nog een keer zou ontmoeten. De eenzaamheid die ze in het begin had gevoeld, was nog te verdragen geweest. Maar de eenzaamheid zonder hoop was een afschuwelijk gevoel dat haar van binnenuit opvrat.

'Ik ben zo bang dat er iets met hem gebeurd is,' zei ze met trillende stem toen ze haar verhaal eindigde.

Daarna was het stil. Oliver had de stilte nodig om een paar dingen op een rijtje te zetten. Het verhaal greep hem aan. Hij voelde met haar mee. Hij herkende zichzelf in haar verhaal. Ook hij had die eenzaamheid gevoeld sinds BenIk verdwenen was. Het was alsof zijn eigen gevoelens door haar verwoord werden. Er was wel een verschil. De hoop die zij verloren had, die had hij nog steeds. Hij voelde de behoefte om zijn verhaal te vertellen en haar duidelijk te maken dat hoop de enige manier was om de eenzaamheid te verdrijven. Daarom vertelde hij dat hij ook iemand kwijtgeraakt was die heel veel voor hem betekende. Hij probeerde zijn gevoelens aan haar over te brengen. Bea keek begrijpend voor zich uit. Af en toe zuchtte ze of knikte ze met haar hoofd.

Opeens stond Oliver op. Hij ging voor haar staan. Zo dwong hij haar om hem aan te kijken. Hij was nu aan het tweede deel van zijn verhaal beland. Zijn sombere toon veranderde in de enthousiaste toon die hij altijd tijdens zijn toespraken gebruikte. Zijn waterige ogen begonnen vuur uit te stralen. Bea keek hem door deze verandering verrast aan.

Hij boog zich naar haar toe en zei: 'Het belangrijkste wat ik van hem geleerd heb, is om altijd te blijven hopen.'

Bea sloeg prompt haar ogen neer, alsof ze hem duidelijk wilde maken dat hij haar niet begreep.

Oliver trok zich er niets van aan en ging verder. 'Ik heb hem al een aantal maanden niet meer gezien. Misschien zal ik hem nooit meer zien. Maar al de gedachten aan hem, de dingen die hij me geleerd heeft, de mooie momenten die we samen hebben doorgebracht, die verzachten mijn eenzaamheid. Uit al die waardevolle, mooie momenten put ik energie om verder te gaan. Ze helpen me om uit het dal van de eenzaamheid te kruipen op weg naar de berg van hoop. Een berg die ik vol optimisme probeer te beklimmen. Een berg die ik niet als een obstakel beschouw, maar als de weg naar een nieuwe toekomst. '

Zijn manier van spreken werd steeds vuriger. Hij voelde de behoefte om Bea beet te pakken en haar eens goed door elkaar te schudden. Ze keek hem verbaasd aan. Niet alleen om de vurige manier waarop hij sprak, maar ook omdat de man waarover hij het had haar deed denken aan de man die zij zo miste. Het was alsof hij haar via Oliver toesprak. Het was of hij haar een boodschap gaf om de moed niet te laten zakken. Ze keek Oliver nu dankbaar aan. Hij had in haar het vuur van de hoop weer laten ontvlammen.

Oliver kon de manier waarmee ze hem nu aankeek niet goed plaatsen. Hij vroeg zich af of zij hem wel begrepen had. Als laatste poging om zijn woorden nog eens kracht bij te zetten zei hij op aanmoedigende toon terwijl hij zijn handen in elkaar kneep: 'Zie het licht aan het eind van de horizon.'

Hij voelde hoe zijn hart bonkte van opwinding. Hij keek haar nu strak aan alsof hij van haar gezicht een antwoord probeerde af te lezen. Toen hij de tranen over haar wangen zag rollen, had hij het gevoel dat hij gefaald had. Zijn pogingen om haar te troosten en weer een toekomstperspectief te geven waren mislukt. Maar zijn stemming sloeg om toen ze tussen de tranen door zei: 'Deze keer huil ik niet van verdriet maar van geluk.'

Ze sprong op en gaf Oliver een kus. 'Deze is voor jou. Bedankt voor je hulp.' Ze haalde een zakdoek uit haar jas en veegde de tranen uit haar gezicht. Daarna gaf ze de zakdoek aan Oliver.

'Hier neem dit als aandenken aan een vrouw die jij gelukkig gemaakt hebt,' zei ze met een glimlach op haar gezicht. Hij zag een ondeugende blik in haar ogen. Hij pakte de zakdoek aan.

'Ik begrijp je,' zei hij met een brok in zijn keel. Hij wilde haar nog eens aanraken, maar zij had zich al omgedraaid en was weggelopen. Oliver bleef bij het fontein staan en keek haar na totdat ze uit het zicht verdwenen was.

Waarom heb ik haar ontmoet? dacht hij bij zichzelf. Plotseling werden zijn gedachten onderbroken door het getoeter van een auto. Hij schrok en keek naar de kant waar het getoeter vandaan kwam.

'Sodemieter op, klootzak. Zie je niet dat ik langs moet. Je staat in de weg,' riep een nors uitziende man, half hangend uit een grote vrachtauto. Oliver stak zijn middelvinger omhoog en liep lachend weg. Hij hoorde de man achter zich vloeken. Hij gooide Oliver een aantal vreselijke ziektes na.

Terwijl hij verder liep en rondkeek, bedacht hij zich wat de wereld in feite toch vreemd in elkaar stak. Miljarden mensen krioelden er rond. Iedereen had haast. Iedereen bewoog in de richting van zijn eigen verlangens en het liefst in de tegengestelde richting van de andere mensen. Iedereen probeerde elkaar in te halen en degenen die te langzaam liepen tegen de grond te duwen, met als gevolg dat het een grote, wanordelijke bende op de wereld was. Tussen al die miljarden wezens liep een handjevol mafkezen rond die van deze ontzettende puinhoop iets probeerden te maken. Ze probeerden de orde te herstellen. Er verscheen een cynische glimlach op zijn gezicht.

'Ik ben één van die mafkezen,' mompelde hij.

Hij was inmiddels bij de rand van de stad gekomen. Hij bevond zich langs een grote snelweg waar de auto's met grote vaart overheen scheurden. Hij bleef staan en keek naar de lucht. Het was zwaar bewolkt. Hij genoot van de verschillende vormen van de grimmige wolken die op oneindig grote bergen leken. Zijn aandacht werd getrokken door een grijze wolk gehuld in een prachtig schouwspel van licht en kleuren. Terwijl hij naar de wolk keek herinnerde hij zich de woorden die hij tegen Bea gezegd had. 'Zie het licht aan het eind van de horizon.'

Hij voelde zich gelukkig en opgewonden tegelijk. Hij wist dat de weg die hij volgde de juiste weg was. Zijn gedachten werden onderbroken door een grote zwarte auto die een tiental meters voor hem stopte.

'Wil je meerijden?' hoorde hij een zware mannenstem vanuit de auto vragen.

Nog één keer keek Oliver naar die prachtige zonnestralen die vanachter de wolk tevoorschijn kwamen. Toen liep hij naar de zwarte auto toe en stapte zonder iets te zeggen in. Nog voordat hij het portier dichtgeslagen had, reed de auto weg. Binnen een mum van tijd was de auto met Oliver uit het zicht verdwenen. Oliver werd nooit meer in deze stad gesignaleerd. Noch zijn ouders, noch zijn vrienden hebben ooit nog iets van hem gehoord.

De auteur

Rob Gonera (Heerlen, 1963) is een Nederlandse schrijver. Hij is geboren en getogen in Limburg. Momenteel woont hij in Drenthe. Het onvermijdelijke is zijn debuutroman (2020). In 2021 verscheen de roman De moordenaar van Rietkerk. In 2022 publiceerde hij de verhalenbundel Dans in het licht en andere verhalen.

De uitgeverij

*Wie ophoudt
beter te worden
is opgehouden
goed te zijn!*

Op basis van dit motto zoekt uitgeverij novum steeds nieuwe manuscripten! Ondertussen zijn wij in Nederland, Duitsland, Oostenrijk en Zwitserland dé specialist voor nieuwe auteurs.

Elk manuscript dat wij ontvangen wordt gratis door onze redactie beoordeeld.

Meer informatie over onze uitgeverij en over onze boeken kunt u op online vinden onder:

w w w . n o v u m p u b l i s h i n g . n l